村上春樹 翻訳ライブラリー

バビロンに帰る

ザ・スコット・フィッツジェラルド・ブック 2

村上春樹 編訳

中央公論新社

目次

エッセイ

バビロンに帰る

ザ・スコット・フィッツジェラルド・ブック　2

スコット・フィッツジェラルドの五つの短篇

村上春樹訳

ジェリービーン

The Jelly Bean

I

ジム・パウエルはジェリービーン（のらくら）だった。私だって彼のことを魅力的な人物として描きたい気持ちはやまやまなのだが、でもそれでは読者に嘘をつくことになる。彼は生まれながらの、まさに骨の髄からの、99¾パーセントのジェリービーンだった。そしてのったりとしたジェリービーンの季節に（まあ実のところ、一年じゅうジェリービーンの季節なのだが）、メイソン・ディクソン線のはるか南のジェリービーン地域でのらくらと育ったわけだ。

さて、もしあなたがメンフィスの男に向かってお前はジェリービーンだなどと言ったなら、彼はきりっと締まった長いロープをヒップ・ポケットから取り出して、手近な電柱にあなたを吊るしてしまうことだろう。もしあなたがニュー・オリアンズの男に向かってお前はジェリービーンだなどと言ったなら、おそらく相手はにったりと笑って、今度のマルディ・グラのパーティーにはいったい誰があんたのガール・フレンドを連れていくんだろうねと尋ねることだろう。この物語の主人公を産出したジェリービーン地帯は、この二つの土地にはさまれた地域の何処かに存在する。それは人口四万の、南ジョージアの地で四万年ものあいだうとうととまどろんでいた小さな町だ。時折その昏睡の中にも動きのようなものがあって、いつかどこかで起こった戦争〔訳注・南北戦争のこと〕についての話がぼそぼそと囁かれたりする。そんなもの、彼ら以外の人々はみんなとっくの昔に忘れてしまっているというのに。

ジムはジェリービーンだった。私が繰り返してこう書くのは、その響きがいかにも心地よくて――なんだかまるでおとぎ話の始まりみたいでしょう――ジムがいかにも好人物のように思えてくるからだ。その名前から、私はつい彼のことを丸顔の、食欲をそそりそうな人物として思い浮かべてしまう。帽子の中からありとあらゆる種類の葉っぱや野菜が繁って顔をのぞかせているような。でも実際にはジムはひょろっと痩せた男で、玉撞き台の上に身をかがめすぎたせいで、腰から上が猫背になっていた。そして定義の雑な北部にあっては、あるいは彼はただの「怠け者」としてあっさりと片づけられていたかもしれない。「ジェリービーン」というのは、いまだ解体されざる南部連合のあらゆる土地において使われている言いまわしで、それはだらだらするという動詞を一人称単数で活用させながら（私はだらだらしている、私はだらだらしてきた、私はだらだらするであろう）人生を送っている人物を指すのである。

ジムは緑の角地に建った白亜の屋敷に生まれた。家の正面には風雨に色褪せた四本の柱が立って、裏手にはふんだんに格子が使われ、陽光をたっぷりと受け、多くの花に彩られた芝生には、愉しげな格子柄の影が落ちていた。もともとはその白亜の屋敷の主は隣の土地も、隣の隣の土地も、隣の隣の隣の土地も所有していた。でもそれは大昔のことで、ジムの父親でさえほとんど記憶していなかった。それに彼はそんなことは別にたいしたことではないと思っていたので、口論のあげくにピストルで撃たれた傷がもとで死んでいく時にも、幼いジムには教えずじまいだった。ジムはそのとき五歳で、息もできないくらい縮みあがってしまっていた。その白い家はやがて下宿屋になり、メイコンから来たひどく無口な婦人が切り盛りをすることになった。ジムは彼女をメイミー叔母さんと呼んだが、その女のことを心底嫌っていた。

彼は十五歳になり、ハイスクールに通い、もじゃもじゃと黒い髪をのばし、女の子たちを怖がるようになった。彼は自分の家を嫌った。そこでは四人の女と一人の老人がひと夏またひと夏と、いつ果てるともないお喋りをだらだらと続けていたからだ。かつてはパウエル家がどこの地所を所有していたかだとか、次に咲くのはどんな花だろうとかいったようなことについて。時折、小さな娘を持つ町の婦人たちはジムの母親のことを思い出し、その黒い瞳や髪に母親の面影を見出して、彼をパーティーに招いた。しかし内気な彼はパーティーに行くと落ちつけなかった。彼としてはティリーの自動車修理工場で外れた車軸の上に腰かけて、さいころを手の中で転がしたり、長い麦藁を口の中でもそもそ動かしていたりする方がずっと好きだった。小遣い銭を稼ぐために、彼はちょくちょくと細かいアルバイトのようなことをやった。そしてパーティーに出るのをやめたのも、それが原因だった。彼が三回めに出たパーティーで、小さなマージョリー・ハイトが無遠慮に、そしてちゃんと彼の耳に届くくらいの距離で、あの子はときどきうちに食料品を配達に来るのよと囁いたのだ。そんなわけで、ツー・ステップやらポルカやらを習得するかわりに、ジムはさいころで自分の出したい目を出すことを学んだり、過去五十年間にその周辺地域で起こったあらゆる撃ち合いに関する勇ましい話に耳を傾けたりすることになったのだ。

彼は十八になった。戦争が勃発すると〔訳注・第一次世界大戦のこと〕、志願して水兵になり、一年間チャールストンの海軍工廠《こうしょう》で船の真鍮を磨いて過ごした。それから目先を変えるために北部に送られてブルックリンの海軍工廠で船の真鍮を磨いてもう一年間を過ごした。

戦争が終わると、彼は家に帰ってきた。二十一になっていて、ズボンはもう短すぎたし、きつすぎた。彼のボタン式の靴はひょろ長くて、細かった。ネクタイには紫とピンクのあっと驚くような陰謀がみごとに渦巻きを描き、その上には、長いあいだ太陽の光に晒されていた上質な古い布地のような、淡いブルーの瞳がふたつあった。

ある四月の宵、遥か連なる綿花畑の上を、そしてまたうだるように暑い町の上空を、うっすらとした灰色の夕霞が流れていた。板塀にもたれかかっているジムの姿がぼんやりと認められた。彼は口笛を吹きながら、灯のともったジャクソン街の上にぽっかりと浮かんだ月の輪郭をじっと見つめていた。かれこれ一時間ばかり、彼はひとつの問題について、行きつ戻りつ頭を巡らせていた。ジェリービーンはパーティーに招待されたのだ。

昔、男の子たちが女の子と名のつくものの一切を嫌っていた頃、クラーク・ダロウとジムは学校で席を並べていた。でもジムの社会に対する社交的な野心が自動車修理工場の油臭い空気の中で息をひきとってしまったのに対して、クラークの方は休む暇もなく恋愛騒ぎを繰り返し、大学に進み、飲酒に耽るようになり、学校をやめた。そして、結局のところ、町でも有数の伊達男《ボー》になったのだ。それでもクラークとジムはいまだ友情を保っていた。それは決してあらたまったものではなかったが、でも疑いの余地のない友情だった。その日の午後に、クラークのおんぼろのフォードが、歩道に立っていたジムの隣で速度を落とした。そして彼は出し抜けにジムをカントリー・クラブで催されるパーティーに誘ったのだ。クラークが衝動的にそんな招待をするのも珍しいことなら、ジムが衝動的にその招待を受けたのもそれに輪をかけて珍しいことだった。ジムの方はおそらく自分でも気づかぬままに日々に飽いていたのだろう。そしてこわごわながらも冒険をしてみたいと思っていたのだろう。そして今、ジムは覚めた頭でそれについて思いを巡らせていた。

彼は歌い出した。長い足で歩道の石のブロックをこつこつと気だるく叩いて拍子を取りながら。やがてそのブロックは、低いだみ声の歌にあわせてぐらぐらと上下に揺れ始めた。

「ジェリービーン・タウンの、家から一マイル離れたところに、
ジェリービーン・クイーンのジーンが住んでいた。
なにしろダイスが大好きで、とっても大事にしてたから、
ダイスの方でも彼女には、ちゃんといい目を出したのさ」

彼は急に歌をやめて、歩道の石をせわしなく叩き始めた。

「参っちまうな！」と彼は聞こえるか聞こえないかの声で呟いた。

　みんなはそこに揃っているだろう——由緒ある集団。ずっと昔に売られてしまった白亜の屋敷と、その暖炉の上にかかった、灰色の軍服に身を包んだ士官の肖像画の権限によって、ジムも本来ならその一員となっていたはずの集団である。でもその集団は長じるにしたがって、女の子のドレスの丈が一インチ一インチと長さを増していくのと同じくらいゆっくりと、あるいはまた男の子のズボンの裾がある日すとんと足首まで下りるのと同じくらい明瞭に、狭く固まった「仲間」を形成していった。お互いをファースト・ネームで呼びあい、子供時代に抱いた淡い恋心の記憶を留めているそんな社会《ソサエティー》にあっては、ジムはよそ者だった。彼は貧乏白人の世界に属していた。大抵の男たちはいちおううわべだけは彼のことを認知していた。彼は帽子を傾けて、三、四人の娘に挨拶をした。でもそれだけだった。

　夕闇が濃くなり、その青を背景として月がくっきりと浮かび上がる頃、彼は心地よく刺激的な暑い町を抜けてジャクソン街まで歩いた。店は仕舞い支度にかかり、最後の買い物客たちはまるでのんびりしたメリーゴーラウンドの夢見心地の回転に運ばれていくかのように、ゆっくりとそれぞれの家路についていた。街頭に立ち並んだ市は、色とりどりの屋台のきらびやかな路地を形成し、ごたまぜになった音楽を夜に向かって捧げていた。蒸気オルガンの奏でる東洋の舞踏音楽、怪しげな見世物小屋の入口のメランコリックなラッパの調べ、手回しオルガンから流れる陽気な『テネシーのわが家』のメロディー。

ジェリービーンはある店の前で立ち止まってカラーをひとつ買った。それから彼はソーダ・サムの店までぶらぶらと歩いていった。店先にはいつものように三台か四台の車が停まり、黒人の子供たちがサンデーやレモネードを手にちょこちょこと走りまわっていた。いつもの夏の夕暮れの光景だった。

「やあジム」

その声はすぐ脇から聞こえた。ジョー・ユーイングがマリリン・ウェイドと一緒に自動車の中に座っていた。後部席にはナンシー・レイマーと見たことのない男がいた。

ジェリービーンは素早く帽子のつばを傾けた。

「やあ、ベン――」、それからほとんど勘づかれない程度の間を置いて「やあ、みんな元気かい?」と彼は言った。

そこを通り過ぎ、彼はのんびりと自動車修理工場の方に歩いていった。彼の部屋はその二階にあった。彼が口にした「みんな元気かい?」という言葉はナンシー・レイマーに向けて言われたものだった。彼はもう十五年も彼女と口をきいたことはなかったのだ。

ナンシーはくちづけの記憶を留めたような唇と、影のように淡い瞳を持ち、ブダペスト生まれの母親から引き継いだ青みを含んだ黒髪だった。ジムは町でよく彼女とすれ違った。彼女は小さな男の子みたいにポケットに両手をつっこんでいた。そして彼は知っていた。彼女が、無二の親友のサリー・キャロル・ホッパーと二人で、アトランタからニュー・オリアンズに至るほうぼうで、男たちの心を片端から引き裂いてきたことを。

ほんの束の間のことだが、自分にもダンスができたならなあとジムは思った。それから笑って、歌をそっと口ずさみながら自分の部屋へと向かった。

「あの娘のジェリーロールは君のこころをしめあげる
あの娘の瞳はつぶらな茶色、
あの娘はジェリービーンの女王の中の女王
ジェリービーンの町の、僕のジーン」

II

九時半にジムとクラークはソーダ・サムの店の前で会い、クラークのフォードに乗ってカントリー・クラブに向かった。

「なあジム」とクラークはさりげない口調で尋ねた。二人はジャスミンの香りのする夜の中を、かたかたと車を走らせていた。「君はいったいどうやって暮らしをたてているんだい？」

ジェリービーンはちょっと間を置いて、考えた。

「そうだな」と彼はやっと口を開いた。「ティリーの修理工場の上に部屋を借りている。午後に車の修理を少し手伝うから、部屋代はただだ。それに時々は彼の持ってるタクシーの一台を運転して小遣い銭を稼ぐ。でも年中はやってられないよな」

「他には？」

「そうだな、忙しくなったら、丸いちにち工場の手伝いをするよ。たいていは土曜日だけどね。またそれ以外に、ちょっと口にするのをはばかられる僕の主なる収入源がある。たぶん君は覚えちゃいるまいが、この町では、僕はさいころ投げに関してはもう向かうところ敵なしってところでね、今ではカップを使ってしかさいころを投げさせてもらえない有り様だ。というのはいちど手のひらに感触を覚えちゃうと、さいころはまさにこっちの意のままに転がってくれるからさ」

　クラークはさもありなんという笑みを浮かべた。

「意のままにさいころの目を出すなんて技は僕にはとても覚えられなかったね。いつかナンシー・レイマーの相手をして、持ち金を残らずとり上げてくれるといいんだがな。あの娘ときたら男を相手にさいころ博打をやって、父親が面倒みきれないような金を巻き上げられちまうんだ。聞いたところによれば、先月なんてあの娘は博打の借金を払うために高価な指輪を売っちまったんだ」

　ジェリービーンはそれについては何も言わなかった。

「エルム街の白亜の家はまだ君のものなのか？」

　ジムは首を振った。

「売ったよ。もうあそこが町の一等地じゃないことを思えば、けっこういい金で売れた。弁護士はその金で戦時公債を買えって言った。でもメイミー叔母さんは頭がボケちまったから、今じゃ利子を全部使って、あの人のグレート・ファーム療養所での生活費にやっとこって有り様さ」

「なるほど」

「州の北部に年取った叔父さんがいて、にっちもさっちもいかなくなったら、そっちに行こうかとも思っているんだ。立派な農場なんだけど、黒人の働き手が十分集まらなくてね。それで来て手伝わないかって誘ってくれるんだ。でも僕はどうもその気になれないんだ。そりゃひどい田舎だしな――」彼はそこで突然話をやめた。「なあクラーク、君が誘ってくれたことはとても嬉しく思っているよ。でもさ、ここで車を停めて僕を降ろして、そのまま町まで歩いて帰らせてくれたほうが、こっちとしてもありがたいんだけどな」

「よせやい!」とクラークはうんざりしたような声で言った。「後生だからたまには息抜きをしようや。ダンスなんてむずかしく考えるなよ――フロアに出て体を揺すってりゃそれでいいんだからさ」

「おい、待てよ」とジムはあわてて叫んだ。「まさか僕をどっかの女の子に紹介しておいてから、置いてきぼりにして無理やりダンスをさせようっていう魂胆じゃないだろうな」

クラークは笑った。

「なあいいか」とジムは思いつめた声で言った。「もし君がそんなことはしないと誓わなかったら、僕はここでさっさと車を降りて、この二本の脚で歩いてジャクソン街まで帰っちまうからな」

二人は少し言い争ったあとで合意に達した。ジムは娘たちに煩わされることなしに、隅っこにある人目につかない長椅子に座ってあたりを見物している。そしてクラークは踊っていないときにはそこにやって来る。

そんなわけで、十時になるとジェリービーンは脚を組み、どことなく偉そうに腕組みをして、自分はここで寛いでいて、踊っている人々に対しては失礼でない程度に無関心という風を装っていた。しかし実のところ、穴があったら入りたいようなはにかみと、まわりで繰り広げられている情景に対する強い好奇心とのあいだで彼の心はふたつに引き裂かれていた。娘たちが一人また一人と、まるで元気の良い小鳥みたいに体をのばしたり毛づくろいをしたりしながらドレッシング・ルームから出てくる。彼女たちは白粉をふった肩越しに付添い《シャペロン》の婦人の方を振り返って微笑み、手早くあたりに視線を投げかけて場の様子を窺い、同時に自分の登場が部屋にどんな反応を引き起こしているかを見て取る。そしてまた再び小鳥のように、待ち受けていたエスコート役の男性のしっかりとした腕の中に舞い降りて、身を落ちつける。けだるそうな目をしたブロンドの髪のサリー・キャロル・ホッパーは、例によってピンクの衣装に身を包んで現れ、目覚めたばかりの薔薇の花のように目をぱちくりとさせている。マージョリー・ハイトとマリリン・ウェイドとハリエット・ケアリといった、昼間にはジャクソン街をうろついている娘たちも、カールさせ、整髪料でセットし、うっすらと染めた髪を天井の照明にまぶしく輝かせている。彼女たちはまるでピンクやブルーや赤や金色に塗られた、目にも鮮やかで異国情緒たっぷりなドレスデン人形みたいに見える。それも出来立てのほやほやでまだ乾ききっていないやつだ。

彼はもうそこに半時間もいた。クラークがときどきやってきて、そのたびに陽気に「よう、どうだい先生、楽しんでるかい?」と声をかけて、膝をぽんと叩いたが、彼としてはとうてい楽しい気持ちにはなれなかった。十人あまりの男たちが彼に話しかけてきたり、あるいはちょっとそばに立っていたりしたが、自分がそこに出席しているのを見てみんなが驚いていることがジムにはよくわかった。そのことで少し気を悪くしているのもいるんだろう。でも十時半になって、そんないごこちの悪さは突然消え失せてしまった。息を呑むような激しい好奇心に、彼はまさに自分というものを失ってしまった。ナンシー・レイマーがドレッシング・ルームから姿を見せたのだ。

彼女は黄色いオーガンディーのドレスを着ていた。その百個もの涼しげな角《かど》のある衣装には三段のひだがつき、背中には大きな蝶型リボンがついていて、そのおかげで彼女は黒と黄色をまるで艶のある燐光性の光沢みたいにまわりに撒いているようだった。ジェリービーンの目はぱっと開き、喉もとに何かの塊がこみあげてきた。パートナーが急ぎ足で迎えにやって来るまで、彼女はドアの脇に少し立っていた。相手は昼間にジョー・ユーイングの車に乗っていた見知らぬ男だった。ジムは彼女が腰に両手をあてて、小さな声で何かを言い、そして笑うのを聞いた。男の方も笑った。見覚えのない奇妙な苦痛が身のうちにぎゅっと差し込むのをジムは感じた。そのカップルのあいだを一条の光線が走った。ついさっき彼の体をあたためてくれたその太陽からこぼれた一筋の美しさだった。ジェリービーンは突然、自分が日陰の葉っぱになったような気がした。

それからすぐあとでクラークが彼のところにやってきた。その目はきらきらと輝いていた。

「よう、先生」と彼は大声で毎度お馴染みの台詞を繰り返した。「元気にやってるかい？」

元気にやっているさとジムは答えた。

「俺と一緒に来いよ」とクラークが命令するように言った。「こいつがなくちゃ画竜点睛を欠くってものがあるんだよ」

　ジムはぎこちない足取りでフロアを横切り、階段をのぼってロッカールームに入った。そこでクラークは得体のしれない黄色い液体の入った携帯瓶《フラスク》を取り出した。

「お馴染みのトウモロコシ〔訳注・密造コーン・ウィスキーである〕だよ」

盆に載ったジンジャーエールが到着した。「お馴染みのトウモロコシ」のような強い酒精《ネクター》の偽装は炭酸水くらいでは間にあわなかった。

「なあ、ジム」とクラークが息を呑むように言った。「ナンシー・レイマーは綺麗だよな？」

　ジムは頷いた。

「おそろしく綺麗だ」と彼は同意した。

「あの娘が今夜めかしこんでいるのは、みんなにお別れをするためなんだ」とクラークは続けた。「彼女の連れの男を見たか？」

「大きな男？　白いズボンをはいた？」

「ああ。サヴァンナから来たオグデン・メリットだ。親父のメリットはメリット安全剃刀の創始者だ。あいつはナンシーにぞっこんでね、一年中彼女のことを追いかけていたよ」

「あれは手におえない娘だ」とクラークは話し続けた。「でも僕はあの娘が好きだよ。

みんなに好かれている。でもあの娘はいささか無茶をやりすぎる。まあこれまではなんとか無事に切り抜けることができた。でもいろいろやってきたから、評判の方は満身創痍って感じだな」

「そうかい」とジムは言ってグラスを返した。「こいつは結構なトウモロコシだね」

「悪くない。でもな、たいしたもんだよ、あの子は。まったく、女だてらにさいころを転がすなんてなあ！　それにハイボールに目がないときてる。あとで一杯飲ませてやるって約束したんだ」

「彼女はその――メリットってやつに惚れてるのかな？」

「そんなこと知るもんか。でもこの町の別嬪娘たちはみんな結婚して、よそに出ていっちまうみたいだよな」

彼は自分のグラスにもう一杯酒を注いで、それから注意深く瓶にコルクの栓をした。

「なあジム、俺はこれからまた踊りに行かなくちゃならん。それでひとつ頼みがあるんだ。もしお前が踊らないのなら、このトウモロコシの瓶をしっかりと守っておいてほしいんだ。もし酒を飲んでるって誰かがかぎつけたら、飲ませろ飲ませろってやってきて、あっという間にからっぽになっちまうこと請け合いだし、それじゃ俺の立つ瀬はない」

そうか、ナンシー・レイマーは結婚するんだ。町の人気娘は白いズボンをはいた一人の男の私有物になってしまう。そいつの親父が他の連中よりちょっとだけ上等な剃刀を作ったというだけの理由で。二人で階段を降りながらジムはわけもなく辛い気持ちになった。生まれて初めて、名状しがたいロマンティックな憧れを胸の内に感じた。彼の脳裏に彼女の姿が次第に浮かびあがってきた。男の子のように意気揚々と通りを歩いていくナンシー、彼女を崇拝する果物売りから貢ぎ物としてオレンジをひとつ頂戴していくナンシー、ソーダ・サムでコーラを飲んでありもしないツケ帳にツケさせておくナンシー、色男たちを群れのように集合させて、午後のひと泳ぎやら歌唱会やらに向けて威風堂々と駆り立てるナンシー。

ジェリービーンはポーチに出て、人気のない隅っこに行った。そこには芝生の上に浮かんだ月と、ただひとつ明かりの灯ったボールルームの戸口にはさまれた暗闇があった。彼はそこに椅子をみつけ、煙草に火をつけ、毎度お馴染みのとりとめのない物思いに耽った。しかしその物思いは、夜の闇と、胸ぐりの深いドレスの前にたくしこまれた湿ったパウダー・パフのもわっとした匂いによって――そこから醸しだされた千もの芳醇な香りは空中を漂い、開け放たれたドアから外に流れでていた――いつにない鋭敏さを帯びていた。音楽さえもトロンボーンの大きな音色のせいで輪郭を失い、暑くてもうろうとしたものと化し、無数の上靴や革靴が床をこする音にけだるくかぶさっていた。

戸口からこぼれる四角形の黄色い光が、突然暗い人影によって遮られた。一人の娘がドレッシング・ルームからポーチに出てきて、彼から十フィートも離れていないところに立っていた。低い声が「いまいましいったら」と呟くのが聞こえた。それから彼女は振り向いてジムの姿を認めた。ナンシー・レイマーだった。

ジムは立ち上がった。

「やあ」

「こんちは――」と彼女は言ってちょっと間を置き、ためらってからジムの方にやってきた。「ああ、なんだ――ジム・パウエルじゃない」

彼は軽く頭をさげて挨拶した。何かさりげないことでも言おうと頭を巡らせながら。

「ひょっとしてあなた」と彼女は素早く切りだした。「つまりさ――あなたガムのことに詳しいかな？」

「なんだって？」

「靴にガムがくっついちゃったのよ。どこかのあほんだらがガムをその辺の床にほうりだしておいて、それでもって私が見事踏んづけちまったってわけ」

ジムは訳もなく赤くなった。

「こいつの落としかた、あなたにわかんない？」と彼女はぷんぷん怒りながら尋ねた。「ナイフも使ってみたわ。化粧室にあるものは片端から試してみたのよ。石鹸水も試してみた。香水までよ。ガムをはぎとろうとして、パウダー・パフまで駄目にしちゃったのよ」

ジムは慌てふためいた頭で考えを巡らせた。

「そうだな——僕は思うんだけど、たぶんガソリンを使えば——」

ジムがそれをまだ言いおわらないうちに、ナンシーは彼の手を摑んで、低いヴェランダから勢いよく駆け下り、花壇を越えて、ゴルフ・コースの一番ホールの脇に月光に照らされて駐車している一群の自動車をめがけて走った。

「ガソリンを出してよ」と息を切らせながら彼女はそう命令した。

「なんだって？」

「もちろんガムのためよ。こいつを落としちまわなくっちゃ。ガムつけたままダンスできないじゃない」

ジムは言われたとおり自動車に向かい、うまくガソリンを抜けそうなやつを物色した。もし彼女がシリンダーを要求したなら、彼はきっと力まかせにひとつもぎとっただろう。

「こいつだ」と彼はざっと調べてから言った。「こいつなら簡単だ。ハンカチ持ってるかい？」

「濡れたんで上に置いてきちゃったな。石鹼水をつけるときに使っちまったから」

ジムはもぞもぞとポケットの中を探った。

「僕の方もないみたいだ」

「いまいましいったら。ねえねえ、そのまま下にこぼしちゃえばいいじゃないよ」

彼は栓をひねった。ぽたぽたとガソリンがこぼれだした。

「もっと沢山！」

彼は大きく栓を開けた。したたり落ちていたガソリンは一本の筋となって鮮やかに光る油のたまりを作り、その揺れる表面に何十という数の震える月の姿を映し出した。

「うーん」と彼女は満足したようにため息をついた。「全部出しちゃってよ。こうなったらここにじゃぶじゃぶ浸かるしかないもの」

彼はやけっぱちで栓を全開にした。たまりは突然広がり、四方八方に向けて小さな川となり細流となって流れ出していった。

「これでいいわ。上等上等」

スカートの裾を上げて、彼女は優雅に足を踏み入れた。

「大丈夫。これでうまくいくわよ」と彼女は呟いた。

ジムは微笑んだ。

「車ならいくらでもあるぜ」

彼女は優美な身のこなしでガソリンの外に出て、自動車のステップボードに上靴のわきと底とをごしごしとこすりつけた。ジェリービーンはもうこらえきれなくなった。彼は腹を抱えて大笑いした。すぐに彼女もそれに加わった。

「あなたクラーク・ダロウと一緒にここに来たんでしょ?」、一緒にヴェランダに戻る途中で彼女が尋ねた。

「そうだよ」

「今あの人どこにいるかわかる?」

「たぶん踊ってるんだろう」

「チェッ、もう。あの人私にハイボールを飲ませてくれるって約束したのに」

「ああ、それなら問題ないさ」とジムは言った。「僕がこのポケットに瓶を預かっているもの」

彼女はいかにも嬉しそうな目で彼を見た。

「でもジンジャーエールが要るだろうね」と彼は付け加えるように言った。

「いいえ結構よ。私なら瓶からそのままでいいわ」

「本当に？」

彼女は馬鹿にしたように笑った。

「まかせてよ。私は男の人が飲めるものならなんだって飲めるんだから。そこに座ろうよ」

彼女はテーブルの端っこに腰掛け、彼はその隣にあった籐の椅子に座った。コルクを取ると、彼女は瓶を口にあててごくごくと飲んだ。ジムはその姿にじっと見とれていた。

「美味いかい？」

彼女は息もつかずに首を振った。

「全然。でも私は飲んだあとの心持ちが好きなのよ。みんなそうじゃないの？」

ジムも同意した。

「うちの父親はそいつが度を越して好きだったんだ。おかげで命を落とした」

「アメリカの男って、お酒の飲み方を知らないのよ」とナンシーは重々しい声で言った。

「なんだって？」とジムはぽかんとして尋ねた。

「はっきり言ってね」と彼女は無頓着に話を続けた。「アメリカ男って何ひとつまともにできやしないんだから。私が人生でただひとつ後悔していることは、私が英国で生まれなかったっていうことよね」

「英国で？」

「うん。それが我が人生の最大の不覚だな」

「君は英国のことが好きなんだ」

「うん。すごおく好きよ。私、自分ではまだ行ったことないんだけどね。でも私、軍隊に入ってこっちに来ている英国人にいっぱい会ったわ。オックスフォードやケンブリッジ出身の人たちよ。こっちで言えばシウォーニーとジョージア大学みたいなものよ。それに英国の小説もいっぱい読んだのよ」

ジムはあっけにとられて耳を傾けていた。

「ねえ、あなた聞いたことある、レディー・ダイアナ・マナーズ〔訳注・当時の有名な美女。実在〕のこと」と彼女は熱をこめて彼に尋ねた。

ジムは聞いたことがなかった。

「うん、私は彼女のような人になりたいんだ。彼女は、そう、私のような黒髪でね、とびっきりワイルドなんだ。彼女は馬に乗ってどっかの聖堂だか教会だか何だかの階段を上がって、それからっていうものあらゆる小説家はその女主人公たちに同じようなことをさせたわけ」

ジムは儀礼的に相づちを打った。彼の理解力はもう話についていけなくなっていた。

「瓶を回して」とナンシーが言った。「もうちょっと飲みたいな。ちょっとだから、私平気よ」

「ねえ」一口飲み終えたあとで、彼女はまた息を切らせたまま話を続けた。「あっちの人ってみんなスタイルというものを持っているのよ。ここではスタイルを持っている人なんて誰もいない。つまり私が言いたいのはね、このあたりの男の子たちって、私がすごくおめかししたり、あるいはすごくばりっとしたことをやってみせたりする価値のない相手なのよ。そういうのってわかんないかな？」

「うん、そうだね――その、わかんないな」とジムはもそもそとした声で言った。

「それでね、私としてはそういうことをぱあっとやりたいのよ。この町ではスタイルというものを持った娘なんて実際私くらいしかいないんだもの」

彼女は両腕をいっぱいに広げて、気持ちよさそうにあくびをした。

「素敵な夜よね」

「まったくだね」とジムは答えた。

「ボートが欲しいわね」と彼女は夢見ごこちに言った。「銀色の湖に船が出せるといいな。たとえばテムズみたいなとこにさ。キャビアのサンドイッチを食べて、シャンパンを飲むの。人数は八人くらいがいいわね。そしてそのうちの一人がみんなを喜ばせるために水の中に飛び込んでそのまま溺れちゃうわけ。ちょうどいつだったか、ある殿方がレディー・ダイアナ・マナーズと一緒にいたときにそうやったみたいに」

「その男は彼女を喜ばせるために溺れたわけなの？」

「彼女を喜ばせるために溺れたわけじゃないわ。彼はただ水の中に飛び込んでみんなを笑わせようとしただけなの」

「きっとみんなはその男が溺れるのを見て大笑いしたんだろうね」

「そうねえ、みんなもちょっとくらいは笑ったでしょうね」と彼女は認めた。「まあいずれにせよ彼女は笑ったと思うわ。彼女はかなりハードな人だったからさ――ちょうど私みたくね」

「君はハードなのかい？」

「鉄釘のごとく」と彼女は言ってまた伸びをし、こう付け加えた。「もっとお酒を飲ませてよ」

ジムは少しためらったが、彼女はいかにも尊大に手を差し出していた。「私をそのへんの小娘みたいに扱わないでよ」と彼女は彼に向かってきっぱりと言った。「私はあなたが知っているような女の子とはぜんぜん違うんだからさ」それから彼女はちょっと考えた。「うん、でもたぶんあなたが正しいのかもしれない。あなたはその――あなたは若い体に古い頭を乗っけているんだものね」

彼女はぴょんと飛び上がるように立ち上がって入口に向かった。ジェリービーンも立ち上がった。

「さよなら」と彼女はあらたまった声で言った。「さよなら。どうもありがとう、ジェリービーン」

それから彼女は、ポーチに立ってぽかんと目をむいている彼をあとに残して、中に入っていった。

Ⅲ

十二時になると、ケープ姿の行列が婦人用ドレッシング・ルームから一列になって出てきた。彼女たちのひとりひとりにはそれぞれにエスコート役の男たちが待ち受けていて、まるでコティヨン〔訳注・ダンスのひとつ〕を踊るみたいに順番に組《ペア》を作っていった。そして彼らは眠たげな、でも幸せそうな笑い声をあとに残してドアの外に出ていった。外の暗闇の中では、自動車がバックしたり、排気音を響かせたりしていた。仲間同士が名前を呼びあい、ウォータークーラーのまわりに集まったりしていた。

隅っこに座っていたジムはクラークを探そうと腰を上げた。二人がその前に顔をあわせたのは十一時だった。そのあとクラークは踊りに行ってしまったのだ。ジムは彼の姿を探し求めつつ、今ではソフトドリンクのスタンドになっているかつてのバーに〔訳注・当時のアメリカは禁酒法のもとにある〕足を踏み入れた。部屋には人影はなく、カウンターの奥で眠そうな顔をした黒人がひとりうとうととまどろみ、二人の若い男がテーブルの前に座って二個のさいころを退屈そうにもてあそんでいるだけだった。ジムがもうそこを引き上げようとしているときに、クラークが入ってくるのが見えた。クラークの方でもすぐにジムをみつけた。

「ようジム！」とクラークは呼んだ。「こっちに来て俺たちにその瓶のやつを飲ませてくれよ。もうそんなに残っちゃいるまいが、みんなに一口ずつ渡るくらいはあるだろう」

ナンシーと、サヴァンナから来た男と、マリリン・ウェイドとジョー・ユーイングが戸口にたむろして笑いあっていた。ナンシーはジムと目をあわせると、悪戯っぽくウィンクした。

彼らはテーブルに移り、丸くなってそこに座り、ウェイターがジンジャーエールを運んでくるのを待った。ジムは落ちつかない目でナンシーの方を見た。彼女はふらりと隣のテーブルに移って、二人の青年を相手に小銭を賭けてさいころを振っていた。

「あいつらをこっちに呼んだらどうだい」とクラークが言った。

ジョーがあたりを見回した。

「あんまり人数を多くしたくないな。こいつはクラブのルールに違反しているからさ」

「誰もいやしないさ」とクラークは言った。「ミスター・テイラーの他にはね。彼は血眼になってあっちこっち捜し回っているぜ。自分の車からガソリンをすっかり抜き取っちまったやつをみつけだそうとしてさ」

それを聞いてみんなは笑った。

「あり金を賭けてもいいけどさ、ナンシーの靴にまた何かがくっついたようだね。彼女が近くにいるときには車を置きっぱなしにはできないな」

「ようナンシー、ミスター・テイラーが君を捜し回っているぞ」

ナンシーの頰はゲームに熱中して紅潮していた。「あの人のしょうもないポンコツ車なんてもう二週間も見ちゃいないわよ」

ジムは突然の沈黙に気づいた。彼は後ろを振り返って、年齢の定かでないひとりの男が戸口に立っているのを見た。

クラークがその気まずい沈黙を破った。

「よかったらこっちにいらっしゃいませんか、ミスター・テイラー」

「ありがとう」

ミスター・テイラーはその招かれざる身を椅子の上にどっしりと落ちつけた。「嫌でもお仲間に入れてもらわなくちゃならんようだな。私はね、ガソリンをどこかでみつけてもらうまで、ここで待っているんだよ。誰かが私の車に悪さをしたものでね」

彼は目を細めて、ひとりひとりの顔を順番に窺った。この男は戸口のところでどこまで話を耳にしたんだろうな、とジムは考えた。そのときに口にされたことを彼は思い出そうと努めた。

「今夜はついてる」とナンシーは歌った。「私の五十セントは骰《さい》の目次第」

「張った!」とミスター・テイラーが出し抜けにぴしっとした声で言った。

「あらあらミスター・テイラー、あなたがさいころをなさるなんてちっとも知りませんでしたわ」、ナンシーは彼が席に着いたのを目にして大喜びした。そして即座に自分の賭け金を差し出した。ある夜に、かなりしつこく迫ってきた彼を彼女がはっきりとはねつけて以来、ふたりはお互いのことを公然と嫌いあっていた。

「さあベイビーたち、ママのために頑張ってちょうだいね。ちょいと七を出してくれればいいのよ」、ナンシーはさいころにむかって甘い声でそう囁いた。彼女はいかにも見せびらかすような派手な下手投げでさいころをテーブルの上に放りなげた。

「ほおらね、こうなると思ってたんだ。さあもう一回よ。賭け金を上げてね」

五回の勝負が彼女のものになると、テイラーが負けっぷりの悪い人物であることがわかってきた。彼女はその勝負を私怨がらみのものにしていたし、勝負をものにするたびにその目に勝ち誇ったような光がちらつくのをジムは認めた。彼女はさいころを投げるたびに賭け金を倍にアップしていった。でもそんな幸運はそう長く続くわけがない。

「もう少し調子を落とした方がいいぜ」と彼はおずおずと彼女に注意を与えた。

「うんでもさ、ちょいと見ててよ」と彼女は囁いた。八の目が出るように彼女はかけ声をかけた。

「さあ八《ハチ》だよ。ハチが出ておくれ」

さいころはテーブルの上をころころと転がった。ナンシーは頬を赤くし、ほとんど熱狂状態だった。しかしツキはまだ残っていた。彼女は一歩も引くものかといわんばかりにどんどん賭け金を上げていった。テイラーは指でテーブルをとんとんと叩いていた。でも彼は踏みとどまった。

それからナンシーは十を狙ったが、しくじった。テイラーはとびつくようにさいころを握った。彼は何も言わずにさいころを振った。ぴんと張り詰めた緊張の中で、一番また一番と振られるさいころのかたかたかたかたという音だけがあたりに響いていた。

そして今、またナンシーがさいころを振る番になった。しかし彼女のツキはもう落ちてしまっていた。一時間が経過した。勝負は一進一退というところだった。テイラーの振る番になった――そしてもう一度、またもう一度。ついに彼らは五分と五分になり、それからナンシーは最後の五ドル札を失ってしまった。

「私の小切手は受け取っていただけるかしら？」と彼女は早口で言った。「五十ドル。そのぶん全部勝負しましょうよ」、彼女の声はいささか不安定な響きを持っていた。そして金の方に伸びた彼女の手は震えていた。

クラークはジョー・ユーイングと、これはあるいはまずいことになるかもしれんな、という視線を交わした。テイラーがまたさいころを振った。彼はナンシーの小切手を手にした。

「もう一枚いかがかしら?」と彼女はつかみかかるように言った。「どこの銀行だっていいじゃない。もお、お金なんていくらでもあるんだもの」

ジムにはわかった。これは彼が彼女に与えた「お馴染みのトウモロコシ」のせいであり、彼女がそのあともくいくいと飲んでいた「お馴染みのトウモロコシ」のせいなのだということが。もし自分に彼女を制止することができたならなあと彼は思った。彼女くらいの年頃の、彼女くらいの立場にある娘が銀行口座を二つも持っているわけがない。時計が二時を打ったとき、彼はもう我慢できなくなった。

「ねえもし僕に――その、僕が君のかわりにさいころを振ってもかまわないかなあ」、彼はいつものものそっとしたけだるい声をちょっとだけ引き締めて、彼女にそう持ちかけてみた。

彼女は眠たそうな顔をして、どうでもいいやという風にさいころを突然彼の前に放り投げた。

「いいわよ。レディー・ダイアナ・マナーズ曰く『転がしなさい、ジェリービーン』。私のツキは落ちちゃった」

「ミスター・テイラー」と彼は何でもなさそうな声で言った。「僕は現金、あなたはそこにある小切手を賭けて勝負をしましょう」

半時間後にナンシーは身を前に乗り出して、彼の背中をぱんと叩いた。

「あなたはたしかに私のツキを盗んじゃったわね」、彼女はそう言って、わけしり顔で頷いた。

ジムは最後の一枚の小切手をまきあげると、これまでのぶんと一緒にしてびりびりと細かく引き裂き、それを床に散らした。誰かが歌いだし、ナンシーは椅子を後ろに蹴って立ち上がった。

「紳士淑女の皆様」と彼女はみんなに向かって言った。「淑女の皆様というのはあなたのことよ、マリリン。私は世界に向かって告げたいのです。この町においてジェリービーンとしてつとに知られるジム・パウエルが偉大なる原則に対する例外であることをです。つまりその原則とは『さいころに優れたるものは、愛には恵まれず』というものです。ところが彼はさいころに優れており、そしてまた何を隠しましょう、私は――この私は彼のことを愛しているのです。紳士淑女の皆様がた、私ことナンシー・レイマー、若者たちのあいだで最も人気のある存在の一人としてヘラルド紙にたびたび紹介されたこともある名高い黒髪の美女は――といってもまあ誰もかれもそういう風に紹介されているのですが――ここに声を大にして言いたいのです。とにもかくにも声を大にしてですよ、紳士――」、彼女はそこで突然よろめいた。クラークが彼女の体を支え、バランスを立て直してやった。

「おっと失礼」と言って彼女は笑った。「彼女はここに深く――ここに深く――なにはともあれ――ジェリービーンに乾杯いたしましょう……。ミスター・ジム・パウエル、ジェリービーンの国の王様」

そしてその少しあとで、ジムはガムをとる道具を探しているナンシーに会ったのと同じポーチの暗い隅っこで、帽子を手にクラークが来るのを待っていた。彼女がそこにさっとやってきた。

「ジェリービーン」と彼女は言った。「ここにいたの、ジェリービーン？　私、思うんだけどさ――」、そして彼女のかすかに足もとがふらついた様子は、まるで魔法をかけられた夢の一部のように思えた。「ねえジェリービーン、あなたには私のいちばん甘いキスを受けるだけの値打ちがあるわよ」

そして間髪を置かず彼女の両腕が彼の首にまきつけられ、唇が彼の唇に押しつけられた。

「私はどうしようもないはねっかえりなのよ、ジェリービーン。でもあなたは私に良くしてくれたわ」

そして彼女は行ってしまった。ポーチを下りて、こおろぎのうるさく鳴く芝生を越えて。メリットが玄関のドアから出てきて、彼女に向かって腹立たしげに何かを言うのを聞いた。彼女が笑い声を上げ、くるりと後ろを向き、顔を背けたまま彼の車の方に向かうのが見えた。マリリンとジョー・ユーイングがそのあとに従った。ジャズ・ベイビーのことを歌った物憂い歌を口ずさみながら。

クラークが出てきて、階段のところでジムと一緒になった。「みんなかなり酔っぱらったみたいだな」と彼はあくびしながら言った。「メリットは頭に来ている。これでナンシーとはおしまいだろう」

東のゴルフ・コースの上に、灰色の雲がまるで薄っぺたい敷物のように、夜の足もとにすうっと広がっていた。車に乗った一行はエンジンを温めているあいだ、みんなで歌を歌い始めた。

「みんなおやすみ」とクラークが声をかけた。

「おやすみ、クラーク」

「おやすみなさい」

間があって、それから幸せそうな声がそっと付け加えた。

「おやすみ、ジェリービーン」

車は沸き立つ歌声をあとに残して走り去った。道の向かいの農家のおんどりがたったひとりで悲痛なときの声をあげた。背後では最後まで残っていた黒人のウェイターがポーチの明かりを消した。ジムとクラークはフォードの方にゆっくりと歩いていった。砂利敷きの車寄せが足もとでざくざくという耳障りな音を立てた。

「まったくなあ」とクラークが静かなため息をついた。「よくもあんなに巧くさいころを振れるもんだよな！」

あたりは未だ暗かったので、クラークはジムのほっそりとした頰が紅潮するのを目にとめることはなかった。そしてそれがいつにはない恥を感じた故の紅潮であることを知るよしもなかった。

Ⅳ

ティリーの修理工場の二階の寒々しい部屋には、一日じゅう階下のがたがたという音や排気音や、外で車を洗う黒人の歌声が響いていた。味も素気もない真四角な部屋には、ベッドとしおたれたテーブルがあるだけだった。テーブルの上には半ダースほどの数の本が載っていた。ジョー・ミラーの『アーカンソー横断列車』、昔風の字でいっぱい注釈のつけられた古い装丁の『ルシール』、ハロルド・ベル・ライトの『世界の目』、そして白紙の部分にアリス・パウエルという名前と一八三一年という日付の入った古色蒼然たる英国教会の祈禱書、というところだ。

ジェリービーンが修理工場に戻ってきたときには灰色だった東の空は、彼がぽつんとぶらさがった電灯を点けたときには、もう見事なほど鮮やかな青に変わっていた。彼は今点けたばかりの電灯を消し、窓際に行ってその縁に肘を置き、朝がその姿を顕らかにしていく様をじっと眺めていた。感情が次第に目を覚ましていくにつれて、まず最初に感じたのは空虚感だった。隅々まで灰色に染まった自分の生活がもたらす疼きだった。彼のまわりに壁がすっと持ち上がって、彼をその中に囲いこんでしまった。彼の住んでいる、味も素気もない部屋の白い壁と同じように、手で触ることのできるはっきりとした壁だった。そしてその壁の存在に気づくのと同時に、これまで自分の存在を包んでいたロマンスのようなもの、つまり気儘な暮らし、先のことなんて考えずに生きる気楽さ、奇跡ともいうべき人生の気前の良さ、そういう何もかもが霞のように消えていった。けだるい歌を口ずさみながらジャクソン街をぶらぶらと歩き、どの店でもどの屋台でも顔見知りのジェリービーン、くだけた挨拶や仲間うちの軽口で心満ち足りて、時々は哀しくなるけれど、それはただ哀しみのための哀しみであり、時が過ぎ去っていくことへの哀しみであったジェリービーンはあとかたもなく消えうせてしまったのだ。今ではその名前そのものが恥辱であり、矮小なものであった。彼には手にとるようにはっきりとわかった。メリットは彼のことを軽蔑しているのだ。たとえあの明け方のナンシーのキスがあの男の中に何かを呼び起こしたとしても、それは嫉妬ではなく、ナンシーがそこまで自分をおとしめたことに対する侮蔑の念に過ぎなかったはずだ。そしてこの俺はといえば、修理工場で習い覚えた汚らしい手口を彼女のために使っただけだ。俺は彼女のモラルの洗濯屋みたいな存在だった。その染みは今や俺のものなのだ。

灰色が青になり、明るい光が部屋に満ちると、彼はベッドにどっと身を投げ出し、荒々しくその端っこを摑んだ。

「なんてこった！」と彼は声に出して叫んだ。「俺は彼女を愛している」

それを口にしたことで、彼の中で、まるで喉の奥のかたまりが溶けるみたいに、何かがすっと取れた。夜明けとともに空気が澄んで晴れやかになった。彼はうつ伏せになり、枕に顔をつけてしくしくとすすり泣き始めた。

午後三時の陽光の中で、いかにも辛そうな排気音を響かせてジャクソン街を通りかかったクラーク・ダロウは、ジェリービーンに呼びとめられた。ジェリービーンはチョッキのポケットに指をつっこんで、縁石の上に立っていた。

「よう」とクラークは答え、道ばたにフォードをがくんと停めた。「起きたところかい?」

ジェリービーンは首を振った。

「寝ちゃいないよ。落ちつかなくてさ、町の外をずっと散歩してたんだよ。今戻ってきたばかりさ」

「まあ落ちつかないだろうよな。俺だってなんか一日じゅうそんな心持ちでさ——」

「町を出ていこうと思ってるんだ」とジェリービーンは話し続けた。彼の頭は自分のことでいっぱいになっていた。「北の農場に行って、ダン叔父さんの仕事を少し手伝ってみようかってね。いつまでもぶらぶらとしているわけにはいかないからな」

クラークは黙っていた。ジェリービーンは続けた。

「メイミー叔母さんが死んだら、自分の金を農場に投資して、まとまった財産を作ることだってできるかもしれない。うちのもともとの家系は北の方から来てるんだよ。あっちにでかい土地を持っていたんだ」

クラークは興味をかきたてられたように彼のことを見た。

「こいつは奇妙だな」と彼は言った。「それが――実を言うと、あのおかげでこっちも同じような気分になっていたんだよ」

ジェリービーンはためらった。

「よくわからないんだけどね」彼はゆっくりとそう語り始めた。「昨夜あの娘が喋っていたダイアナ・マナーズっていう英国のレディーのことがさ――そいつが僕に考えさせたんだよ！」、彼は背筋をしゃんと伸ばし、不思議な目でクラークを見た。「僕にもかつては〈家〉というものがあったんだ」と彼は挑戦的な声で言った。

クラークは頷いた。

「わかってるよ」

「僕はその最後のひとりなんだ」とジェリービーンは続けた。彼の声のピッチはかすかに上がっていた。「そして何の価値もない人間だ。僕のあだ名は要するにジェリーだ――弱くってふにゃらふにゃらしているんだ。うちの一家が羽振りの良かった頃にはごみ同然だった連中が、今では通りですれちがってもつんつんしやがる」

クラークはまた黙り込んだ。

「僕はもうそういうのをやめにする。今日の今日ここを出る。この町にもう一度戻ってくるときには、まともな男《ジェントルマン》として戻ってくる」

クラークはハンカチを出して、額の汗を拭いた。

「このことでショックを受けたのはお前だけじゃないと思うよ」と彼は暗い顔をして言った。「昨今の娘たちがやらかしている無鉄砲は、そろそろ何とかしてやめさせないとな。まったくひどいことになっちまったが、でもこれでみんなちっとは真剣に考えるだろう」

「なんだって」とジムはびっくりして尋ねた。「つまりあれがみんなばれちまったっていうことなのかい?」

「ばれた? なんでこんなことが秘密にしておけるものか。今夜の新聞にだって出るさ。ドクター・レイマーにしてもやっぱり自分の名誉を守らなくてはならないからな」

ジムはフォードの車体に両手を置き、その長い指先にぎゅっと力を入れた。

「テイラーがあの小切手を調べたということなのか?」

今度はクラークが驚く番だった。

「お前、事件のこと何も知らないのか?」

ジムのあっけにとられたような顔がその答えになっていた。

「あのな」とクラークは芝居がかった声を出した。「あいつら四人はあれからまたウィスキーを一本空けちまったんだ。それでぐでんぐでんに酔って、ひとつ町をひっくりかえらせてやろうということになったんだ。そしてナンシーとあのメリットっていう男は、朝の七時にロックヴィルで結婚しちまったのさ」

ジェリービーンの指の下の車体に小さなひっかき傷が現れた。

「結婚したって？」

「そのとおり。ナンシーは酔いが覚めて、町に飛んで戻ってきた。泣きながら、そして死ぬほど脅えきってな。そしてあれはみんなまったくの間違いだったって言った。最初ドクター・レイマーは怒り狂って、メリットを殺すと息巻いていた。でも結局すべては話しあいで収まって、ナンシーとメリットは二時半の汽車でサヴァンナに発った」

ジムは目を閉じた。そして気分が悪くなるのをなんとか持ちこたえた。

「まったくひどいことだよ」とクラークは言った。「結婚のことを言ってるんじゃない。それはそれで、悪かない。ナンシーがあいつのことを愛しているとは思えないけれどね。でも育ちの良い娘があんな風に家名に泥を塗るってのは、許せないぞ」

ジェリービーンは車から手を離して、うしろを向いた。今また何かが彼の体の中で進行していた。それは言葉では説明することのできない、化学的な変化のようなものだった。

「何処に行くんだよ？」とクラークが尋ねた。

ジェリービーンは、肩越しに気怠《けだる》そうに振り返った。

「行かなくちゃ」と彼はぼそっとした声で言った。「長いあいだ起きていすぎた。あんまり気分がよくない」

「そうか」


三時の表通りは暑かったが、四時になると更に暑くなった。四月の埃が太陽を網にとらえて、またもう一度上にひっぱり上げているようにも見えた。それはいつまでも終わることのない午後に対して、大昔から飽きもせずに繰り返されてきたジョークだった。しかし四時半になると、静けさの最初の層が地表に降りて、日除《よ》けの天幕と、重く繁った樹木の落とす影が長くなった。そんな熱気の中では、何も意味を持たなかった。人生とは天気と同じだ。すべてを捨て鉢にさせてしまう熱気に耐えながら、疲弊した額に置かれる女の手のように柔らかく心地よい涼しさを待つのだ。それこそが南部の最大の英知である——ジョージアの地にあっては、おそらく問わず語らずのうちに、人々はみんなそう感じて生きている。そんなわけで、後刻ジェリービーンはジャクソン街の玉撞き場に姿を見せることになった。そこにいけば間違いなくいつもの気心の知れた人々に出会うことができるのだ。そして彼らはまたぞろ古いジョークを口にすることだろう。彼がすでに聞き及んでいるジョークを。

『ジェリービーン』のためのノート

この作品はフィッツジェラルド初期の名品『氷の宮殿（The Ice Palace）』（『マイ・ロスト・シティー』所収）の続編である。舞台も同じくジョージア州タールトンなら（もっともこちらの作品には具体的な土地の名前は出てこないが）、登場人物も共通している。フィッツジェラルドは戦争中に将校として南部に駐屯したわけだが、ミネソタ州出身の彼の目には北部とはがらりと違う南部の文化や風土がとても珍しく映じたのだろう。けだるく心地よい町の情景や人々のありようが、品の良い異国情緒をこめていきいきと描きあげられている。彼の作家としてのキャリアのもっとも初期に書かれた作品ではあるが、筆が実にのびのびとしていて、作風に自然な広がりと奥行きがある。若き日のフィッツジェラルドは（まだ二十歳を過ぎたばかりである）、まるで歌でも歌うようにナチュラルで的確で滑らかな描写をする。『氷の宮殿』に比べると最後のカタストロフの迫力が不足しており、それがこの作品のいささかの疵になっているかもしれないが、文章の瑞々しさと、その天成の「作家の眼」は、この作品をきわめて魅力的な、ビター・スイートなフェアリ・テイルに仕上げている。「失敗者（ルーザー）」に注がれる筆者の温かいまなざしにも御注目いただきたい。幸福の絶頂にあってさえ、彼はいつもその深淵をふとのぞきこまないわけにはいかなかったのだ。

フィッツジェラルドは『ポスト』誌のためにこの作品を書いたが、結末がハッピーエンドではないという理由で雑誌掲載を断られ、後に多少手を加えてから『メトロポリタン・マガジン』に発表した。このようなハッピーエンド問題はデビュー当時から晩年にいたるまで、ずっとフィッツジェラルドを苦しめることになった。フィッツジェラルドが残した名作の結末のほとんど全てが非ハッピーエンドであるのに反して、アメリカの商業雑誌が彼に求めたのはほとんど常にスーパー・ハッピーエンドな娯楽小説であったからだ。

この作品に対するフィッツジェラルドのコメントは次のようなものである。「これは南部もの（サザン・ストーリー）である。舞台はジョージア州タールトン、私はこのタールトンという町にいささかの思い入れがある。しかしながらタールトンについての話を書くたびに、私は南部のいたるところから躊躇なき糾弾の手紙を頂くことになる。そしてこの『ジェリービーン』はそのような警告的な手紙をたっぷりと引き寄せることとあいなった。

この作品は私の最初の小説が発表されてほどない時期に、奇妙な状況のもとで書かれた。それに加えて、これは私が協力者を得て書いた最初の作品である。というのは、私は自分ではさいころ賭博のエピソードをうまく書くことができなかったからだ。私はそれについては妻に下駄を預けた。ひとりの南部娘として、彼女はおそらくは、この地方色豊かな偉大なる娯楽のテクニックと専門用語のエキスパートであったからだ」

言うまでもないことだが、『氷の宮殿』に出てきたサリー・キャロル・ハッパーと同じく、この作品に出てくる奔放な美女ナンシー・レイマーも、結婚したばかりのゼルダがモデルになっている。

カットグラスの鉢

The Cut-glass Bowl

I

旧石器時代があり、新石器時代があり、青銅器時代があり、そして長い年月のあとにカットグラス時代がやってきた。カットグラス時代にあっては、若い御婦人がたは長い口髭をカールさせた若い紳士たちにうまく水を向けて求婚をさせ、その後数カ月のあいだ二人で仲よく肩を並べて、結婚の祝いにもらったありとあらゆる種類のカットグラスの食器に対する礼状をしたためることとあいなった。パンチボウル、フィンガーボウル、ディナーグラス、ワイングラス、アイスクリーム皿、ボンボン皿、デカンタ、そして入れ物《ケース》——一八九〇年代においてはカットグラスはとくに珍しいものではなくなっていたものの、人気は当時ことのほか高く、ボストンの高級住宅地から、堅実そのものの中西部にいたるまで、カットグラスはいたるところで眩《まばゆ》い光を受けて光っていた。

結婚式が終わると、幾つかのパンチボウルは大きなボウルを真ん中にして、サイドボードに並べられる。グラスは陶器戸棚に入れられる。蠟燭立ては両端に鎮座する――そしてそれから、生き残りのための苦難が始まった。ボンボン皿はその小さな把手を失い、二階に持っていかれて小物を入れる皿になりはてた。猫が歩いていて小さなボウルを床に落とした。女中が砂糖皿のついた中くらいの大きさのボウルをかいてしまった。そしてワイングラスたちは脚部のひびによって寿命を終えることになった。それからディナーグラスたちさえもが、まるで「十人の小さなくろんぼ」みたいにひとつまたひとつと姿を消していった。その最後のひとつは今では歯ブラシ入れとして、他の零落した貴人たちとともに、バスルームの棚にその疵だらけの凋落の身をさらしている。しかしこれらのことが全部ひととおり終わったころには、カットグラス時代もまた終わりを迎えていた。

詮索好きなロジャー・フェアボルト夫人が、美しいハロルド・パイパー夫人の家を訪れた頃には、その最初の栄光はもう昔日のものとなっていた。

「まあ、これはこれは」と詮索好きなロジャー・フェアボルト夫人は言った。「素晴らしいお宅じゃありませんか。なんて芸術的なんでしょう」

「気に入って頂けて、とっても嬉しいですわ」と美しいハロルド・パイパー夫人は、その若々しい黒い瞳を輝かせて言った。「これからも絶対にちょくちょく遊びに来てくださらなくては。午後はわたくし、だいたいいつもひとりなんですのよ」

フェアボルト夫人としてはさぞや「あらあら、また御冗談を。私なんかが伺ったら御迷惑でしょうに」と言いたかったことだろう。何故なら、この半年間というもの週に五日は、フレディー・ゲドニ氏が午後にパイパー家に立ち寄っていることは、街の人間で知らぬものはなかったからだった。フェアボルト夫人はある程度年を食ってから、美しい女の言葉は何ひとつ信用しないようになっていた。

「ダイニング・ルームがいちばん素晴らしかったわ」と彼女は言った。「陶器がみんな見事だし、それにあの大きなカットグラスのボウル」

パイパー夫人は笑ったが、その笑顔がとても可愛らしかったので、それまでフェアボルト夫人の頭にわずかに残っていたフレディー・ゲドニと彼女についての噂話への疑念は、きれいに消え失せてしまった。

「ああ、あの大きなボウルね！」それらの言葉をかたちづくるパイパー夫人の唇は、まるで鮮やかな薔薇の花弁のようだ。「あのボウルについてはちょっとしたお話があるんですのよ」

「まあ、それは――」

「カールトン・キャンビイという青年を覚えていらっしゃるかしら？　あの方はしばらく私にとても親切にして下さったんですけれど、七年前、一八九二年の夜に、ハロルドと結婚することになったと申し上げたときに、きっと居ずまいを正してこうおっしゃったんですよ。『ねえイヴリン、僕は君に贈り物をあげるよ。それは君と同じように硬くて、美しくて、空っぽで、中が透けて見えるものだよ』。私はそれを聞いてちょっと怖くなったんです――彼の瞳はそれこそ漆黒の黒だったんですもの。彼は私にお化け屋敷とか、あるいは開けたとたんに爆発するものとかそういうものを下さるんじゃないかと思ったんです。贈られたのはそのボウルでした。もちろん美しいボウルです。その直径だか、円周だか、よくわからないけれどその手のものは二フィート半も――ええと三フィート半だったかしら――あるんですのよ。とにかく大きすぎてサイドボードにもはいらなかったんです。外にぴょんと突き出てしまうんですもの」

「まあまあ、それは不思議なお話ね！　そういえば、ちょうどそのころにあの方は街を出ていってしまったんじゃなかったかしら」、フェアボルト夫人は頭の中に傍点つきでしっかりとメモした。「硬くて、美しくて、空っぽで、中が透けて見える」

「そう、彼は西部へ行きました――南部だっけ――とにかくどこかに」とパイパー夫人は答えた。美しさをときならず際だたせる一助ともなる、その魅力いっぱいの曖昧さをふりまきながら。

広々とした音楽室からライブラリを抜けて、その先の食堂の一部までを露わにしているゆったりとした開放空間がもたらすおおらかさに感服しながら、フェアボルト夫人は手袋をはめた。とくに大きいというわけではないが、町じゅう探してもこんなに素敵な家はない。それなのにパイパー夫人の言によれば、彼らはデヴロー・アヴェニューのもっと大きな家に移るつもりでいるらしい。ハロルド・パイパーはお札でも刷っているのかしら。

秋の夕暮れの色に染まりつつある歩道に出ると彼女は、地位ある四十年配の御婦人の例に洩れず、いかにも何かが気に入らないような、不快感をかすかに漂わせた表情を顔に浮かべて通りを歩いた。

もし私がハロルド・パイパーだったなら、と彼女は思った、もう少し仕事に割く時間を減らして、もう少し家にいる時間を増やすわね。友達の誰かがそういうことをちょっと忠告してあげるべきだわ。

しかしもしフェアボルト夫人がその午後の訪問を「収穫あるもの」と考えていたとすれば、あと二分間の長居がもたらしたであろうものを彼女はきっと「大成功」と呼んだことだろう。というのは夫人の姿がまだ、通りの百ヤードばかり先に黒い影として見えているうちに、ひとりのとても顔だちのいい青年が、取り乱した様子でパイパー家の玄関先に姿を見せたからである。ドアベルに応えてパイパー夫人自身がドアを開け、ちょっと困ったような表情を顔に浮かべて、客を素早くライブラリに通した。

「来ないわけにはいかなかった」と彼は思い余ったように言った。「君の手紙を読んで、いてもたってもいられなくなった。ハロルドが君を脅して手紙を書かせたの？」

彼女は首を振った。

「もうおしまいよ、フレッド」と彼女は静かに言った。その唇は彼の目には、いつにもまして、もぎたての薔薇の花のように見える。「あの人は昨夜、真っ青になって家に帰ってきた。ジェシー・パイパーが御親切にも彼のオフィスに行って私たちのことを告げ口したの。あの人は傷ついて……ねえフレッド、そりゃ彼にしてみれば傷もつくわね。あの人が言うには、私たちのことは一夏じゅうずっとクラブでのゴシップになっていたんだけれど、自分はちっとも気がつかなかった。でも今になってみれば、耳にはさんだ会話の切れ端とか、私についてみんなが口にした仄めかしなんかがすべて合点がいくって。あの人は本気で怒っているのよ、フレッド。そしてあの人は私を愛しているし、私はあの人を愛している——その、かなりね」

ゲドニはゆっくりとうなずき、目を軽く閉じた。

「そう」と彼は言った。「そう、僕の抱えている問題も君のと同じだ。他人の立場というのがあまりにもはっきり見えてしまう」、灰色の瞳が彼女の黒い瞳とまっすぐに向かい合う。「幸福は長くは続かないものだね。ねえイヴリン、僕は今日いちにちオフィスに座って、君の手紙の封筒を眺めていたんだよ。ためつすがめつ——」

「もう帰って、フレッド」と彼女はきっぱりと言った。その声に含まれた急かすような気配が新たに男の心を刺した。「あの人に誓ったの。もうあなたには会わないって。ハロルドの我慢の限界がどのあたりかはよくわかっているし、こんなふうにあなたと会っているとまずいのよ」

それはずっと立ち話だった。イヴリンは話しながら、体は半分ドアの方に向かっていた。ゲドニは痛切な顔つきで彼女を見つめ、これがもう最後なのだから、その姿を心にしっかりと焼き付けようとした。そのとき突然、二人は彫像のように凍りついてしまった。玄関先に足音が聞こえたのだ。即座に彼女は腕をのばして彼の上着の襟をつかみ、半分促すように、半分ひきずるようにして大きなドアを抜け、真っ暗な食堂に連れていった。

「うまく二階に連れていくから」と彼女は相手の耳元で囁いた。「階段を上がる音が聞こえるまでここを動いては駄目よ。そのあとで玄関から出ていきなさい」

それから彼はひとりで、イヴリンが玄関で夫を出迎える声を聞いていた。

ハロルド・パイパーは三十六歳で、妻よりは九歳年上だった。ハンサムではあったが、そこにはいくつかただし書きがついた。左右の目はいささかくっつき過ぎていたし、表情に動きのないときの顔には機微が欠けていた。ゲドニとの問題が浮上したときに彼がとった態度は、いかにもこの男らしいものだった。彼はイヴリンに向かって、この話はこれでもうやめにしようと言った。このことでこれ以上君を非難したりはしないし、一切仄めかしたりもしない。そして内心こう思った――俺はなんと寛大なんだろう、これなら妻だって少なからず感じ入るはずだと。しかしながら、自分は度量の広い人物だと思い込んでいる人間の例に洩れず、彼は並外れて料簡の狭い男だった。

この日、彼は戸口でいかにも大げさに優しくイヴリンを抱いた。

「あなた急いでお召しかえなさらなくちゃ、ハロルド」と彼女はせっついた。「ブロンソンさんのお宅に伺うんでしょう」

彼はうなずいた。

「着替えなんてそんなに時間はかからんよ」、そういう彼の声は最後の方が聞こえなかった。ライブラリに入っていったのだ。イヴリンの心臓はどきどきと大きな音を立てた。

「ねえハロルド――」と彼女は言いかけて、夫のあとについていった。少し切迫した響きが声に混じっていた。彼は煙草に火をつけていた。「急いだ方がいいわよ、あなた」、彼女は戸口のところに立ったまま続けた。

「どうしてだい？」と彼は微かないらだちのこもった声で言った。「君だってまだ着替えていないじゃないか、エヴィー」

彼は安楽椅子の上で身体をのばし、新聞を開いた。少なくともこれから十分くらいはこうやっているのだろうと思うと、イヴリンの体から血の気が引いていった――隣の部屋ではゲドニが息をじっとひそめて立っているのだ。もしハロルドが二階に行く前にサイドボードのデカンタから一杯飲もうとしたら――。そんなことにならないように、自分で先にデカンタとグラスを持ってこなくてはと彼女は思った。どのようなかたちにせよ食堂に彼の目が向くことは怖かったけれど、やはり危険の芽は摘んでおかねば。

でもちょうどそのときにハロルドは唐突に席を立ち、新聞をほうり投げるように置くと、彼女の方に歩み寄った。

「ねえ、エヴィー」、夫は身をかがめるようにして彼女の身体に両腕をまわした。「昨夜のことを気にしているんじゃないだろうね――」、彼女は震えながら夫に身を寄せた。彼は続けた。「それが向こうにとってはともかく、君としては軽はずみな友情に過ぎなかったことは、よくわかっている。間違いは誰にだってある」

イヴリンはほとんど何も聞いていなかった。こうやってしがみついていればそのまま二階に連れて行けるかもしれないと、ただそれだけを考えていた。気分が悪くなったふりをして、二階まで運んでいってもらおうかしら。でもそう上手くはいかない――私を長椅子に寝かせて、気付けのウィスキーを取りに行くことだろう。

突然彼女の張り詰めた神経は、限界を越えたところまで登りつめた。食堂の床がきしむ音が聞こえたのだ。聞こえるか聞こえないか程度の微かな音だったが、間違いない。フレッドが裏口から逃げ出そうとしているのだ。

それから、銅鑼《どら》のようなボオンというこもった音が家の中に大きく響き渡って、それで彼女の心臓は文字通り跳び上がってしまった。ゲドニの腕が大きなカットグラスの鉢にぶつかったのだ。

「なんだいったい！」とハロルドが叫んだ。「誰かいるのか？」

彼女はしがみついたが、ハロルドはそれを振り払った。まるで部屋がそのままがらがらと崩れ落ちてしまうんじゃないかと思えるくらいの激しい物音が聞こえてきた。パントリーのドアがさっと開けられる音、つかみ合いをする音、鍋のかたかたという音。彼女は無我夢中でキッチンに飛んでいくと、二人のあいだに割って入った。ゲドニの首に巻き付けられていた夫の腕はゆっくりとほどかれた。彼は身動きひとつせずそこに立ちすくんでいた。その顔には最初は驚愕が、やがては苦渋の色がゆっくりと広がっていった。

「なんてことだ」と彼は困惑した声で言った。そして繰り返した。「いったいなんてことだ」

彼はもう一度つかみかかろうかというようにゲドニの方を向いたが、やめた。筋肉から力が抜けていくのが見て取れた。それから彼は苦々しげに小さく笑った。

「お前らは――お前らは――」、イヴリンの腕が夫の身体にまわされ、その目はすがるように必死に夫を見やった。しかし彼は妻を押し退《の》け、キッチンの椅子にふらふらと座り込んだ。その顔色はまるで磁器のようだった。「お前は俺に隠れてこんなことをずっとやっていたんだな、イヴリン。よくもまあ、そんなひどいことが！」

彼女はこれほど夫に申しわけないと思ったことはなかった。これほど深く夫に愛を感じたこともなかった。

「彼女のせいじゃありません」とへり下った声でゲドニが言った。「僕が押しかけて来たんです」、しかしパイパーはそれに対して首を振っただけだった。彼が目を上げたときにそこに浮かんでいた表情は、何か事故にあって頭脳が一時的に活動をとめてしまった人のものだった。急に哀しみの色をたたえた夫の目を見ていると、イヴリンの心の琴線は底知れず深いところでかきたてられた。そして同時に激しい怒りが彼女の中にわきあがってきた。瞼が焼けるように熱い。彼女は足を踏み鳴らした。その手はまるで武器でも捜し求めるようにテーブルの上をせわしなくさまよっていたが、やがて彼女はゲドニに向かって猛々《たけだけ》しく突っかかっていった。

「出ていって！」と彼女は、その黒い瞳を燃えあがらせながら言った。その小さな両の拳は、差し伸べられた彼の腕を切なく叩いた。「みんなあなたのせいよ！　さっさと出ていって——出ていって——出ていっ、いって！　出ていっ、いって！」

II

三十五歳のハロルド・パイパー夫人について、人々の意見はふたつに分かれていた。女たちは彼女はまだ端整な顔だちだと言うし、男たちはもう美人とは言えないと言う。これはたぶん彼女の美しさの中から、まわりの女性たちが恐れをなすような、そして男たちが思わずふらふらっとくるような何かが消えてしまったということなのだろう。

彼女の瞳はまだ前と同じようにつぶらで黒くて悲しげである。でも神秘は失われていた。そこに湛《たた》えられた悲しみはもはや永劫のものではなく、人の営みに過ぎなかった。そしてまた驚いたり、苛々したりするときに、眉を真ん中に寄せて目を何度かしばたかせるのが癖になった。あの見事な口もとも失われていた。赤みは色褪せ、微笑んだときに口の端が微かに、ちょっとからかうように美しく下がり気味になるところも（それは瞳の悲しみの色を一層際だたせていたのだが）すっかりなくなってしまった。今では微笑むと、口の端は上に持ちあがった。その昔、自分の美しさに浸っていた頃には、イヴリンは自分の笑顔がお気に入りで、それをわざと強調した。強調するのをやめたときそれは、彼女にまだ残されていた最後の秘密《ミステリー》とともに、どこかに消えてしまった。

フレディー・ゲドニの事件から一カ月もたたないうちに、彼女は微笑みを強調することをやめた。世間的にはふたりはこれまでどおりの生活を送っていた。でも自分がいかに夫のことを愛しているかを知ったあの数分間のあいだに、イヴリンは自分が取り返しのつかないくらい彼を傷つけてしまったことを悟った。一カ月のあいだ、彼女は痛みを含んだ沈黙や、激しい非難や詰問と闘わなくてはならなかった。彼女は夫に頭を下げ、静かな、そして痛々しいばかりに可憐な愛をさしだした。しかし相手は苦々しげに笑いとばすだけだった——やがて彼女の方もまた沈黙の中に次第に沈んでいった。二人のあいだに、通り抜けることのできない帳《とばり》のようなものが降りた。あのとき自分の中にわきあがった愛情を、イヴリンは幼い息子のドナルドの上に惜しみなく注いだ。この子は私の生命の一部分なのだと実感して、彼女はほとんど驚異の念にさえ打たれるのだった。

翌年には、二人が共有する利害やら責任やらが少しずつ積み重なるように増えてきたということもあり、また昔の残り火がちらちらと燃え上がったりして、夫婦はいちおうもとの鞘に収まることになった。でもそんな弱々しい情熱の洪水が引いたあとでは、自分に与えられた大事な機会が既に失われてしまったことをイヴリンは認めないわけにはいかなかった。あとには何ひとつ残っていなかった。かつて彼女は二人にとっての若さであり、愛であったかもしれない。でも長くつづいた沈黙の日々は、彼女の中の情愛の泉をゆっくりと干上がらせ、その水をもう一度飲みたいという彼女自身の欲望もまた息たえてしまった。

彼女は生まれて初めて女友達を求めるようになった。また昔読んだ本をもう一度手に取ったり、目の中に入れても痛くない二人の子供たちに目の届く場所で縫い物をしたりするようになった。些細なことが気になるようになった。夕食のテーブルの上にパン屑がちょっと落ちていたりすると、その場の会話が耳に入らなくなってしまったりした。つまるところ彼女は中年と呼ばれる域に向かっていたのだ。

イヴリンの三十五歳の誕生日はいつになく忙しいものだった。その夜の催しが間際になって慌ただしく決まったからだ。その午後遅く自室の窓辺に立って、彼女は自分がひどく疲れていることに気がついた。十年前なら、横になって一眠りしたことだろう。でも今ではいろんなことに目を配らなくてはならない。女中たちは階下を掃除しており、そこらじゅうに骨董品が置かれている。もうすぐ食料品店の店員がやって来るし、来たらきっぱりとしたしゃべり方をしなくてはならない。息子のドナルドに手紙も書かなくてはならない。彼は十四歳になり、今年から家を出て寄宿舎生活を始めていた。

それでもやはり横になろうとイヴリンが思いかけた時に、階下から小さな娘のジュリーの発するおなじみの唐突な声が聞こえた。彼女は唇を固く結び、眉を寄せ、目を細めた。

「ジュリー！」と彼女は呼んだ。

「あああ、ああ！」とジュリーが悲しげに声をのばした。それからセカンド・メイドのヒルダの声が二階までゆっくりと上ってきた。

「お嬢ちゃまがちょっと手を切ったですよ、奥様」

イヴリンは裁縫箱のところに飛んでいって、破れたハンカチを探し当て、それを持って階段を走り降りた。ほどなくジュリーは彼女の腕の中でしくしく泣いていた。イヴリンは切り傷を探した。その微かな、不面目な痕跡がジュリーのドレスにしみになってついていた。

「親指なの！」とジュリーは言った。「あああ、痛いよう」

「あのボウルなんですよ、あれです」とヒルダは申しわけなさそうに言った。「サイドボードを磨くあいだちょいと床の上に置いといたです。そこにお嬢ちゃまがやってきて、それで遊んでいたです。そこで指をちょっと切っちまったですよ」

イヴリンはヒルダに厳しい目を向けた。そして膝の上でジュリーの身体の向きをぎゅっと変え、ハンカチを裂きはじめた。

「さあ、ちょっと見せてごらんなさいな」

ジュリーは指を立て、イヴリンは飛びつくようにそれをつかんだ。

「これでよし！」

ジュリーは布切れを巻かれた親指を疑わしげに眺めた。彼女が親指を曲げると、それはひらひらと揺れた。涙のあとの残った子供の顔に、愉しげな好奇の色が浮かんだ。

彼女はぐすんと鼻を鳴らして、再びひらひらと揺らした。

「いい子ね！」とイヴリンは言って、娘にキスをした。しかし部屋を出ていく前に彼女はヒルダに向かってもう一度非難がましい視線を向けた。なんて不注意なのかしら！　まったく最近の使用人といったら。まともなアイルランド人の女中が手にはいればいうことないんだけれど、今では無理な相談。スウェーデン人ときた日には――。

五時にハロルドが帰宅し、彼女の部屋にやってきた。そして、今日は君の誕生日だから年の数だけ三十五回キスしてやるぞ、といささかとってつけたような陽気な声で迫った。イヴリンはそんな気にはなれなかった。

「飲んでいらしたのね」と彼女はひとことではねつけた。それから付け加えるように言った。「ちょっと一杯だけかもしれないけど。でもお酒の匂いが苦手なこと、わかっているでしょう？」

彼は窓辺の椅子に腰を下ろし、少し間をおいてから言った。「なあエヴィー、君にそろそろ話してもいいだろう。このところうちの商売の具合があまり思わしくないことは君も知っていると思う」

彼女は窓に向かって立って髪をとかしていたが、それを聞いて後ろを振り向いた。

「どういうこと？　この町に金物問屋の商売仇が現れても、うちはうちでちゃんとやっていけるっていつもおっしゃっていたのに」、彼女の声には警戒の響きが混じっていた。

「今まではね」とハロルドは重い声で言った。「しかしこのクレランス・エイハーンという男は頭が切れる」

「エイハーンさんがうちのディナーに見えるとあなたから聞いたときは驚いたわ」

「エヴィー」と彼はもう一度ぽんと自分の膝を叩いてから続けた。「一月一日をもって、『クラレンス・エイハーン商会』は『エイハーン、パイパー商会』に改名する。そして『パイパー・ブラザーズ』という会社は消えてしまうんだよ」

イヴリンはびっくりした。こちらの名前があとにまわされるというのは、何かしら悪意のあることのように思えた。でもどうやら夫は喜んでいるようだった。

「私にはよくわからないわ、ハロルド」

「エイハーンはマークスのところにも唾をつけていたんだ。もし彼らが手を組んでいたら、僕のところは負け犬になっていたはずだ。あちこち駆けずり回って、細々と小口の注文をとって、危ない橋も渡る羽目になっていただろう。資本の問題なんだよ、エヴィー。もし『エイハーン・アンド・マークス』ができていたら、それは『エイハーン・アンド・パイパー』と同じように商売を独占することになっただろう」、彼は一息ついて咳をした。もわっとしたウィスキーの匂いが微かに彼女の鼻を突いた。

「実を言うとだね、この一件にはエイハーンの細君が口を出していると僕は睨んでいる。野心の強い小柄の女性だという噂だが、この町ではマークス家はあまり社交の助けにはならないと踏んだんじゃないのかな」

「奥さんは、その——家柄のない人なの？」とイヴリンは聞いた。

「細君に会ったことはない。でもそう思って間違いなかろう。クラレンス・エイハーンの名前はこの五カ月カントリー・クラブの入会審査に上っているが、誰にも相手にされていないからね」、彼はみくびったように手をひらひらと振った。「エイハーンと僕は今日一緒に昼食をとったんだが、あと一息というところなんだよ。それで、彼と細君を今夜うちに招待すれば助けになるだろうと思ったんだ。頭数は全部で九人、あとは身内だけの集まりだ。要するにこれは、僕にとっちゃ一大事なんだ。僕らとしてもまるっきり彼らと顔をあわせないというわけにはいくまい」

「そうね」とエヴィーは静かに嚙みしめるように言った。「そうもいかないでしょうね」

　イヴリンは個人的なつきあい云々についてはともかく、『パイパー・ブラザーズ』が『エイハーン、パイパー商会』に変わると思うと、心穏やかではなかった。世界における自分の位置がひとつ下に落ちていくような感じがした。

半時間ばかりあと、夕食の席のための着替えを始めたところで、夫の声が階下から聞こえてきた。

「エヴィー、下りてきたまえ！」

彼女は廊下に出て、手すり越しに呼びかけた。「なんですの？」

「夕食の前に出すパンチを作るのを手伝って欲しいんだ」

急いでもとの服を着ると、階段を下りた。夫は必要な材料をダイニング・テーブルの上に並べていた。彼女はサイドボードからボウルをひとつ取って、そちらに運んだ。

「いや、それじゃなくて、大きいやつを使おうじゃないか」と夫は言った。「エイハーンの夫妻と、僕と君と、それからミルトン、これで五人だ。トムとジェシー、これで七人。君の妹とジョー・アンブラー、これで九人。君のお手製なら、そんなのあっというまにはけちゃうぜ」

「このボウルで十分だわ」とイヴリンは言い張った。「これだってけっこう入るわよ。それにトムはあのとおりの人だし」

トム・ラウリーはハロルドの従姉妹ジェシーの夫で、いちど飲み始めると抑制がきかなくなる傾向があった。

ハロルドは首を振った。

「馬鹿なことを言わんでくれ。それには三クオートくらいしか入らないし、人間は九人いるんだぜ。女中たちだってちょっとくらい飲みたいだろう。それにそんなに強いパンチじゃない。こういうのは量があった方が場が華やぐものだよ。何も全部飲まなくちゃいけないというものでもなし」

「小さいのにしましょう」

彼はもう一度頑固に首を振った。

「おいおい、そんなに意地を張るものじゃない」

「あなたこそ意地を張らないで」と彼女は有無を言わせぬ口調で言った。「私はこの家の中で酔っ払いの姿を見たくないの」

「誰が酔っ払わせるって言った」

「じゃあ小さなボウルでいいでしょう」

「さあエヴィー……」

彼は棚に戻すために小さなボウルをつかんだ。すぐにイヴリンの手が伸びて、それを押さえた。ちょっとした小競り合いがあったが、やがてちょっと苛立たしげな唸り声とともに、彼は持ち上げるようにして、妻の手からボウルを奪い取り、それをサイドボードに戻した。

彼女は夫の顔を見て、軽蔑の表情を顔に浮かべようとしたが、相手は笑いとばしただけだった。腹立たしさを呑みこんで、パンチのことなど金輪際知るものですかと思いながら、彼女は部屋を出ていった。

III

七時半になると、頬を赤く染め、軽くブリリアンティン(香油)をつけた髪を高く結い上げ、イヴリンは階段を下りていった。エイハーンの細君は小柄な女で、赤い髪と、派手なエンパイア・ガウンの下に微かな緊張の色を隠しつつ、舌先滑らかにイヴリンとあいさつを交わした。イヴリンは一目でこの女は苦手だと思ったが、夫の方は悪くなさそうだった。瞳はきりっとして青く、まわりの人々を楽しませる天賦の才を備えていた。社会に地歩を固める前にあわてて結婚するという、誰の目にも明らかなへまさえしでかさなければ、おそらく社交界でも成功を収めていただろう。

「奥さんとお近づきになれて嬉しいです」と彼はごく簡潔に言った。「ご主人と私とは、どうやらこれから長いおつきあいになりそうですからね」

彼女は頭を下げ、にっこりと愛想よく微笑んでから、他の客に挨拶に回った。物静かで押しつけがましいところのないハロルドの弟、ミルトン・パイパー。ジェシーとトムのラウリー夫妻。イヴリンの未婚の妹、アイリーン。長年にわたってアイリーンの相手役《ボー》をつとめている、確固たる独身主義者ジョー・アンブラー。

ハロルドの先導で食堂へとみんなは移った。

「今夜はパンチの夜と相成ります」と彼は上機嫌な声で告げた。味見がてら既にけっこう飲んでいることがイヴリンには見て取れた。「というわけで、今夜はパンチの他にはカクテルは何もありません。これは家内のお得意の手作りなんです、ミセス・エイハーン。もしお望みならレシピを差し上げますよ。もっとも今日はいささかの――」と言って彼は妻の方に目をやり、ちょっと間を置いた。「いささかの不具合がありまして、不肖私がひとりで作りました。さあ御遠慮なく召し上がってください！」

夕食のあいだずっとパンチが出た。エイハーンとミルトンとすべての女性がメイドに向かってもう沢山という風に首を振るのを見て、ボウルの選択についてはやはり自分が正しかったとイヴリンは思った。パンチはまだ半分も残っている。あとでハロルドをつかまえて飲みすぎないようにひとこと注意しておかなくてはとイヴリンは思ったのだが、女性たちがテーブルを離れたあとでエイハーンの細君にしっかりとつかまってしまい、いろんな町やらドレス・メーカーやらについて、いかにも興味しんしんという振りをして話しこまざるを得ない羽目になってしまった。

「実にいろんなところを移り歩きましたのよ」とエイハーンの細君は言った。彼女がうなずくと赤毛の髪は激しく揺れた。「そうなんですの。これまでひとところにゆっくりと落ち着いたことなんてありませんのよ。でもここにはいつまでも腰を据えたいと思っておりますの。良いところですわよね。いかがかしら?」

「ええ、そうですわね、でも私はなにしろ生まれてからずっとここに暮らしているものですから、他のところのことをよく知りませんし、ですから――」

「それはそうですわね」とエイハーンの細君は言って笑った。「クラレンスはいつも私にこう言ったものでしたわ。俺の女房は、家に帰って『さあ明日シカゴに引っ越すぞ。荷造りをしなさい』って言ったら、『はい』ってそのとおりするようでなくちゃならないんだって。そんなわけですから、どこかに落ち着くことになるなんて、夢にも思いませんでしたわ」、彼女はまたほほほと小さく笑った。この人にとってはどうやらこれが社交的な笑いというわけなのね、とイヴリンは思った。

「ご主人はとても有能な方のようですわね」

「実にそうです」とエイハーンの細君は熱っぽく賛同した。「クラレンスは頭の切れる人です。アイデアと熱意に溢れています。自分が何が欲しいかを見定めると、まっすぐそこに行って手にいれるんです」

イヴリンはうなずいた。ダイニング・ルームではまだ男の人たちはパンチを飲んでいるのかしら。エイハーンの細君の思い出話はあっちに行ったりこっちに行ったりしながら際限なく続いたが、イヴリンはもう聞いていなかった。たちこめる葉巻の煙の匂いが、こちらまで漂ってきた。ここはそんなに大きな屋敷じゃないから、と彼女は改めて思った。このような集まりがあると、ときおりライブラリはたちこめる煙で真っ青になってしまうことがあった。そうなると翌日は窓を何時間も開けっぱなしにして、カーテンに染み込んだきつい臭いを抜かなくてはならない。この共同経営がもしうまく行ったら、あるいは……彼女は新しい家について想像を巡らせ始めた……。

エイハーンの細君の声が頭の隅の方で聞こえていた。

「もしレシピがどこかに書いてあるのなら、それをいただけるかしら――」

そのとき食堂でみんなが椅子を引く音がして、男たちがこちらに移ってきた。案じていた最悪の事態がもたらされているのを、イヴリンは一目で見てとった。ハロルドの顔は真っ赤で、言葉尻はもつれている。トム・ラウリーはよたよたと千鳥足でやってきて、カウチのアイリーンの隣に腰を下ろそうとして、あやうく彼女の膝の上に乗りそうになった。彼はそこに座ったまま眩しいものでも見るように、目を細めてまわりの人々を眺めていた。イヴリンは自分も同じような目つきで彼を眺めていることにふと気づいたが、それを面白いと思うような場合ではない。ジョー・アンブラーは満ち足りた微笑みを浮かべ、葉巻をくゆらせている。エイハーンとミルトンだけが正常を保っているようだった。

「ここはなかなか素敵な町だよ、エイハーン。きっと君もそう思うよ」とアンブラーが言った。

「今でもちゃんとそれはわかっているさ」とエイハーンは愛想よく言った。

「良さがわかるのはまあだこれからさ」とハロルドが大きくうなずきながら言った。

「不肖私も是非その手伝いをさせていただきたい」

彼は町についての賛辞をとうとうと述べ立てた。この人の話にみんなも私と同じくらい辟易しているんじゃないかしらと思って、彼女は落ち着けなかった。でも見たところそうでもなさそうだ。みんなは熱心に耳を傾けている。ちょっと間があいたところで、イヴリンはすかさず口をはさんだ。

「これまでどちらにいらっしゃったんですか、エイハーンさん?」と彼女は興味深げに訊ねた。それはさっき既に細君の方から聞いたことだと思いだしたが、なんだって別にかまわない。ハロルドにあまり喋らせちゃいけない。彼は酒が入ると、すぐ馬鹿な真似をしでかす。でも夫はずかずかと話に割り込んできた。

「だあらね、エイハーン、君はまずこのあたりの高台にひとつ家をかあなくちゃいけないね。スターンの屋敷か、リッジウェイの屋敷を手にいれればいい。問題はね、みんなにこんな風に言わせることなんだ。『あれがエイハーンの屋敷だ』ってね。そうすりゃあ、人の見る目だって変わってくるってもんだ」

イヴリンは顔が赤くなった。そういう言い方はない。でもエイハーンはそこに含まれている不作法なものに気がついていないようだった。ただ真面目な顔でうなずいているだけだった。

「もうお家はお探しになり始めて――」、と言いかけた彼女の言葉尻をかき消すように、ハロルドがずかずかと大声で割り込んだ。

「家を買う――それがまず第一歩だ。そうすれば君はみんなと知り合いになる。ここはよそ者に対しては最初のうちは取り澄まして冷たい町だが、時間がたてば変わる。一度知り合ってしまえばね。君たちのような人なら」、彼はエイハーンと細君の方をさっと手を振るようにして示した。「問題ない。ここは本当は人情のいいところなんだ。一度その最初のしょ、しょう、しょううう」、彼はそれを呑みこんで、「障壁」と言った。そしてもう一度しっかりと言い直した。「障壁を乗り越えてしまえばね」

　イヴリンは訴えかけるように義弟の方を見た。しかし彼が会話に入り込む前に、もごもごとした胴太の声がトム・ラウリーの口から押し出されるように出てきた。彼は火の消えてしまった葉巻をぎゅっと歯のあいだにくわえたまま喋っていた。

「うぉれまふぁるはえひ――」

「なんだって？」とハロルドは真顔で問いただした。

　渋々ながら、トムは葉巻を苦労して口からもぎはなした。しかし取れたのはその一部だけで、残りの部分を彼はぺっという大きな音とともに部屋の向こうまで吹き飛ばした。しかしそのぐんにゃりとした湿った塊はエイハーンの細君の膝の上にぽとんと落下することになった。

「これは失礼」と彼はもごもご声で詫びて、よたよたと立ち上がり、そちらに向かおうという素振りを見せた。ミルトンの手が彼の上着をつかんで、すんでのところでそれを食い止めることができた。エイハーンの細君はその煙草の塊を泰然とした態度をなんとか保ったままスカートの上から払い落とした。それにはちらりとも目をやらなかった。

「私はこうゆおうとしていたんだ」とトムはだみ声で続けた。「ところがこおんなことになっちまってね」、そして彼は申し訳なさそうに手をエイハーンの細君の方に向けた。

「私がゆおうとしていたのは、カントリー・クラブでの一件を耳にはさんだちゅうことなんだが――」

ミルトンは身をかがめて、彼にそっと何かを耳打ちした。

「余計なこた言わんでもいい」と彼はいらいらした声で言った。「自分が何を言っているかくらい自分でちゃあんとわかってる。だってそおのために、こちらも今ここにいらしておられるんだろうが」

イヴリンはパニックに駆られて、何かを言わねばとそこに座ったまま言葉を探した。妹が冷笑的な表情を顔に浮かべ、エイハーンの細君の顔が赤く染まるのが見えた。エイハーンは時計の鎖を見下ろして、それをいじっていた。

「誰があんたを閉めだしてるかを私はちゃあんと知っているし、そいつよりゃああんたの方が数等ましな人物だ。私にまかせてくれ。うまくやってあげる。あんたのことを知ってれば、もっと前にやったんだけどね。ハロルがゆうには、あんたはそのことで気を悪うくしていて――」

ミルトン・パイパーが突然いかにもぎこちなさそうに立ち上がった。全員がすぐに緊張した面持ちで席を立つと、ミルトンはものすごい早口で自分が早く帰らなくてはならない言い訳のようなものをした。そしてエイハーン夫妻はそれをなるほどという顔つきで熱心に聞いていた。やがてエイハーンの細君は唾をごくりとのみ、作り笑いを顔に浮かべてジェシーの方を見た。イヴリンはトムが千鳥足で前に進んで、エイハーンの肩に手を置くのを見た。そのとき突然、彼女のすぐ背後におずおずとした声が聞こえた。新たに現れた声だ。振り返ると、そこにはセカンド・メイドのヒルダが立っていた。

「すいませんが奥様、どおもお嬢ちゃまの手に毒がまわってしもうたようなんですが。すっかりはれ上がってしもうて、顔も赤くなってうんうんとうなっておられるんで――」

「なんですって?」とイヴリンは思わず声を上げた。パーティーのことなんかどこかに吹き飛んでしまった。彼女はさっとまわりを見回し、エイハーンの細君の姿を目で求め、そちらにすっと寄って行った。

「申し訳ございませんが、ミセス――」、彼女は一瞬相手の名前が思いだせなくなってしまったが、かまわずに話を続けた。「私の小さな娘の具合が悪くなってしまったのです。すぐに戻ってまいりますので」、彼女はそう言うと振り向いて、階段を走り上がりつつ、立ち上る幾筋もの葉巻の煙と、部屋の中央で声高に行われている議論を、ひとつの混乱した像として頭の隅にしまいこんだ。議論はどうやら口論へと進展しつつあるようだった。

子供部屋の電灯をつけると、ジュリーは熱にうなされるように体をばたばたさせ、奇妙な小さな叫び声を上げていた。子供の頬に手をあててみると、まるで焼けるように熱い。驚きの声を上げて、イヴリンは布団の中の腕をたどるようにして子供の手を探りあてた。たしかにヒルダの言うとおりだ。親指が大きく腕首まではれ上がり、その中心は真っ赤な爛れのようになっている。敗血症！　彼女は恐怖のあまり、声にならない悲鳴を上げた。包帯が傷口から取れてしまって、そこから何かが入ったのだ。指を切ったのが午後の三時で、今はもう十一時に近い。八時間が経過している。敗血症がそれほど早く進行するものだろうか。彼女はすぐに電話に走った。

筋向かいに住んでいるマーティン医師は不在だった。彼らのファミリー・ドクターであるフォールク医師は電話に出なかった。彼女はあれこれと考えてから、藁にもすがる思いでかかりつけの咽喉科医に電話をかけた。そして彼が二人の医者の電話番号を探しだしてくれているあいだ、怒ったようにぎゅっと唇を嚙みしめていた。その果てしなく続くように思える時間に、階下から大きな声が聞こえたような気がした。でもそれはもうどこか遠い世界での出来事だった。十五分後に彼女は一人の医者と話をしていた。夜中に叩きおこされた医者は不機嫌な苛立った声を出していた。イヴリンは子供部屋に駆け戻って手の様子を見てみた。その手は前よりももっと大きくはれ上がっていた。

「ああ神様！」と彼女は叫んだ。そしてベッドのとなりに膝をついて、ジュリーの髪を何度も何度も撫でつけた。熱いお湯を持ってきた方がいいだろうとふと思いついて、彼女は立ち上がりドアの方に行こうとしたが、ドレスがベッドの手すりに引っ掛かって、四つん這いに倒れてしまった。なんとか起き上がると、かっとしてレースを力任せに引っ張った。ベッドが動き、ジュリーはうなった。それからもっと静かに、でも突然鈍くなった指先でイヴリンはスカートの前のプリーツを探し当て、パニエをそっくりもぎ取ってしまった。そして急いで部屋の外に出た。

廊下に出ると、何かを主張する誰かの大きな声が聞こえてきた。でも階段の上に来たところでその声は止み、玄関のドアがばたんと音を立てて閉まった。

音楽室が視野に入ってきた。そこにいるのはハロルドとミルトンだけだった。ハロルドは椅子の背にもたれかかっていた。顔は蒼白で、カラーをだらんと外し、その口はしまりなくもそもそと動いていた。

「いったい何があったの？」

ミルトンは困った顔で兄嫁を見た。

「実はちょっとしたトラブルがあって――」

そのときハロルドが顔を上げて、なんとかしゃんと体を起こし、口を開いた。

「俺の家の中でだなあ、あいつあ俺のイトコをだなあ、ぶ、侮辱したんだ。どこの馬の骨ともわからん、く、くそたれの成金野郎が。俺のイトコをだなあ――」

「トムがエイハーンとまずいことになって、そこにハロルドが割り込んだんです」とミルトンが言った。

「まったくなんてことを」とイヴリンは声を上げた。「どうしてあなたが何とかしてくれなかったのよ、ミルトン」

「僕も何とかしようとはしたんだけれど――」

「ジュリーの具合がよくないの」とイヴリンはそれをさえぎるように言った。「体に毒が入ったのよ。あなた、この人をさっさとベッドに連れていってちょうだい」

ハロルドが顔を上げた。

「ジュリーのぐわいが悪い？」

彼女は夫のことなど相手にせず、急ぎ足で食堂を通り抜けたが、途中でテーブルの上にまだのっている大きなパンチ・ボウルを目にして思わずぞっとした。解けた氷の水が底の方に溜まっていた。正面の階段に足音が聞こえた。ミルトンがハロルドを抱えて上がっていく音だ。もつれた声が聞こえる。「よう、ジュリーなら、だ、だいじょうぶ」

「その人を子供部屋に入れないで！」と彼女は怒鳴った。

それからの数時間はまさに悪夢だった。真夜中の少し前に医者がやってきて、それから半時間かけて傷を切開した。医者は二時に帰った。イヴリンに二人の看護婦の連絡先を教え、何かあったらそこに電話しなさい、私は朝の六時半にはまた様子を見に来るからと言った。やはり敗血症だった。

四時に彼女はヒルダに付き添いをまかせて自室に戻り、イヴニング・ドレスを身をふるわせながら脱ぎ捨てると、部屋の隅に蹴とばした。そして普段着に着替えてまた子供部屋に戻り、ヒルダにコーヒーを作らせた。

正午になるまで、彼女はハロルドの部屋をのぞく気にもならなかった。でもそこに行ってみると、彼は目を覚ましており、げっそりとした顔でじっと天井を見ていた。そして真っ赤な落ちくぼんだ目を彼女の方に向けた。彼女は夫に憎しみを覚えて、しばらく口をきくこともできなかった。しゃがれた声がベッドから聞こえてきた。

「今は何時だ？」

「お昼よ」

「まったく俺はなんてことを――」

「そんなことはどうでもいいわ」と彼女はぴしゃっと言った。「ジュリーが敗血症になったの。それでたぶん――」と言いかけたが、息がつかえて言葉がうまく出てこなかった。「医者が言うには、手首から切断しなくてはいけないって」

「何だって？」

「ジュリーはあれで指を切ったのよ。あのボウルで」

「ゆうべにか？」

「そんなことどうだっていいでしょう」と彼女は叫んだ。「あの子は敗血症にかかったのよ。あなた耳が聞こえないの？」

彼は途方に暮れた顔で妻を見た。そしてベッドの上に体を半ば起こした。

「着替えなくては」と彼は言った。

彼女の怒りは静まり、そのかわりに疲労と、夫への哀れみが大波のように押し寄せてきた。結局のところそれは彼の問題でもあるのだ。

「そうね」とイヴリンは力なく言った。「それがいいでしょうね」

Ⅳ

三十代前半に彼女の美貌がまだためらいがちに留まっていたのだとしたら、それは少しあとで突然決心したように、きっぱりとそこから去っていったということになるだろう。様子をうかがうように姿を見せていた皺は突然ぐっと深くなり、脚や腰や腕には急速に肉がついてきた。ぎゅっと眉を寄せる彼女の癖は、ひとつの表情になってしまった。本を読んだり、誰かに話しかけたりするときに、あるいは寝ているときにさえ、習慣的にそういう顔つきになった。彼女はもう四十六になっていた。

財産が増えるよりは減る傾向にある家庭の大方がそうであるように、彼女とハロルドは漠然とした敵意を抱きあうようになった。比較的穏やかな時期には、二人はお互いのことを、まるで壊れた古い椅子に対するときのようにあきらめて許容していた。夫の具合が悪くなったときには、イヴリンは少し心配したし、なるべく明るい顔をしようと精一杯努めた。しかし失望に沈んだ相手と顔を突き合わせて暮らすというのはやはり気持ちの沈むものだった。

その夜のファミリー・ブリッジもようやく終わって、彼女は安堵の息をついた。イヴリンはいつもに比べて数多くのミスを犯したが、そんなことはどうでもよかった。アイリーンは歩兵部隊がとくに危険だなんて口にするべきじゃなかったのだ。もう三週間も手紙を受けとっていない。それはとくに珍しいことではなかったけれど、それでもやはり彼女は気が気でならなかった。だからクラブが場にこれまで何枚出ているかなんて、覚えてはいられないのだ。

ハロルドは二階にあがっていたので、彼女は外の空気を吸いにポーチに出た。月の光が眩く妖しく、芝生や歩道の上に散っていた。そしてイヴリンは半ば欠伸《あくび》まじりに笑いつつ、若いころに月光の下で長い時間かけておこなった恋の遊技のことを思いだした。かつては途切れることのない恋愛沙汰がそのまま人生であったことを思うと、彼女は驚きに打たれてしまう。今では私の人生なんて、途切れることのない面倒の総和に過ぎないのだもの。

ジュリーの問題があった。ジュリーは十三歳になっている。そして彼女はますます自分が障害者であることを意識するようになり、今ではほとんど自分の部屋にこもりきりになって本ばかり読んでいる。何年か前には学校に行くのを脅えるようになり、それでも無理に行かせることはイヴリンにはできなかった。その結果娘はいつもいつも母親の蔭にこっそりと隠れるようにして成長した。かわいそうな子供は義手を使おうともせずに、常に頼りなげにポケットに突っ込んでいた。そんなことをしていたら腕を上げることさえまったくしなくなるのではないかと不安に思ったイヴリンは、娘に義手の使い方のレッスンを受けさせた。でもレッスンが終わると、母親に命じられて渋々それに従うとき以外は、その小さな手はまたこそこそとドレスのポケットの中に逃げかえってしまうのだった。しばらく彼女はポケットのないドレスを与えられたが、一カ月のあいだジュリーはどうしようもなく惨めな顔つきで、途方にくれて家の中をさまよっていたので、イヴリンもとうとう折れて、試みはそれで打ち切りとなった。

ドナルドはそもそもの最初からそれとはまったく違う問題を持っていた。彼女はジュリーをなんとか独り立ちさせたいと思っていたが、それとは逆にドナルドは少しでも自分のそばに置いておきたいと思った。でもそうはいかなかった。少し前からドナルドの問題は彼女の手の届かないところに持ち去られていた。三カ月前に彼の師団が海外に送られてしまったのだ。

彼女はもう一度欠伸をした。人生というのは若い人たちのためのものなんだわ。ああ、若いころの私は本当に幸せだったのね！　彼女は自分が持っていたビジュウという名の子馬のことを思いだした。そして十八になって母親と二人でヨーロッパ旅行したときのことを——。

「まったく、うまくいかないものね」と彼女は月に向かって、思いをこめた声で一人ごちた。家の中に入りドアを閉めようとしたところで、ライブラリの方から物音が聞こえたのでどきりとした。

それはマーサだった。今では使用人もこの中年の女中一人だけになってしまっている。

「まあ、どうしたのマーサ？」と彼女はびっくりして言った。

マーサははっと振り向いた。

「ああ奥様、てっきり二階にいらっしゃると思っとりました。私はただ——」

「何かあったの？」

マーサは口ごもった。

「いいえ、ただ——」と彼女はもじもじした。「手紙なんです。それをどこかにぽっと置いちまったもんで」

「手紙？　それはあなたあての手紙なの？」とイヴリンは電灯をつけて、尋ねた。

「いいえ、奥様あてでした。今日の午後の最終の配達で来たんですよ。配達夫が私に手渡したんですが、ちょうどそのときに裏口のベルが鳴ったもんで、ぽっとどっかに置いて行っちまったみたいなんです。ちょっとそこに置いといてまたあとで……と思ったもんで」

「どんな手紙かしら、ドナルドからの手紙？」

「いいえ、広告の手紙とか、ビジネスの手紙みたいなもんでした。なんかこう細長くって」

ふたりは手紙を探し始めた。音楽室じゅう盆やマントルピースの上を探し、次にライブラリに移って、本の列の上を手で探った。マーサは思案に暮れた顔で立ち止まった。

「いったいどこに置いたんかしらねえ。まっすぐ台所に行ったから、あるいは食堂かもしれんですね」彼女は期待をこめて食堂の中を探し始めたが、はっと息を呑む音を背後に聞いて、後ろを振り返った。イヴリンはどっかりと安楽椅子の中に座り込んでいた。両方の眉がしっかりと真ん中に寄せられ、目は怒ったみたいにきつく細められていた。

「具合でもお悪いんですかね？」

しばらく返答はなかった。イヴリンは身じろぎもせずにじっとそこに座っていた。マーサは女主人の胸がすごい速さで上下するのを見ることができた。

「具合がお悪いですかね？」と彼女は繰り返した。

「いいえ」とイヴリンは静かに言った。「でも手紙の場所はわかりました。だからもう行ってちょうだい、マーサ。わかっているから」

　首をひねりながらマーサは引き下がった。イヴリンはそこにじっと座っていた。その目のまわりの筋肉だけが動いていた。ぎゅっと締まり、弛緩し、そしてまた締まる。手紙のありかはわかっていた。まるで自分の手でそこに置いたみたいに、はっきりとわかる。どんな手紙なのかも、直感でわかる。広告の手紙のように細長いのだが、上方の隅には大きな字で「陸軍省《ウォー・デパートメント》」とある。そしてその下に小さな字で「公用郵便」と。彼女にはわかる。それが大きなボウルの中に入っていて、封筒の外側には彼女の名前がインクで書かれており、内側には彼女の魂の死が収められていることを。

　よろよろと立ち上がり、書棚に沿って手探りで食堂に向かい、戸口を抜けた。やがて明かりを見つけ、そのスイッチをつけた。

　そこにボウルはあった。電灯の明かりを反射して、黒い縁に囲まれた緋色の矩形があり、青い色の縁に囲まれた黄の矩形があった。それは重苦しくけばけばしく、グロテスクに、晴れがましげに不吉な色をたたえていた。彼女は一歩前に進み、また立ち止まった。もう一歩前に出ればボウルの中をのぞき込むことになる。更に一歩前に出れば、白い縁を見ることになる。更に一歩――彼女の手はざらっとした冷たい表面に落ちた――。

彼女はすぐに封筒をあけ、もどかしい指で紙を広げ、それを目の前にかざした。タイプされた紙が彼女をぎらりと睨み、打ちかかった。やがてその紙は鳥のようにはらはらと床に落ちた。しばらくのあいだ家中がわんわんとうなっているみたいだったのに、すべては唐突にしんと静まり返った。開け放しになった玄関のドアから忍び入ってくる微かな風が、通り過ぎていく一台の車の音を運んできた。二階から微かな物音が聞こえ、それから本棚の背後のパイプのごりごりという騒音――夫が水栓をひねったのだ。

そしてその瞬間、問題はドナルドの死とは直接の関係のないところにいってしまったみたいに思えた。息子は結局のところ、ずっと前に顔も忘れてしまった男からもらったこの恨みのこもった贈り物、冷ややかで悪意に満ちた美しい細工と、イヴリンとのあいだで繰り広げられてきた狡猾きわまりない競技（長いだらだらとした休憩をあいだにはさんで、それはいつも忘れたころに不意に襲いかかってきた）における目じるしの役割を果たしただけなのだ。いかにも重々しく、のっそりとうずくまるように、それは彼女の家の真ん中に鎮座していた。長い歳月にわたって、千もの目から氷のような光線を放射し、邪悪な煌めきを互いににじみあわせていた。老いることもなく、変わることもなく。

イヴリンはテーブルの端に腰かけ、魅せられたようにじっとそれを見つめていた。それは今ではまるで微笑みを浮かべているように見える。冷酷な微笑みはこう語っているようだ。

「どうだい、今回は君を直接傷つける必要はなかった。そんなことをするまでもない。君は知っているね、君の息子を奪ったのがこの私だということを。私がどれくらい冷たくて硬くて美しいかは君も知っているだろう。何故なら君だってかつては同じくらい冷たくて硬くて美しかったのだから」

ボウルは突然ぐるりとひっくり返ったように見えた。そしてそれはどんどん膨らんで大きくなり、ついには大きな天蓋のようになり、部屋の上に、家の上に覆いかぶさって、燦然と輝きながら震えていた。四方の壁はゆっくりと溶けて、霧のようになった。イヴリンの目の前でそれはまだ動いていた。動きながら、彼女からどんどん遠ざかっていった。遠くの地平線も、太陽も、月も、星も、それに覆い隠され、微かなにじんだ染みのようなものに変わってしまった。人々はみんなその下を歩いていた。ガラスを通り抜けてくる光は屈折し、ねじ曲げられ、影はまるで光のように、光はまるで影のように見えた。そしてついには光り煌めくボウルの天の下で、世界のパノラマそのものが変化し、ゆがめられることになった。

それから遠い声が、くっきりとした低い鐘の音のようにあたりに轟き渡った。それはボウルの中心から出てきて、壮大な壁をつたって地面に下り、飛び跳ねるように勢いよく彼女の耳に押し寄せてきた。

「いいかい、私は運命《さだめ》なんだ」とそれは大声で語った。「君のちっぽけなつもりなど私の前ではものの数ではない。私はものごとの行きつく結末であり、君のささやかな夢のなれの果てだ。私は飛び去る時間であり、消えゆく美しさであり、満たされざる欲望だ。あらゆる偶然、見過ごされたもの、決定的な時を形づくる一刻一刻、それらはみんな私のものだ。私はどのような規則にも収まらない例外であり、君の手の及ばぬものであり、人生という料理の薬味なのだ」

鳴り響く音は止んだ。こだまは広大な地面の上をするすると去っていき、世界を区切っているボウルの縁に辿り着くと、大きな壁をつたって上に登り、中心に戻ってしばらくのあいだ小さな唸りを立てていたが、やがてそれも消えてしまった。それから大きなボウルの壁がゆっくりと、まるで彼女の上にのしかかるように小さくなってきた。どんどん小さくなって、どんどん近くに迫ってきて、今にも彼女を押し潰してしまいそうだった。イヴリンが両手をぎゅっと握りしめて、冷たいガラスが自分の身を切るのを待ち受けていると、ボウルはやおら身を震わせてくるりとひっくり返り、再びサイドボードの上に輝かしく謎めいた風情で収まった。幾百ものプリズムの中に、一万もの色とりどりの輝きや煌めきや、光の交差や絡み合いを照りかえしながら。

冷ややかな風が再び玄関から吹き込んできた。彼女はほとんど破れかぶれのエネルギーで、両腕を伸ばしてそのボウルを抱え込んだ。急がなくては、強くならなくては。腕に力をこめると、痛みを覚えた。柔らかな肉の下でちっぽけな筋肉がぴんと張られる。そして彼女は歯を食いしばるようにしてボウルを持ち上げる。彼女は背中に風の冷ややかさを感じる。力を出したおかげでドレスの背中がはだけてしまったのだ。風を感じながらそちらの方向に向きなおり、彼女はそのおそろしい重みに耐えてライブラリを抜け、玄関へと向かう。急がなくては——強くならなくては。両腕の血管は鈍く脈を打ち、両膝は悲鳴を上げている。でもガラスの冷ややかな感触は悪くない。

玄関のドアを抜けると、彼女はよろめきながら石の階段の上に出る。そしてそこで、魂と肉体の最後の力を振り絞り、身をぐるりとひねる。でも彼女が勢いをつけてボウルをほうり投げようとしたとき、一瞬のことだが、その感覚の鈍った指がざらざらとしたガラスの表面に引っ掛かる。彼女はあっというまもなく足を滑らせ、バランスを崩し、悲痛な叫びとともに前につんのめってしまう。そしてボウルを両腕に抱えたまま、階段の下へと——。

道路に沿って、家々の明かりがともった。そのブロックのずっと先の方にまでそのガラスの割れる音は聞こえたのだ。いったい何事が起こったのかと、通行人が駆けつけてきた。二階では眠りかけていた男がその疲弊した体を起こし、少女がその暗いまどろみの中でぐずるように唸った。月光に照らしだされた街路じゅうに、じっと動かないその黒いもののまわりに、何百という数のプリズムやガラスのかけらや薄い破片が飛び散り、そしてそれらのひとつひとつが光を受けて、青や、黄色に縁どられた黒や、黄色や、黒に縁どられた緋色の小さな煌めきを放っていた。

『カットグラスの鉢』のためのノート

この作品は『ジェリービーン』と同じく、フィッツジェラルドにとっての実質的な文壇デビューの年、一九二〇年に発表された作品のひとつである。この年に発表されたものには他にも『メイデイ（May Day）』、『残り火（The Lees of Happiness）』（『マイ・ロスト・シティー』所収）、『バーニス嬢の断髪（Bernice Bobs Her Hair）』といった魅力的な作品が揃っており（中でも『メイデイ』は頭ひとつ抜けてA^+だ）、これらの作品にうかがえる見事なばかりの筆の切れと、鋭い小説的洞察は――深い内省とまではいかずとも――とてもとても二十四歳の白面の新人作家のものではない。世間がこの若くてハンサムな、才気あふれる新星の登場に沸き立ったのも無理からぬところである。アメリカも若く、フィッツジェラルドもまた若かった。それぞれの青春の頂点にあって、彼らはどちらも「第二幕」の到来について考えを巡らす必要はなかったし、またそんな暇もなかった。

文章は若々しく奔放華麗、瑞々しい自信と喜びに満ちて、しかも走りすぎるぎりぎりの瀬戸際でぴたりと止められている。まるで解き放たれたばかりの野生馬のように、フィッツジェラルドの文章はひとときも、ひとところに留まっていない。翻訳家はその背中にしがみついているのがやっとという有り様である。今を遡ること七十五年も前に書かれた文章だというのに……。彼がいったいどこでどのようにして、このような奇跡的な至芸を身につけることができたのか、それは永遠の謎というべきだろう。

この『カットグラスの鉢』は、お読みになればわかるように、一種の因縁話である。ゴシック風怪談といってもいいかもしれない。結末は救いがなく、むなしく暗い。しかしそれと同時に、そこには異様なばかりの美しさが漂っている。底抜けの希望とほとんど理不尽なほどの絶望、圧倒的な美の高まりと唐突に訪れる悲惨な転落、天使の羽ばたきに祝福されたものと冷酷無惨に呪われたもの――そのような激しい二元対立は、そもそもの最初の地点からフィッツジェラルドの小説世界をドミネイトしているようだ。そして多くの場合、彼の小説世界にはその二つの極端な要素のあいだに横たわっているはずの中間的地域は存在しない。だからこそ彼の多くの作品には（とくに初期の作品には）鋭い洞察がありながら、深い内省が欠けている、という指摘もおこなわれることになるわけだ。

しかしその指摘は、決してフィッツジェラルドの作品の価値をおとしめることにはならないはずだ。何故ならある決定的な地点で洞察が内省を軽々と凌駕《りょうが》し、その一条の光線が魂の暗い火口を時ならぬ時に——そして他の誰にもできないやり方で——はっと明るく照らし出すとき、僕らはフィッツジェラルドという不躾《ぶしつけ》なくらいに気前良く才能をまき散らすひとりの作家に対して、力一杯の拍手を送り、脱帽しないわけにはいかない。それは現実という高い柵を軽々と飛び越える奔馬の夢であり、終わることのない激しい苦痛をかき消す魔法の愛撫なのだ。

あなたはこの『カットグラスの鉢』という作品をお読みになって、どうして二十歳そこそこの新人作家に中年の女性の心の機微がこれほど巧妙に鮮やかにリアルに描けるのだろうと、首をひねられるかもしれない。それに対して僕はまず、「優れた文章家にはほとんど何だってできるのだ」と答えるしかないわけだが、それと同時にそこに僕は、フィッツジェラルドが母親に対して、子供時代から長い間じっと抱き続けてきた愛憎入り乱れた感情の深淵を見いださないわけにはいかない。彼がここで路上にはじけ飛ぶ巨大なカットグラスとともに殺害したのは、おそらく自らの中にある母のイメージである。彼女はひとりの盛りを過ぎた女として、過去の「冷たく硬く美しい」像の無数のかけらとともに、無惨に、しかし圧倒的な美にちりばめられて、死んでいかなくてはならなかったのだ。復讐として、思慕として、あるいは決別として。そしてそれはまた、彼がそのことを意識したかどうかはともかくとして（おそらくそれは彼一流の無意識的洞察だったに違いない)、妻ゼルダの来るべき破滅をすさまじいばかりにリアルに予見しているのである。

でも僕はあまりにも先に進みすぎているかもしれない。何はともあれ、僕はこの短篇小説の出だしが昔からとても好きだった。決して凝った文章ではないが、シンプルでリズミカルで、魅力的な冒頭だ。

「旧石器時代があり、新石器時代があり、青銅器時代があり、そして長い年月のあとにカットグラス時代がやってきた」

結婚パーティー

The Bridal Party

I

ありきたりの形式的な短い手紙だった、「貴方にまず最初にお知らせしたく」。マイケルにとってはそれは二重のショックだった。なにしろそれは婚約と、間を置かずに行われる結婚の両方の通知だったのだから。おまけに式は、遥か彼方のニューヨークで穏当にというのではなく、あろうことかここパリで、まさに彼の鼻先――ジョルジュ・サンク通りのホリー・トリニティー米国聖公会あたりまでなら本当に鼻が伸びてしまいそうじゃないか――で行われるのだ。日取りは二週間後、六月の初めとある。

最初マイケルは恐ろしくなり、臓腑が失せたような気がした。朝ホテルを出るとき、マイケルのきりっとした横顔と明るい人柄にぞっこんの部屋係の女中《ファムドシャンブル》は、彼が放心状態に陥っていることに気づいた。彼は朦朧とした頭で銀行まで歩き、リヴォリ通りのスミス書店でミステリーを一冊買った。ツーリスト・オフィスのウィンドウの中の色褪せた戦場の模型《パノラマ》を相憐れむような目でしばらく眺め、彼に毒にも薬にもならないエロ絵葉書の束を半分だけ見せ、旦那これは絶品ですぜと言って売りつけようとするしつこいギリシャ人を追い払った。

しかし恐怖は彼の頭を去らなかった。しばらくしてからそれが、もう自分は二度と幸福になれないだろうという恐怖であることに気づいた。最初に出会ったときキャロライン・ダンディーは十七歳で、ニューヨークでの彼女にとっての最初の社交シーズンのあいだ、マイケルはその乙女心を一身に引きつけていた。でも娘はゆっくりと彼から離れていった。胸塞ぐ思いではあったが、引きとめようもなかった。彼には金がなかったし、金を作る手立てもなかったからだ。そしてあらんかぎりのエネルギーと善なる意志を結集しても、彼は自分を立てる術《すべ》を見つけだせなかったからだ。そしてまた、キャロラインはまだマイケルを愛してはいたものの、一途な思いは薄らいでしまったし、だんだん彼のことを偉大で輝かしい人生の潮流にとり残された哀れで無用で見ばえのしない存在と見做すようになっていたからだ。彼女がそちらの流れに引き寄せられるのは避けがたい必然だった。

マイケルの拠り所といえば、彼女が自分を愛しているというただ一点だったから、彼は細々とそこによりかかっていた。そしてその拠り所がぽきりと折れてしまったあとでも、まだそこにじっとしがみついたまま海に流され、ばらばらになったその破片を手に遠いフランスの岸辺に打ち上げられることになった。何枚かの写真、やりとりした手紙の束、ことあるごとに頭に浮かぶ「思い出の品々（アマング・マイ・スーヴェニア）」という感傷的なポピュラー・ソング、それらが彼の持ち運んできた愛の形見だった。彼はずっと他の娘たちを遠ざけていた。まるでキャロラインがどこかでそれを見ていて、いつかは自分の誠実な心に報いてくれるのではないかと期待しているみたいに。でもその短い手紙は、キャロラインが永遠に彼の手から失われたことを告げていた。

晴れあがった朝だった。カスティリオーヌ通りの店の前では、商店主や客たちが歩道に立ってじっと空を見上げていた。きらきらと輝く見事なツェッペリン伯爵号が、脱出と破壊の象徴として――あるいは必要とあらば破壊というかたちをとった脱出の象徴として――パリの空を滑るが如く進んでいた。一人の女がフランス語でこう言うのを彼は聞いた、あれが今ここで爆弾を落とし始めても私は驚きゃしないわよ、と。それから別の声が聞こえた。ちょっとしゃがれた明るい笑い声。マイケルの腹の中の空洞がかちかちに凍りついた。くるっと身をひねって振り向くと、彼はキャロライン・ダンディーとその婚約者に、まっ正面から向き合うことになった。

「あらマイケルじゃない！　ねえ、私達ずっとあなたのことを探し回っていたのよ。ギャランティー・トラストにも問い合わせたし、モーガン商会にも問い合わせたし、それで結局置き手紙をしてきたのよ、ちょうどナショナル・シティー――」

どうして彼らは後戻りしていってくれないんだ？　どうしてそのままさっさと後戻りしないんだ、カスティリオーヌ通りを後ろ向きに歩いて、リヴォリ通りを渡って、テュイルリ庭園を横切って、可能なかぎりの速さでもっともっと後ろ向きに歩いていって、その姿がどんどん見えなくなって、川向こうに霞んで消えてしまうまで。

「こちらはハミルトン・ラザフォード、私の婚約者なの」

「前に一度お目にかかってるよ」

「パットの店だったかな？」

「それから去年の春に、リッツのバーで」

「ねえマイケル、あなたいったいどこに雲隠れしていたのよ？」

「だいたいこの辺にいたんだよ」、この激しい胸の痛み。ハミルトン・ラザフォードの予告フィルムみたいなものが頭の中でぱたぱたと映写される――短い映像やセンテンスがさっさと入れ替わる。噂話を聞いたことがある。一九二〇年に金を借りて十二万五千ドルで取引所の会員権を購入して、倒壊の前にそれを五十万ドルを越える金額で売却したということだ。顔だちはマイケルほどハンサムではないけれど、そこには活発な魅力がある。見るからに自信に溢れ、押し出しもいいし、となりにいるキャロラインとは十分に背丈の釣り合いがとれている。マイケルはキャロラインと踊るときには、いつも自分の身長の不足を痛感させられたものだった。

ラザフォードが喋っている。「いや、君がバチェラー・ディナー〔訳注・男友達が花婿を祝う会〕に来てくれるととても嬉しいな。九時からリッツ・バーを貸し切りにしているんだ。そして結婚式のすぐあとに、ジョルジュ・サンク・ホテルで朝食を兼ねた披露宴が開かれることになっている」

「それにねマイケル、ジョージ・パックマンが明後日〈シェ・ヴィクトル〉でパーティーを開いてくれるの。是非そこにも顔を出してくれなくちゃ。金曜日のジェビー・ウェストのお茶会にもね。あなたがここにいるって知ったら、彼女はきっと会いたがるわよ。あなたはどこのホテルに泊まっているの？　そこに招待状を送るから。私がこちらで結婚式をあげることにしたのは、ここの施設で暮らしている母の具合が良くなくて、うちの一族がみんなこっちに集まっているせいなの。それにちょうどハミルトンのお母様もこちらにお住まいだし――」

彼女の一族――彼らは、母親だけを別にして、全員が一貫してマイケルを毛嫌いし、ことあるごとに二人の関係に水を差そうとしていた。家柄とか財産がひとたびかかわってくると、彼は取るに足りない小物だった。これだけ惨めな思いをして、手にできたものといえばこの程度の招待だけなのかと思うと切なくて、帽子の下の額に汗がじっとりとにじんだ。もうパリを引き上げるのだというようなことを、彼は乱れる心で口ごもるように言った。

そのとき、それが起こった。キャロラインが彼の胸の奥底を目にした。そしてマイケルも、それを見られたことを知った。彼女はマイケルの負った深い傷を見抜いたのだ。そして何かが彼女の中で小さく震え、やがてそれは口もとの曲線の中に、ふたつの瞳の中にふっと消えた。マイケルは彼女を揺さぶったのだ。初めての恋の忘れがたい昂ぶりが、もう一度息を吹き返した。パリの陽光の下で、二フィートばかりの距離を隔てて、二人の心はふと触れ合った。キャロラインは唐突に婚約者の腕をとった。まるでその感触の助けを借りて態勢を立て直そうとするみたいに。

彼らは別れた。マイケルはひとしきりせかせかと歩いた。それから歩を止め、ウィンドウの中をのぞき込むふりをした。そして通りのずっと向こうに見える二人が、足早にヴァンドーム広場に入っていくのを目にした。二人にはやるべきことが沢山あるのだ。

彼にも用事はあった。洗濯物を取りに行かなくてはならない。

「もう何もかもが変わってしまうことだろう」と彼はひとりごちた。「彼女の結婚生活は幸福なものではないだろう。そして僕が二度と再び幸福になることはあるまい」

二年間にわたるキャロラインへの切々たる慕情の日々は、まるでアインシュタインの物理学における年月のように、彼のまわりに戻ってきた。胸の張り裂けるような記憶が浮かび上がってくる――ロング・アイランドの月光の下でのドライブ、レイク・プラシドでの幸せな時（寄せ合った頬はひやりと冷たくても、皮膚の下は温かい）、結婚がかなわぬものとわかってきた二人にとっての切ない最後の日々、四十八丁目の小さなカフェでの絶望的な午後。

「どうぞ」と彼は返事をした。

電報を持った管理人が入ってきた。愛想はよくない。ミスタ・カーリーの洋服はいささかみすぼらしい。ミスタ・カーリーはあまりチップをくれない。ミスタ・カーリーは見るからに「けちな客」である。

マイケルは電報に目を通した。

「お返事はいかがしましょう？」と管理人が尋ねた。

「けっこう」とマイケル。それからふとした衝動に駆られて言った。「これを見てみ給え」

「お気の毒に——まことに」と管理人は言った。「お祖父様が亡くなられたんですね」

「それほど気の毒でもないね」とマイケルは言った。「これで僕は二十五万ドルを受け取ることになる」

一カ月ばかり遅すぎたな。そのニュースの最初の興奮が醒めてしまうと、彼の惨めさはいっそう深いものになった。夜中、ベッドに横になって目覚めたまま、彼はパリのどこかの縁日《フェア》から別の縁日に移るために街路を抜けていくサーカスの、いつ果てるともない長いキャラヴァンの音に耳を澄ましていた。

最後の荷車が遠くに去って、そのがらがらという音も聞こえなくなってしまい、家具の角《かど》が夜明けの光のパステル・ブルーに染まるころ、彼はまだ前日の朝キャロラインの瞳の中に浮かんだ表情について考えていた。それはこう語っているようだった。「どうしてあなたは何とかすることができなかったの？　どうしてもっと強くなって、私を自分の妻にできなかったの？　私がどれくらい哀しく思っているか、あなたにはわからないの？」

マイケルは拳を固く握りしめた。

「俺は最後の最後まであきらめないぞ」と彼は呟いた。「これまで俺の人生は悪運つづきだった。でもそろそろ風向きは変わったらしい。ここはできる限り力を尽くし、その結果を見てみようじゃないか。もし俺が彼女を自分のものにできないにしても、少なくとも彼女は俺の一部を心に残したまま嫁いでいくことになるだろう」

II

結局二日後に彼はシェ・ヴィクトルでのパーティーにでかけた。二階のバーの隣の小さなサロンでカクテル・パーティーが開かれることになっていたのだが、どうやら来るのが早すぎたようで、五十年配の背の高い痩せた男の先客が一人いるだけだった。二人は話をした。

「あなたはジョージ・パックマンのパーティーをお待ちなのですか？」

「そうです。僕はマイケル・カーリーといいます」

「私は——」

マイケルには名前がよく聞きとれなかった。二人は飲み物を注文した。マイケルは言ってみた。新郎と新婦はきっと楽しい日々を送っているのでしょうね、と。

「ちっと度を越してね」と相手は言ってちょっと眉をひそめた。「よく体がもつものだと感心してしまいますよ。私たちはみんなで同じ船に乗ってきたんです。五日間にわたるどんちゃん騒ぎ、それにつづいてパリでまた二週間。いささか」――ちょっと迷ってから、微かに微笑んだ――「いささか失礼な言い方かもしれないが、あなた方の世代は酒を飲み過ぎる」

「キャロラインはそうではないでしょう」

「キャロラインは違います。彼女はカクテルを一杯、そしてシャンパンをグラスに一杯飲むだけです。それ以上は飲めません、有り難いことに。しかしハミルトンは飲み過ぎるし、仲間の若い連中も同様です。あなたはパリでお暮らしなのですか？」

「今のところは」とマイケルは言った。

「パリは好かんですな。うちの家内は――というか前の家内は、これはハミルトンの母親なのですが――パリに住んでおります」

「ああ、あなたはハミルトン・ラザフォードのお父上ですか？」

「恥ずかしながらそうです。でもあなた、私が息子のやっていることにけちをつけているという風にはとらんでください。これはまあ一般論ですよ」

「もちろんです」

四人の客が入ってきたとき、マイケルは落ちつかなげに目をあげた。そのとき彼は、自分の着ているディナー・ジャケットが古びててかてかと光っていることを急に意識した。その日の朝、彼は新しいジャケットを注文していたのだが。新来者たちはみんな見るからに金持ちで、お互いの豊かさを前にしていかにも寛《くつろ》いでいた。彼が以前に会ったことのある黒髪の美しい娘が、ヒステリカルな小さな笑い声をあげていた。二人のいかにも自信たっぷりの男――彼らの口にするジョークはどれもこれも昨夜の醜態と、今夜のその可能性に関するものだ。まるで自分たちが過去と未来に向かって果てなくつづく芝居の中で重要な役割を与えられているのだとでもいわんばかりに。キャロラインが姿を見せたとき、彼はちらっとしか顔を合わせなかったけれど、それでも彼女が、他のみんなと同じように疲れがたまっていることはわかった。頬紅の下で顔は青白く、その目の下にはくまができていた。彼女から遠く離れた別のテーブルに自分の席が用意されていることを知って、彼は虚栄心を傷つけられると同時にいささかほっとした。新しい境遇に自分をなじませるのに少し時間が必要だったから。ここはもう、かつてキャロラインと自分とがかかわっていた世間知らずの若者の世界ではないのだ。男たちはみんな三十を越えており、この世界の富の大半を自分たちで分かち合っているのだというような顔つきをしていた。隣に座ったのはジェビー・ウェストで、この女のことは前から知っている。反対側には陽気そうな男が座って、すぐマイケルに向かってバチェラー・ディナーでの余興のことを話し始めた。フランス人の娘をひとり雇って、彼女に本物の赤ん坊を抱かせ、「ハミルトン、私たちを見捨てないで！」と叫ばせるという趣向である。アイデアは月並みだし、たいしておかしくもないとマイケルは思ったが、発案者の方は結果を想像して今から腹を抱えていた。

テーブルの向こうの方では株式市場についての会話が行われていた。今日もまた下がった。崩壊《ガラ》以来いちばん目立った値下がりだ。ラザフォードはそのことでみんなにからかわれている。「ひどいぜ、こいつは。もう結婚なんてしないほうがいいぞ」

マイケルは左隣の男に尋ねてみた。「彼はかなりすったんですか？」

「そいつは誰にもわからんです。奴さん、派手に投資していましたからね。しかしあの男は年こそ若いけれど、ウォール街でも名うてのやり手です。ただひとつだけ言えるのは、誰も正直なところは口にしないということですな」

それは始まりからしてシャンパン・ディナーだったのだが、最後の方になってやっと宴会らしく賑やかな雰囲気になった。でも客はみんな疲れ果てていて、ありきたりの刺激ではもうそれほど気分が浮き立たないように見えた。この何週間というもの彼らはアメリカ風に食前のカクテルを飲み、フランス人のようにワインとブランデーを飲み、ドイツ人のように麦酒を飲み、イギリス人のようにウィスキー・ソーダを飲んでいた。そして彼らはもう二十代ではなかったから、このとてつもない混合物《メランジュ》――悪夢に出てくる巨大なカクテルみたいなもの――は昨夜の過ちの記憶を一時的に隅に追いやるくらいの役しか果たさなかった。要するにそれほど陽気なパーティーとは言えなかったということだ。まったく酒を口にしない少数派の方に、むしろ陽気さの片鱗がうかがえるくらいだ。

でもマイケルは疲れてはいなかったし、シャンパンのせいで境遇の惨めさをもうそれほど辛くは感じなくなっていた。ニューヨークを離れてもう八カ月以上になるし、演奏されるダンス曲のおおかたは聞き覚えがなかった。でも「ペインテッド・ドール」の最初の小節が演奏されると（前の年の夏、彼とキャロラインはその曲にあわせて幸福や絶望をたっぷりとくぐり抜けたものだった）、彼はつかつかとキャロラインのテーブルに行ってダンスを申し込んだ。

ほんのりとした淡い青いドレスに身を包んだ彼女は美しかった。そのぱりぱりと音を立てそうな黄色い髪と、クールで優しげな灰色の瞳をすぐ目の前にすると、マイケルの身体はぎくしゃくしてこわばってしまった。フロアに出て最初のステップで思わずよろめいたくらいだ。最初のうち、何を話せばいいのかよくわからなかった。大金を相続したことを彼女に伝えたかったが、そんな話を今ここで持ち出すのはいかにも唐突な感じがした。

「ねえマイケル、またあなたとこうして踊れるというのは素敵だわ」

彼は暗い顔で微笑んだ。

「あなたが顔を出してくれて嬉しいわ」と彼女は続けた。「また馬鹿な考えを起こしてどこかに雲隠れしちゃうんじゃないかって心配してたのよ。これでいいお友達として、当たり前に顔を合わせられるわけね。ねえマイケル、あなたとハミルトンが仲よくなれたら私は嬉しいんだけど」

婚約のせいで頭がおかしくなったのだろうか。そんな薄っぺらい台詞を口にするなんて。

「僕は躊躇なく彼を殺すことができるよ」と彼は冗談めかして言った。「でもなかなか良い人のように見えるね。立派な人物だ。ただ僕が知りたいのは、思いを簡単に捨て去ることができない僕のような人間がどうなるのかってことだね」

そう口にだすと、マイケルの顔は思わず崩れてしまった。キャロラインはちらっと目をあげてすべてを見てとった。彼女の心は先日の朝と同じように激しく震えていた。

「ねえマイケル、そんなに思ってくれているの？」

「うん」

彼がそう口にしたとき――その声はまるで足元からわきあがって来たように思えたのだが――二人はもう踊ってはいなかった。ただしっかりと体を寄せ合っているだけだった。それから彼女は身を後ろに引き、唇を曲げるようにして愛らしく微笑んだ。

「最初のうちはどうしたらいいのか、わからなかったの。私はハミルトンにあなたのことを打ち明けたの。あなたに本気で引かれているんだって。でも彼はそんなことを気にもしなかったし、たしかに彼の言うとおりだった。なぜなら私は今ではあなたのことを乗り越えられたから――ほんとうよ。あなただっていつかある晴れた朝、目が覚めたら私のことを乗り越えている自分に気づくでしょう」

彼は頑迷に首を振った。

「大丈夫よ。私たちはもともとあわなかったのよ。私はふわふわと気まぐれな女だし、ハミルトンのようにてきぱきと判断する人を必要としているの。それは決して、何というか、つまり――」

「つまり、金の問題じゃない」、ここでマイケルは再び、自分の身に起こったことを打ち明けそうになったが、でも何かが、まだ早すぎると彼をまた押し留めた。

「じゃあ君はこのあいだ僕らが出会ったときに起こったことを、どう説明するつもりなんだい？」、彼は耐えかねたようにそう尋ねた。「そして今ここで起こっていることをどう説明するんだ？　僕らが昔と同じようにこうやって、まるで一心同体になったみたいに、二人の血管を同じ血が流れているみたいに、お互いの心をしっかりと通いあわせることについて」

「お願い、もうやめて！」と彼女は言った。「そんなことを言わないで。もう決まってしまったことなのよ。私はハミルトンを心から愛している。昔に起こったことを思い出して、あなたを――私たちのことをふと辛く思っているだけなの。かつての私たち二人のことを」

キャロラインの肩越しに誰かがカットインするためにこちらにやってくるのが見えた。慌てて彼は彼女と踊りながらそこから遠ざかろうとした。でも結局、その男にダンスを譲らないわけにはいかなかった。

「ほんのちょっとでもいいから、君と二人きりで話をしたいのだけれど」とマイケルは早口で言った。「どこで話せるかな？」

「明日ジェビー・ウェストのお茶会に出るわ」、彼女はマイケルの肩に礼儀正しく手を置きながら小声でそう言った。

でもジェビー・ウェストのお茶会では、キャロラインと口をきくことができなかった。彼女のとなりにはラザフォードが座っていたし、二人はいつもお互いを他人との会話の中にまじえていた。そして二人は早い時間に退出した。翌日の朝、結婚式の招待状がその日の最初の配達で届いた。

マイケルは部屋の中をうろうろと歩き回ることに耐えられなくなって、思い切った手を打つことにした。ハミルトン・ラザフォードに「明日の午後にできたら二人でお会いしたいのだが」という手紙を書いた。電話がかかってきて、短い会話の中でラザフォードはそれを了承した。しかし会う日は一日先に延ばされた。結婚式まではあと六日しかない。

二人はホテル・ジェーナのバーで会うことになった。どう切り出せばいいかマイケルにはわかっていた。「いいかいラザフォード、この結婚を強行することによって君がどのような責任を背負い込むことになるか、承知しているのか？　君は一人の娘を言い包《くる》めて、彼女の心の自然な流れに反することをやらせようとしてるんだ。そして君は将来におけるトラブルと悔悟の種を蒔いているのだぞ」、彼は自分とキャロラインとのあいだに存在した障壁が人為的なもので、それも今では取り払われてしまったのだと説明するだろう。そして手遅れにならないうちに、すべてはキャロラインの率直な判断に委ねられるべきだと強く要求するのだ。

ラザフォードは腹を立てるだろう。険悪なことになるかもしれない。でもマイケルは今では何があろうと正面から闘うつもりでいた。

　行ってみるとラザフォードは年長の男と話をしていた。これまで幾つかの結婚パーティーで顔をあわせたことのある男だった。

「友達の多くがどんな目にあってきたか、僕は散々見てきた」とラザフォードは喋っていた。「そして自分だけはそうはなるまいと決心したんだ。むずかしいことじゃない。常識をもって相手を扱い、ものの道理を説き、自分の責務をきちんと果たし、道に外れたことをしない、それが結婚というものだろう。しょっぱなに機嫌をとって甘い顔をしていたら、それこそお決まりのコースだ。五年もたたないうちに男が逃げ出すか、あるいは女房の尻にしかれて始末がつかなくなっちまうか、そのどちらかだ」

「そのとおり！」と相手は熱心に相づちを打った。「そうだよハミルトン、いやいやまさにそのとおりだ」

　マイケルは自分の血がふつふつと煮えたぎるのを感じた。

「そういう考え方って百年くらい時代おくれに思えるんだけれど、君はそうは思わないのかい？」と彼は冷ややかな声で尋ねてみた。

「そんなことないさ」とラザフォードは上機嫌に、しかしいささか面倒臭そうに答えた。「僕は誰に負けず劣らず現代青年だよ。相手が望むなら来週の土曜日には飛行機の中で結婚式をあげたってかまわないよ」

「僕の言っているう現代的というのはそういうことじゃない。君はセンシティヴな一人の女性を――」

「センシティヴだって？　女なんてそんなにセンシティヴなものじゃないよ。センシティヴというのは君みたいな男のことを言うんだ。女は君のような男たちを食い物にするのさ――その献身ぶりや心づかいや、何やかやをね。彼女たちは何冊か本を読んで、何枚か絵を見る。他にやることもないからね。そして自分は君なんかより洗練された存在だと広言することをはばからず、それを証明するために好き放題に振る舞い、あげくの果てにさよならだ。センシティヴが聞いて呆れるじゃないか」

「でもキャロラインはセンシティヴな人だよ」とマイケルはきっとした声で言った。

この時点でもう一人の男は席を立った。勘定をどちらが払うかで一悶着があったが、それが解決すると、彼らは二人きりで残されることになった。ラザフォードはまるで何か質問されたかなというように、後ろにもたれてマイケルの方に向き直った。

「キャロラインはセンシティヴという以上のものだよ」と彼は言った。「彼女には分別《センス》というものがある」

マイケルの目と向き合った彼の戦闘的な目には、灰色の光がちらちらと燃えていた。

「こういう言い方はあるいは君にはいささか酷かも知れないがね、ミスタ・カーリー、僕の目には今日の平均的な男はどこかの女の機嫌をとるためにただ卑屈にへらへらしているように見えるんだ。もっとも女の方じゃ、そこまで自分をおとしめるような男には何の魅力も感じないときている。昨今、世間には自分の女房をしっかり押さえられる男が皆目見当たらなくなってしまった。でも僕はそういう少数派の一人になるつもりでいるんだよ」

マイケルにとっては当面の問題に話を戻す潮時だった。「君は自分がこれから引き受けようとする責任がわかっているのかい?」

「わかっているとも」とラザフォードは遮るように言った。「僕は責任をとることを恐れない。僕は決断を下すことになる——正当な決断だと思いたい。しかしいずれにせよ、それは最終的な決断だ」

「でももしスタートからして間違っていたとしたらどうだい?」とマイケルは勢い込んで言った。「もし君たちの結婚が双方の愛情に基づいていなかったとしたら?」

「君が何を言いたいのかだいたいの見当はつくよ」、彼は快活さを失わない声でそう言った。「そしてこれは君の方からもちだしたことなので、僕もひとこと言わせてもらうが、もし君とキャロラインが結婚していたとしたら、たぶん三年とはもたなかっただろうね。君たち二人の関係がいったい何に基づいていたか君にはわかるかい？　それは憐れみに基づいていたんだ。君たちはお互いに対してものの憐れのようなものを感じあっていた。憐れみというのはほとんどの女性や、あるいはある種の男たちにとっては喜びの種なんだ。でも僕に言わせればね、結婚というのは希望に基づいていなくてはならない」、彼は腕時計に目をやって立ち上がった。

「僕はキャロラインと待ち合わせの約束があるんだ。このあいだも言ったように、明後日のバチェラー・パーティーには是非来てくれたまえよ」

時間が自分の手からどんどんこぼれ落ちていくとマイケルは感じた。「キャロラインの個人的感情というものは考慮されないわけだね？」と彼は怒りの混じった声で問いただした。

「キャロラインは疲れて混乱している。しかし彼女は自分が求めているものを手にしているし、それが肝心なんだよ」

「それはつまり君のことなのかな？」、マイケルは半信半疑で訊いた。

「まさに」

「それで、どれくらい前から彼女は君のことを求めていたんだろう？」

「おおよそ二年だね」、そしてマイケルが言うべき言葉を探しているあいだに、彼は行ってしまった。それからの二日間というもの、マイケルは底知れぬ無力感の深淵をふらふらと漂っていた。目の前にぶら下がっている固い結び目をすっぱりと断ち切るための何かを、自分がやり残しているという思いを、彼はどうしても振り払うことができなかった。彼はキャロラインに電話をかけてみた。でも彼女は、結婚式の前日まではあなたに会うことは物理的にまったく不可能だと言った。その日ならまあなんとか会うことはできそうだけれど、と。それから彼はバチェラー・ディナーに出かけた。ひとつには夜にホテルの部屋に一人でこもっていることが堪えがたかったからだし、ひとつにはそこに顔を出せば、気持ちの上では少しでもキャロラインの近くにいられるし、彼女の存在を視野に収めておくこともできると思ったからだ。

リッツ・バーはこの日の催しのためにフランスとアメリカの国旗が飾りたてられ、一方の壁は巨大なキャンバスで覆われていた。そして招待客たちはそこにグラスをぶっつけて割るという蛮行に心おきなく浸ることができた。

最初のカクテルがバーで手に取られるとき、細かく震える多くの手がちょっぴりずつ酒を下にこぼした。しかし時が経過しシャンパンが供される頃には、笑い声も次第に盛りあがり、ときどきは歌声も耳に届くようになった。

新しいディナー・ジャケットと新しいシルクハットと新しい誇らしげなシャツを身

につけるだけで、自分が自分を見る目がどれほど変わってしまうかを知って、マイケルはびっくりした。まわりの連中が金の匂いをふりまいて尊大に構えていても、さほど嫌悪感も抱かなくなった。大学を出て以来初めて、彼は自らを豊かで揺らぐことのない存在だと感じることができた。自分がこの場の一員であるように感じて、それで捨てられた娘を担ぎ出すというプラクティカル・ジョークの仕掛け人であるジョンソンの片棒をかつぎまでした。その娘は廊下を隔てた向かいの部屋でそっと待機していた。

「あんまり深刻にやりたくないんだ」とジョンソンは言った。「今日、ハミルトンはただでさえ穏やかならざる一日を送ったと思うからね。フルマン石油が今朝一六ポイント値を下げたのは知ってるかね？」

「それは彼にとって痛手だったのかい？」、マイケルは好奇心が声にでないように注意しながら尋ねた。

「まあそうだろう。半端じゃなかったからな。とにかく何にでもみっちりと注ぎ込む男なんだ。これまでのところは順風満帆だった。とりあえず一カ月前まではね」

場は賑いを見せ、グラスに注がれた酒が飲み干されるまでの時間はますます短くなっていった。狭いテーブルを挟んで男たちが大声で何かを言いあっていた。バーを背景にして新郎付き添い役の男たちがグループ写真を撮っていた。むっとする雲のようにフラッシュが部屋の中に切りこんできた。

「さあ今だ」とジョンソンが言った。「わかってるね、君はドアの脇に立っているんだ。そして僕らは二人で彼女が中に入るのを止めようとしている。そうやってみんなの注意をこっちにひきつけるんだ」

彼は廊下に出ていった。マイケルはいわれた通りドアのところでじっと待っていた。数分が過ぎた。それからジョンソンが狐につままれたような顔つきで戻ってきた。

「なんだか妙な成り行きになってきた」

「娘が来なかったのかい？」

「いや、女はちゃんといるんだよ。ところがもう一人別の女が来ていてね、僕はそっちは雇った覚えがないんだな。彼女はハミルトン・ラザフォードに会いたいと言っているんだが、これがどうも胸に一物ありそうな風情でね」

二人は廊下に出てみた。ドアの近くの椅子にアメリカ人の娘が一人しっかりと腰を下ろしていた。勢いづけの酒は多少入っているらしいが、顔に浮かんだ決意の色は本物だった。彼女はぐいと顔をあげるようにして二人を見た。

「あん人に言ってくれた？」と彼女は訊いた。「私の名前はマジョリー・コリンズ。

そう言えばわかるわよ。はるばる遠くからやってきたんだし、今すぐここであの人に会いたいの。そうしないとちょっとえらい騒ぎになるからね」、彼女はよろよろと椅子から立ち上がった。

「中に行ってハミルトンに伝えてくれないか」とジョンソンはマイケルに耳打ちした。「彼はどこかに雲隠れしたほうがいいかもしれない。この女はここに足止めしておくから」

テーブルに戻ると、マイケルはラザフォードの耳元に口を寄せて、いかにも神妙な面もちで囁いた。

「外にマジョリー・コリンズという娘が来ていて、君に会いたがっている。ひと騒ぎ起こすつもりらしい」

ハミルトン・ラザフォードは目を細め、口をぽかんと開けた。それからゆっくりと唇は閉じられ、真っ直ぐに結ばれた。そしてきびきびした声で言った。

「彼女をそこに足止めしておいてくれ。それからヘッド・バーテンダーをすぐに僕のところに寄越してくれたまえ」

マイケルはバーテンダーにそれを伝え、それからテーブルには戻らずにクロークでこっそりとコートと帽子を受け取った。廊下に出ると、なにも言わずにジョンソンと娘の前を通り過ぎ、表のカンボン通りに出た。そしてタクシーを止めて、キャロラインの泊まっているホテルの住所を告げた。

　彼は今キャロラインのそばにいなくてはならない。悪いニュースを伝えるためではない。彼としてはただ、その頭上でカードの家が崩れさるときにキャロラインについていてやりたかったのである。

　お前はやわな男だとラザフォードは彼に匂わせた。いやいや、僕はそれほどやわじゃないぞ。それが恥ずべきものでない限り、手にするあらゆるチャンスを活用してやる。愛する女性を簡単に手放したりするものか。ラザフォードから離れてさえしまえば、キャロラインはそのあとに僕の姿を見いだすことだろう。

　彼女は部屋にいた。彼が呼び出すと驚いたようだったが、まだ着替えてはいないからすぐに下におりていくと言った。ほどなく彼女はディナー・ガウンを着て、二通の青い電報を持って姿を現した。二人は人気《ひとけ》のないロビーの肘かけ椅子に腰を下ろした。

「どうしたのマイケル、ディナーはもう終わったの？」

「君に会いたかったんで、途中で抜けてきたのさ」

「よかったわ」、彼女の声は友好的であったが、それ以上のものではなかった。「ずっとあなたのホテルに電話をかけていたのよ。明日は一日中衣装合わせがあるから会えないことになったたって。まあ何はともあれ、これでやっとお話ができるわけね」

「きっと疲れているだろうね」と彼は心配になって尋ねてみた。「押しかけて来るべきじゃなかったのかもしれない」

「それはいいの、私はずっと起きてハミルトンを待っているところだったから。これはあるいは大事な電報かもしれないのよ。あの人はどこかに寄るかもしれないって言っていたし、帰りが何時になるかもわからないの。だから誰か話し相手がいてくれるのは嬉しいのよ」

その最後の「誰か」という不特定な部分がマイケルの胸に刺さった。

「いつ帰ってくるかわからないというのは困るだろう?」

「そりゃ困るわよ」と彼女は笑って言った。「でも、だからといって文句の言いようもないしね」

「どうして言いようがないの?」

「最初からああしろ、こうしろとうるさく指図もできないじゃない」

「どうして?」

「そういうことを言われるのが嫌いな人なの」

「なんだか彼はただの家政婦を求めているみたいだね」とマイケルは皮肉っぽく言っ

た。

「あなたの方はこれからどうするつもりなの？」と彼女は話題を変えた。

「僕がこれからどうするかって？　明後日《あさって》から先の未来なんてこれっぽっちもあるものか。僕にとってのただひとつのまともな計画といえば、君を愛するということだけだったんだからね」

二人の視線が合った。見慣れたその瞳が、じっと彼を見つめていた。言葉は彼の心の中から自然にこぼれ落ちてきた。

「僕がどれほど君のことを愛してきたか、もう一度だけ僕に言わせてくれ。一瞬たりとも迷いを抱いたこともなければ、他の女に心を動かしたこともなかった。ねえキャロライン、そしてこれから先の君のいない、希望もない歳月を思うと、僕は生きていたいという気持ちが失せてしまうんだ。僕は僕ら二人の家のことや、赤ん坊のことを夢に見たものだ。君を僕の腕に抱き、かつては僕のものであった君の顔や手や髪に触れることを夢に見たものだ。そして今ではもう僕は夢から覚めることもできないんだよ」

キャロラインは小さな声で泣いていた。「かわいそうなマイケル——かわいそうなマイケル」、彼女は手を伸ばして、彼のディナー・ジャケットの襟を指で撫でた。「このあいだの夜にはあなたが本当にかわいそうに見えた。すごくやつれていたし、新しいスーツと誰か面倒をみてくれる人を必要としているみたいに見えたのよ」、彼女は鼻をすってから彼のジャケットをしげしげと眺めた。「まあどうしたの、新しいスーツじゃない！　それに新しいシルクハット！　素晴らしいわ、マイケル！」、彼女は笑った。涙を浮かべながらも、あっという間に晴れ晴れとした顔になった。「お金が手に入ったのね。あなたがこんなにぱりっとしたなりをしているのを見たのは初めて」

彼女の反応を目にして、マイケルは一瞬自分の新しい服装に憎しみを覚えた。

「金が転がり込んできたのさ」と彼は言った。「祖父が僕に二十五万ドルばかり残してくれたんだ」

「すごいじゃない」とキャロラインは叫んだ。「なんて素晴らしいんでしょう！　それを聞いて私、本当に嬉しいわ。あなたはお金を持っているのが当然な人だって、私は前々から思っていたのよ」

「そうだね。今となっては遅きに失したわけだが」

玄関の回転ドアがごとごとと音を立て、ハミルトン・ラザフォードがロビーに顔を見せた。その顔は紅潮して、目はもどかしそうに落ち着きを失っている。

「やあダーリン、やあミスタ・カーリー」、彼は身をかがめてキャロラインに口づけした。「電報が届いているかどうか確かめるためにちょっと席を外してきたんだ。どうやら君が手にしてるのがそれらしいな」、彼女からそれを受け取りながら、彼はカーリーに向かって言った。「先ほどのバーでの騒動はまったく変てこりんなものだったね。おまけに君たちのうちの誰かがたまたまそれと同じ筋書きで冗談を仕組んでいたというじゃないか」、彼は一通の電報を開き、それを畳み、キャロラインの方を向いた。彼の顔にはまるで二つの物事を頭の中に同時に抱え込んでいるような、分裂した表情が浮かんでいた。

「僕がもう二年も会っていなかったさる女性が出し抜けに現れてね」と彼は言った。「どうやら恐喝のつもりだったらしいが、手際はちょいと悪かったな。というのは彼女に対する負い目なんて、僕の方には過去現在にわたって何ひとつないからね」

「それでいったいどうなったの?」

「ヘッド・バーテンダーは十分後にパリ警視庁の警官を連れてきた。そして廊下ですべては片づいた。アメリカに比べたら格段に厳しい恐喝に対する法律がフランスにはあってね、女は絞り上げられて、ほうほうの体で逃げ帰ったらしいよ。でも一応ことの次第を耳に入れておいたほうがいいようだからね」

「君は、僕が告げ口したとでも言いたいのかい？」、マイケルは顔をこわばらせた。

「そういうわけじゃないよ」とのんびりとした声でラザフォードは言った。「君はたまたまそこに居合わせたというだけのことだ。そして君はまたここにも居合わせているわけだから、更に興味津々のニュースをひとつお聞かせしよう」

彼はマイケルに一通の電報を渡し、もう一通の方を開いた。

「こいつは暗号のようだね」とマイケルは言った。

「こっちも御同様だ。でも先週からこの方、僕はこれらの言葉にいささか通じないわけにはいかなくなったよ。この二通の電報をひとつに合わせるとだね、つまり僕は人生をゼロからやりなおさなくてはならないということになる」

キャロラインの顔がさっと淡く青ざめるのをマイケルは見た。しかし彼女はまるで鼠のようにそこに静かに座っていた。

「失敗だったよ。いささか長くつかい過ぎていた」とラザフォードは続けた。「結局のところ、僕だってつきっぱなしというわけじゃないんだね、ミスタ・カーリー。それはそうと聞くところによれば、君の方はまとまったお金が手に入ったらしいね」

「まあね」とマイケルは言った。

「ということだ」とラザフォードはキャロラインの方に向き直った。「わかってほしいんだが、僕の今言ったことは冗談でもないし、誇張でもない。僕は財産のほとんどすべてを失ってしまったし、これから裸一貫で出直さなくてはならなくなった」

二対のまなざしが彼女の上にじっと注がれた。身を引いて淡々としたラザフォードのまなざしと、マイケルのすがりつくような飢えた悲しいまなざしだ。ややあってからキャロラインはすっと椅子から立ち上がり、堪えかねたような声とともにハミルトン・ラザフォードの両腕の中に身を投げだした。

「ああ、あなた、それがどうしたっていうのよ！」と彼女は言った。「それでいいじゃない。私、むしろ嬉しいのよ、嘘いつわりなく。二人で最初から始めましょうよ。願ってもないことだわ。だからもうくよくよしたりしないで。哀しい顔をしないで！」

「よくわかった」とラザフォードは言った。彼はしばし彼女の髪を優しく撫でていた。それから身体にまわした腕を離した。

「一時間ばかりパーティーに顔を出すって言ってきたんだよ」と彼は言った。「だからここでおやすみを言わなくちゃならない。横になってぐっすりと眠りなさい。おやすみ、ミスタ・カーリー。こんな金銭上のごたごたで君の耳を汚して失礼なことをした」

しかしマイケルは既に帽子とステッキを手にしていた。「御一緒するよ」と彼は言った。

Ⅲ

見事に晴れあがった朝だった。マイケルのモーニング・コートはまだ届けられていなかったので、ジョルジュ・サンク通りにある小さな教会の前に据えられた写真機や映画カメラの前を横切るときに、いささかの居心地悪さを味わうことになった。

教会はとてもこざっぱりとして新しかったので、まっとうな格好をしていないと肩身が狭かった。それに一晩眠れなかったせいで、顔色は青白くふらふらしていたから、マイケルは後ろの方にこっそりと立っていることにした。そこから彼はハミルトン・ラザフォードの背中と、ほのかに透けたレースに包まれたキャロラインの背中が見えた。ジョージ・パックマンの肥った背中は落ち着きが悪く、新郎新婦の方によりかかりたがっているように見えた。

セレモニーは頭上に飾られた華やかな三角や四角の旗の下で、たっぷりと時間をかけて行われた。背の高い窓から斜めに差し込んでくる六月の陽光は、身なりの良い人々の上で幾本もの太い光の梁となっている。

新郎と新婦を先頭にした行列が通路を進み始めたとき、マイケルははっと思った。自分の立っているこの場所は、行列に加わった人々がみんな儀式の堅苦しさから解放されて気楽に話しかけてくる地点じゃないか、と。

まったくその通りだった。ラザフォードもキャロラインもまず最初にマイケルに話しかけてきた。ラザフォードは結婚するという緊張に顔をしかめながら、キャロラインはこれまで見たこともないくらい美しく、宙を漂うかのように楚々と、若き日の友人たちや親戚たちのあいだを抜け、過去をあとにして、陽光に照らされた扉のそばにある未来へと向かいながら。

マイケルはやっとの思いで声をしぼりだした、「美しい。本当に美しい」と。それから他の人たちがやってきて、通りがかりに彼に声をかけていった。母親のミセス・ダンディーは病床からそのまま式に出席したのだが、具合はすっかりよさそうに見える。あるいは彼女は名家の老婦人らしく努めて元気を装っているのだろうか。ラザフォードの両親は十年前に離婚していたが、それでもすっかり琴瑟《きんしつ》相和すという風情で肩を並べて歩いている。それからキャロラインの姉たち全員とその夫たち、イートン・スーツに身を包んだ幼い甥たち、そして長いパレード。誰もがマイケルの顔を見ると話しかけてきた。それというのも、彼がちょうど行列が終わってばらける地点で、身も世もなくぼうっと立ちすくんでいたからだ。

　これからいったいどうなるのかしらと彼は案じた。ジョルジュ・サンク・ホテルでの披露宴の招待状は既に配送されてしまっていたが、ここはとにかくべらぼうな金のかかるところだ。ラザフォードはあのような破滅の電報を手にしていながら、その上でなんとか金を工面するつもりでいるのだろうか？　どうやらそうらしい。というのは、行列は外にでると三々五々に散会し、六月の太陽の下をそのままホテルに向かって進んで行ったからだ。角のところでは娘たちのロングドレスが五つ並んで、色とりどりに風になびいていた。娘たちはそこでもう一度宙に浮かぶ薄ものとなり、あちこち漂う花々となっていた。眩い昼下がりの風に舞うそれらのドレスの美しさといったら。

　マイケルは一杯やりたかった。素面《しらふ》で披露宴に臨んで、新郎新婦や関係者の並んだ列に対面するなんてとてもできそうにない。ホテルのわきの入口から中に飛び込むと、彼はバーはどこかと尋ねた。お仕着せを着たボーイが新設なったアメリカ風の通路を半キロメートルばかり抜けて、そこまで案内してくれた。

　でも何たることか、バーは満員だった。そこには十人から十五人の男たちと、二人――いや四人の娘たちがいた。みんな結婚式に出ていた人たちで、みんな酒を求めていた。バーではカクテルとシャンパンが振る舞われていた。要するに、ラザフォードの振る舞ったカクテルとシャンパンだ。というのは、彼はバー全体とボールルームと二つの大きなレセプション・ルームと上下に通じる階段すべてと、四角く区切られたパリの街並みが一望に見渡せるいくつかの窓をそっくり貸し切りにしていたからだ。そのうちにマイケルはゆっくりと流れていく長い挨拶の列に加わった。「実に素晴らしい結婚式でしたよ」とか「まあなんてお綺麗なんでしょう」とか「君は幸せなやつだよ、ラザフォード」、花々の匂いたつ靄の中を抜けるようにして、彼は歩を運んだ。キャロラインのところまで来たとき、彼女は一歩前に出てマイケルの唇にキスをした。でも彼は唇が触れ合った感触を持たなかった。それは現実味を欠いていた。彼は宙を舞うようにそこから離れていった。彼のことをいつも気にかけてくれた母親のミセス・ダンディーはマイケルの手をしばらくじっと握って、花の礼を言った。ミセス・ダンディーが病に倒れたと耳にしたときに、彼は花を贈ったのだ。

「お礼の手紙を書けなくてごめんなさいね。でもご存じのように、私のようなおばあさんになると、そういうことは本当に嬉しくて――」、花のこと、手紙を書かなかったということ、結婚式のこと――それらは彼女の中でみんな同じくらいの重要性を持っているのだとマイケルは悟った。彼女はこれまでに五人の子供たちを結婚させたが、そのうちの二人の結婚はうまくいかなかった。そしてマイケルにとってはあまりにも切なく、心をかき乱すこの場の光景も、この婦人にとっては、繰り返されるただのおなじみのゲームに過ぎないのだろう。

シャンパンつきのビュッフェの軽食は既に小さなテーブルで供され、人影のないボールルームではオーケストラが演奏を始めていた。マイケルはジェビー・ウェストと一緒の席に座った。モーニング・コートを着ていないことを彼はまだ少し恥ずかしく思っていたが、でも今では略装で来ているのが自分一人だけではないことがわかって少しは気が落ち着いた。

「キャロラインは見事じゃない？」とジェビー・ウェストは言った。「冷静沈着この上なし。今朝私は彼女に尋ねたのよ。こうやって未来に足を踏みいれていくことが少し怖くないかって。そしたら彼女はこう言うの、『どうして？　私は二年間彼と一緒にやってきたし、今はただ幸せなのよ。それだけのこと』だって」

「そのとおりなんだろう」とマイケルは暗い声で言った。

「なんですって？」

「君が今言ったとおりなんだろう」

ぐさりと胸を刺されたようだった。しかし痛みこそあったものの、不思議に傷は残らなかった。

彼はジェビーをダンスに誘った。フロアではラザフォードの父親と母親が一緒に踊っていた。

「ちょっと切ない話があるのよ」と彼女は言った。「あのお二人はずいぶんひさしぶりに会ったのよ。どちらも再婚したんだけれど、お母さまの方はうまく行かなくてまた離婚したわけ。お父さまがキャロラインの結婚式のためにやってくると、彼女は駅まで迎えに行って、アヴニュ・デュ・ボワにある自分の家に泊まるようにと勧めたの。他にも大勢の人たちがそこに泊まっていたし、ぜんぜん変なものじゃなかったんだけれど、それでも彼は新しい奥さんがその話を耳にしていやな気持ちになることを心配して、ホテルを取ったのよ。そういうのって切ないことだと思わない、あなた？」

一時間ばかり経過したあとで、マイケルは今がまだ昼間であることにふと気づいた。ボールルームの片隅には、映画のスタジオみたいにスクリーンがいくつもしつらえられ、写真家たちが結婚パーティーの公式写真を撮影し始めていた。まぶしい光の中で、死のように静止し、蠟細工のように青白いパーティーの主役たちは、ボールルームの人為的な薄暗がりの中で輪を描いている踊り手たちの目には、まるで遊園地の小屋で出くわす陽気な、あるいは不吉な人々の群れのように映った。

新郎新婦の写真が撮影されたあとで、花婿付き添い人たちの、それから花嫁付き添い人たちの、新郎新婦の家族たちの、子供たちのグループ写真が撮影された。しばらくして、流麗なドレスに大きなブーケという格好にふさわしいしとやかさをとっくの昔にふり捨てたキャロラインが、元気いっぱい興奮した面持ちでやってきて、マイケルをフロアからむりやりに連れだした。

「さあ、昔のお友達だけで写真を撮るのよ」、それがなんといってもいちばん心の通った写真なんだからとその声は告げていた。「こっちにいらっしゃいな、ジェビー、ジョージ――あなたは駄目よ、ハミルトン、ここは私のお友達だけなの――ああ、サリー――」

　ほどなく、少しばかり残っていた堅苦しさもすっかりとれて、あふれかえるシャンパンの香りとともに時は淀むことなく流れていった。現代風に、ハミルトン・ラザフォードはテーブルについて昔の女友達の体に腕をまわし、客たち（そこには目を丸くしてはいるものの、熱心にパーティーを楽しんでいるヨーロッパ人たちも少なからず含まれていた）に対してパーティーはまだ始まったばかりなんだぞと言っていた。真夜中過ぎの〈ゼリ〉でこの続きが行われることになっていた。母親のミセス・ダンディーはまだ具合がそれほど良くなかったのだが、退出しようと腰をあげたあとも、次から次へと儀礼的に話しかけてくる人々につかまってしまっていた。マイケルはそれを目に止めて、彼女の娘の一人にそのことを耳打ちした。その娘は無理に母親をかすめ取るようにして連れだし、車を表にまわさせた。それが一件落着すると、マイケルは我ながらよく気が利いたと納得して、またシャンパンの杯を重ねた。

「いや驚いたね」とジョージ・パックマンが彼に向かって喋りかけていた。「この豪華版はハミルトンに五千ドルがとこの出費をもたらすことになるし、僕の知るかぎりにおいては、それは彼の持ち金のほとんどありったけなんだな。にもかかわらずだね、彼はシャンパンの一本、花の一本もけちったか？　とんでもない。まったくたいしたやつじゃないか。ねえ知っているかい、今朝結婚式の始まるまさに十分前に、やつはT・G・ヴァンスから五万ドルの年収で誘いを受けたんだ。一年後には、また大金持ちの仲間に復帰することだろう」

その会話は、ラザフォードをみんなで肩車しようという計画によって中断させられた。彼ら六人はその計画を実行に移した。それから午後四時の太陽の下で、新郎新婦にさよならの挨拶をした。しかしどこかに間違いがあったらしく、五分後にマイケルがふと見ると、新郎新婦はそれぞれの手にシャンパン・グラスを意気揚々と掲げて、まさにレセプションに向かって階段を下りていくところだった。

「こういうのが僕らのやり方なんだ」と彼は思った。「気前よく、元気よく、好き放題に。ヴァージニアの大農園風の大盤ぶるまいというところだな。でも今じゃペースが変わって、株式のティッカー・テープ並みにせわしない」

部屋の真ん中にぼんやりと突っ立って、どれがアメリカ大使だろうと目で追っているときに、自分がもう何時間ものあいだキャロラインについてほとんど考えていなかったことに思い当たって、彼はびっくりしてしまった。彼はどきっとしてまわりを見回してみた。部屋の向こう側に彼女の姿が見える。とても若く華やいで、晴れ晴れと幸福そうだ。その近くにはラザフォードがいて、いくら長く見ても見あきないというような目つきで彼女を見ている。そしてマイケルがじっと眺めていると、彼らはどんどん後ろに後退していくみたいに――ちょうど先日カスティリオーヌ通りでそうなってくれればいいのにと彼が願ったそのとおりに――見えた。二人は、自分たちだけの幾多の喜びやあるいは哀しみの中へと、そしてまたラザフォードの優雅なプライドやキャロラインの若く感動的な美しさを奪い取っていくであろう年月の中へと、どんどん後退して薄く霞んでいった。ずっと遠くまで霞んでいってしまったので、マイケルにはもう二人の姿がほとんど見えなくなっていた。まるでキャロラインの白い膨らんだドレスみたいにぼんやりとした何かに、二人がすっぽりと包み込まれてしまったみたいに。

マイケルは癒されていた。そのセレモニーは、馬鹿騒ぎや虚色を伴いつつも、人生の通過儀礼としての役目を果たしているわけで、いかにマイケルの悔いが深くとも、もう二人のあとにすがることはできなかった。すべての苦々しさがあっけなく身体から溶け去り、彼を取り囲んでいる若さと幸福の中から、世界が――まるで春の太陽の光のように気儘に放蕩な世界が――再構築されていった。別れの挨拶をするために、ハミルトンとキャロラインの新婚夫婦の方に向かいながら、今夜一緒に夕食を取ろうとさっき約束を交わしたのは、花嫁付き添い人の娘たちのうちの誰だったかと、彼は懸命に頭をひねっていた。

『結婚パーティー』のためのノート

本書には彼の五つの短篇がおおむね発表年代順に並べられているわけだが、この『結婚パーティー』は一九三〇年——つまり前の二つの作品からちょうど十年後に書かれている。その十年のあいだに、フィッツジェラルドの身には実にいろんなことが起こった。彼は流行作家になり、大金をもうけ、無計画にそれをばらまき、妻のゼルダとともにめいっぱい世間を騒がせ、ヨーロッパを豪勢に旅してまわり、『グレート・ギャツビー(*The Great Gatsby*)』という歴史に残る見事な傑作を書き上げた。

それから彼は徐々にアルコールに溺れるようになり、ゼルダは宿命的な精神の病を背負い込んだ。夫婦仲も怪しくなってきた。順調に回っていた歯車は軋みを立て始め、だんだん何もかもがうまく行かないようになってきた。一九二九年の秋には飽和状態に達したアメリカの株式市場が一瞬のうちに見事に崩壊し、深刻な不況時代が戸口をくぐってやってきた。フィッツジェラルドにとっても、アメリカにとっても、華麗なる「第一幕」は終わりをつげてしまったのだ。ジャズ・エイジのラッパ手ともいうべきフィッツジェラルドは、新しい時代の到来にあわせて新たなメロディーを吹かなくてはならなかったが、残念ながら彼には新曲の持ち合わせがなかった。天才肌の作家であるフィッツジェラルドは、いつだってうまく小説を書くことが出来た。ドロシー・パーカーが述べているように、彼は「ひどい小説でさえうまく書くことが出来た」のだ。しかしこれから自分がいったい何を書けばいいのか、彼には確信が持てなかった。彼がそれまで活躍の舞台としてきた商業誌は、暗い世情から読者の目をそらすために、明るいハッピーエンドの物語を求めていた。しかし慢性的な不幸にとりつかれつつある彼に、いったいどんな「幸せな物語」を書くことが出来るだろう。スコット・フィッツジェラルドの痛烈な「第二幕」の悲劇はここから始まる。

この『結婚パーティー』はスコットが初めて大恐慌を素材として扱った作品である。主人公の恋敵である株式仲買人は、市場の崩壊によって全財産を失うことになる。金持ちはもう金持ちではないのだ。それはフィッツジェラルドにとっての新しい発見であり、新しい世界の展開だった。金持ちというのは永久会員のような強固な資格ではなく、ただの暫定的な状況にすぎなかったのだ。考えようによっては、これは——少なくともスコットにとってはということだが——なかなかシリアスな小説的素材である。時代の曲がり角にあって、彼も彼なりに真剣に、自分の作品の方向性というものを模索していたのだ。そして彼はそれをもっと突っ込んで追求しなくてはならなかったはずだ。

しかしフィッツジェラルドは、その破産した仲買人を最後に救済してもう一度金持ちにすることによって、この物語を、苦みはそこそこにちりばめられているものの、結局はハッピーエンドに終わるフェアリ・テイルとして落ちつかせている。そのアプローチは、二〇年代という十年間にわたって展開した彼の小説作法の範疇にすっぽりとおさまってしまっている。高級商業誌のために作品を書いている彼にとっては、おそらくいたしかたないことだったのだろうが、この『結婚パーティー』という作品を新しい十年間(ディケイド)へのフィッツジェラルドの門出として捉えれば、この結末は残念ながらいささか心残りのあるものだった。

とはいうものの、パリにおけるアメリカ人の最後のどんちゃん騒ぎの様子を描写するフィッツジェラルドの覚めた目と冴えわたる描写力には、やはり感嘆すべきものがある。このパーティーは、パウエル・ファウラーという知人が一九三〇年の五月に実際にパリでおこなった豪勢な結婚パーティーをモデルにしていると言われている(ちなみにパウエルは、スコットの大学時代の級友であり、『リッチ・ボーイ(The Rich Boy)』〔『ザ・スコット・フィッツジェラルド・ブック』所収〕の主人公のモデルとなったルドロウ・ファウラーの弟である)。おそらく十年前の彼には、このような華麗なお祭り騒ぎを、これほど身を引いては書くことはできなかっただろう。しかし今では、そこにはある種の賢明なシニシズムさえ漂っている。彼はここで、お祭り騒ぎの裏にある、人が「滑り落ちていく」ことの悲しみを腰を据えて書こうとしているように僕には思える。それはもうかつての、きわめて鋭くはあるけれど、発生においては気まぐれなただの洞察ではない。それは彼にとって、自らのモラルをもう一度立て直すために、どうしてもやらなくてはならない個人的な責務だったのだ。

フィッツジェラルドは、たびたびの試行錯誤を越えて、そのような個人的な視点にしっかりとしがみつくことによって、忘れることのできない、心が洗われるようないくつかの「第二幕」の名篇を残すことになる。たとえば次の作品のような。

バビロンに帰る

Babylon Revisited

I

「それでミスタ・キャンベルは何処にいるんだろう?」とチャーリーは訊いてみた。

「スイスに行ってしまわれました。ミスタ・キャンベルは具合がおよろしくないんですよ、ミスタ・ウェールズ」

「それはいけないね。じゃあジョージ・ハートは?」とチャーリーは尋ねた。

「アメリカに戻られました。お仕事に就かれているようで」

「じゃあスノーバードはどこにいるんだい?」

「先週ここにおみえになりましたよ。ところであの方のお友達のミスタ・シェーファーなら今パリにいらっしゃいますよ」

一年半前の長い友人リストの一角を占めていた二つの聞きなれた名前だった。チャーリーはあるアドレスを手帳にさらさらと書きつけ、そのページをちぎった。

「もしミスタ・シェーファーを見かけたら、これを渡してくれ」と彼は言った。「これは僕の義理の兄の住所なんだ。まだホテルをきちんと決めていないんでね」

　パリの街が閑散としているのを見ても、彼はそれほどがっかりはしなかった。しかしリッツ・ホテルのバーの静けさは奇妙だったし、どことなく不吉だった。それはもうアメリカ人のバーではなかった。そこにいるとなんだか改まった気分になった。ここは俺の店だぞという雰囲気はもうそこにはなかった。それは既にフランスの手に戻ってしまっていたのだ。タクシーを下りてドアマンの姿を目にした瞬間から、その静けさは感じられた。この時間ならいつも目が回るくらい忙しくしているはずのドアマンは、従業員用入口のそばで制服姿のボーイと雑談に興じていた。

　廊下を通り過ぎるときにどこかの女の退屈そうな声が聞こえた。それがかつては賑やかだった婦人用化粧室から聞こえる唯一の声だった。バーに入ると、彼は昔の習慣どおり、まっすぐに前方に目を向けて二十フィートの緑のカーペットの上を歩いて進んだ。それから足をしっかりと足置きのレールに載せ、後ろを振り返って部屋の中を見回してみた。隅の方で新聞を読んでいた一対の目がふらっと上にあがったが、それが視線をあわせた唯一の目だった。チャーリーはバーテン頭《がしら》のポールに会いたいんだがと言ってみた。相場が強気だった時代の終わり頃には、ポールはカスタム・メイドの自家用車に乗って仕事場にやってきたものだった。もっともひとつ手前の角で車を下りるだけの節度は持ち合わせていたが。しかしポールは今日は田舎の本宅の方に行っていた。そしてアリックスが彼に人々の消息を伝えていた。

「いや、もう結構だ」とチャーリーは言った。「最近は酒を控えているもんでね」

アリックスはそれは何よりという風に言った。「二年ほど前は相当に派手にやっておられましたですよね」

「これからもずっとこの調子を続けていくよ」とチャーリーは念を押すように言った。「もう一年半以上これでやってきたからね」

「アメリカの方の様子はいかがでございますか？」

「もう何カ月もアメリカには戻ってないんだ。僕はプラハで仕事をしているんだよ。いくつかの現地の会社の代理人をやっていてね。悪評もあっちまでは伝わってないからね」

アリックスは微笑んだ。

「ジョージ・ハートがここでバチェラー・ディナーをやったときのことを覚えているかい？」とチャーリーは言った。「ところでクロード・フェッセンデンはどうなったんだろう？」

アリックスは内緒話をするように声をひそめた。「まだパリにいらっしゃいます。しかしここにはもうお見えにはなりません。ポールが出入りをお断りしたんです。あの方は勘定を三万フランばかりお溜めになったんですよ。なにしろ一年以上ものあいだ全部のお酒とランチと、それからだいたいいつもディナーをつけでお召しあがりになっておられましたから。それでポールがそろそろ御精算を願えませんでしょうかと申し上げたところ、そのお支払いになられた小切手が不渡りでございまして」

　アリックスはかなしげに首を振った。

「わからないものでございますよ。あんなに粋な方でしたのにね。それが今ではもうすっかりお太りになられて――」彼は両手でむっくりとした林檎の形を作った。

　チャーリーはやかましい一団のおかまたちが隅の方に陣取るのを眺めた。

「何があってもこいつらは変わりゃしない」とチャーリーは思った。「株は上がりもするし下がりもする。人は遊びもすれば働きもする。でもこいつらは永遠にずっとこうやって生きていくんだな」その場所は彼の心を暗くした。彼はダイスを持ってこさせ、アリックスを相手に酒代を賭けてそれを振った。

「こちらには長くいらっしゃるんですか、ミスタ・ウェールズ？」

「四日か五日というところだね。娘に会いに来たんだよ」

「それはそれは、お嬢さんがいらっしゃったんですか」

外では、燃え盛る赤や、もやったブルーや、ぼうっと滲んだグリーンのネオン・サインが、小糠雨の帳《とばり》の奥にくすぶるように光っていた。時刻は夕方に近く、通りには活気が出始めていた。ビストロの電灯はこうこうと輝いていた。カピュシーヌ通りの角で、彼はタクシーを拾った。威風堂々たるピンクに照らし出されたコンコルド広場の前を通りすぎてから、車は整然と街を貫くセーヌ川を越えた。そしてチャーリーは突然、セーヌ左岸の田舎臭さを感じとった。

チャーリーはタクシーの運転手にオペラ座通りをまわってくれと命じた。それはちょっと遠まわりになったが、彼はその素晴らしいファサードに下りる宵闇を眺め、際限なく鳴り響く「レントより遅く」の最初の何小節かを模したタクシーのホーンを、第二帝政のラッパに見立ててみたくなったのだ。ブレンターノ書店の正面の鉄格子シャッターが閉じられようとしていた。きれいに刈りこまれた〈デュヴァル〉の小市民的な生け垣の向こうでは、人々はもう夕食を始めていた。彼はパリの大衆向けレストランで食事をしたことが一度もなかった。五皿のディナーがワイン込みで四フラン五十、たったの十八セントである。とくに理由はないのだが、それを食べておけばよかったのになと彼は後悔した。

左岸へと向かう車の中で、彼はその土地に突然生じた田舎っぽさを目にして、ふとこう思ったのだ。「俺は自ら進んでこの街をだいなしにしていたのだ。当時の俺にはそれがわからなかった。しかし一日また一日と時は移り、二年の歳月が消えてしまい、何もかもが消えてしまった。そして俺もまた消えてしまったのだ」

彼は三十五歳で、好男子だった。彼のいかにもアイルランド風の闊達な顔だちは、目のあいだに刻まれた皺によって落ち着きを与えられていた。彼がパラティーヌ街にある義兄の家のベルを押したとき、その皺はぐっと深まって眉毛にまで達した。腹のあたりがきゅっと締まるような感触があった。ドアを開けたメイドの背後から愛くるしい九歳の少女が飛び出してきて、「お父さん！」と声を限りに叫び、魚のようにぴちぴちと身をくねらせながら彼の腕の中に飛び込んできた。少女は片方の耳を摑んで彼の頭を引き寄せ、その頬に頬ずりした。

「よしよし、帰ってきたよ」と彼は言った。

「お父さん、お父さん、お父さん、すごい、すごい、すごい！」

娘は彼の手を引いてサロンに連れていった。そこでは一家が彼を待っていた。彼の娘と同じ年頃の男の子と女の子、彼の義理の姉と、その夫。彼は自分の声の中にいかにも見せ掛けの愛想の良さや、あるいは反感が感じとられないように留意しながら、マリオンと挨拶を交わした。しかしそれに対する彼女の応答の方はもっとあけすけにしらっとしたものだった。ただ、相手に対する抜きさしならない不信感を最小限に抑えるために、彼の娘の方に目を逸らせるだけのことはしたのだが。男たち二人は親しみをこめて手を握りあった。リンカン・ピーターズはチャーリーの肩の上にしばらく手をかけていた。

部屋は暖かく、アメリカ風の心地好さが感じられた。三人の子供たちは仲よさそうに動きまわり、他の部屋に通ずる黄色い細長い戸口を出入りして遊んでいた。ぱちぱちと勢いよくはぜる暖炉の火と、台所で立ち働くフランス人たちの物音が、夕方六時の陽気な気分を物語っていた。でもチャーリーの心はやすまるどころではなかった。彼の心臓は体の中でこちこちにしゃちほこばり、ときどきそばに寄ってくる娘を見ては、やっと勇気づけられるのだった。娘はチャーリーがおみやげに持ってきた人形を両腕で抱き締めていた。

「いや、びっくりするくらい順調に運んでいましてね」、リンカンの質問を受けて彼はそう切り出した。「あっちの方でも進退きわまっているような会社がいっぱいあるんだが、僕らの方は以前に比べてもむしろ良くなっているくらいなんです。実際、絶好調ってところですね。来月にはアメリカから姉を呼び寄せて家の面倒をみてもらおうと思っているんです。僕の昨年の収入も、お金があった頃よりも多かったんですよ。ほら、チェコ人たちは——」

彼が自慢話をするのにはそれなりの目的があった。しかしそのうちにリンカンの目の中に微かな落ちつかなげな色が浮かぶのを見て取ると、彼はすぐに話題を変えた。

「おたくのお子さんたちは素敵ですね。躾《しつけ》がいきとどいて、マナーがいい」

「君のオノリアだって素晴らしい子だよ」

マリオン・ピーターズが台所から戻ってきた。彼女は背の高い女で、目には気苦労の色が浮かんでいた。彼女にしたところでかつてはアメリカ人らしい生き生きとした愛らしさに輝いていたのだ。でもチャーリーはとくにそういうところに引かれはしなかったから、人々が彼女も昔は本当に綺麗な人だったねえと口にするたびに、いつも驚かされた。初対面のときから、ふたりはどことなくそりがあわなかったのだ。

「オノリアのことはどうお感じになった?」と彼女は訊いた。

「素晴らしいですよ。十カ月のあいだにあんなに成長するなんてまさに驚きだな。子供たちはみんな元気そうですね」

「もう一年もお医者知らずよ。久し振りのパリはいかが?」

「こんなにもアメリカ人の姿を見かけないというのは、すごく変な感じがしますよ」

「私は喜んでいますけれどね」とマリオンは吐いて捨てるように言った。「今では少なくとも、お店に入るたびに百万長者扱いされなくてすみますもの。私たちだって世間なみにきつい目にはあいましたけど、でも全体としては今の方が遥かに気持ち良く暮らしているわ」

「でも昔は昔で良かったでしょう」とチャーリーは言った。「僕らはいわば特権階級のようなものだった。何をやってもどうやっても、ちゃんとうまくいった。僕らは魔法のようなものを身につけていたんですね。今日の午後バーに行ったら」――彼は自分がミスをおかしたことに気づいて口籠もった――「知っている人間は一人もいなかったですよ」

彼女は鋭い視線を彼に向けた。「あなた、バーはもう沢山なんじゃありませんか」

「ちょっと寄ってみただけです。夕刻の一杯をやって、それでおしまいです」

「ディナーの前のカクテルはどうだい?」とリンカンが尋ねた。

「いや、毎日午後に一杯だけって決めているし、それももうさっき飲んじゃったから」

「その調子をずっと続けていただきたいものですわね」とマリオンが言った。

彼女のその冷たい口調には嫌悪感がはっきりと窺えたが、チャーリーはただにっこりと微笑んで受け流した。彼にはもっと大きないくつかの計画があった。彼女が強く出れば出るだけ、彼の立場は有利になる。じっと我慢して待てばいいのだ。彼としてはふたりの方からその話を持ち出させたかった。彼がパリに来た目的が何か、相手もちゃんと承知しているのだ。

　夕食の席で、彼はオノリアが母親似なのかあるいは自分に似ているのか、結論を出せずにいた。彼女が、夫婦両方の性向を併せ持っていないことを祈るしかない。そのおかげで彼ら夫婦は破滅に向かったのだから。この子を守ってやりたいという思いが大波のように押し寄せてきた。この子に何をしてやればいいのか俺にはわかっている、と彼は思う。彼は品性というものの価値を信じていた。時代ひとつ丸ごと後戻りして、品性というものを永遠に価値のある要素として信奉して暮らしたいものだ。他のものはみんな擦り切れてしまう。

　夕食のあと、彼はすぐに辞去したが、でも部屋には戻らなかった。彼はパリの夜の光景を、往時よりずっと分別の備わった明晰な目で見てみたかったのだ。彼はカジノの補助席《ストラポンタン》を買い、ジョゼフィン・ベーカーの踊りがチョコレート色のアラベスクを綾なすのを見物した。

　一時間の後に彼は席を立ち、モンマルトルの方に向けてそぞろ歩きをした。ピガール通りを抜けてブランシュ広場へと。雨はもう止んでいて、キャバレーの前でタクシーから下りてくる夜会服に身を包んだ何人かの人の姿も見えた。売春婦《ココット》が一人で、あるいは二人一組で客を探してうろついていたし、黒人たちの姿も沢山見受けられた。彼は中から音楽が聞こえる電灯に照らされたドアの前を通りかかったとき、ここにはよく来たなという感慨を抱いて歩を止めた。それは〈ブリックトップ〉だった。そこで彼はかつてずいぶん多くの時間とずいぶん多くの金を消費したのだ。その何軒か先で、もうひとつ別の大昔の溜まり場をみつけ、何気なくふと中を覗き込んでみた。間髪を置かず、オーケストラが待ってましたとばかりに音を響かせ、二人のプロのダンサーがさっと立ち上がり、案内係が「みなさん、これからお見えになりますですよ」と叫びながら彼の方に走り寄ってきた。でも彼は素早くそこを立ち去った。

「べろんべろんに酔ってでもいなきゃ、誰が好きこのんで」と彼は思った。

〈ゼリ〉は閉まっていた。それを取り囲むように並んだ、うらぶれて不吉な感じのする安ホテルは明かりが消えていた。ブランシュ通りまで来ると、あたりは明るくなり、くだけたフランス語をしゃべる地元の人々で溢れていた。〈詩人の洞窟〉はなくなっていたけれど、〈極楽カフェ〉と〈地獄カフェ〉は相変わらず二つの口をぱっくりと開けていた。眺めていると、それらはツアー・バスで運ばれてきたまばらな乗客（ドイツ人と日本人がひとりずつとアメリカ人のカップルが一組）を貪欲に呑み込んでさえいた。アメリカ人のカップルは脅えた目で彼のことをちらっと見た。

モンマルトルの努力と工夫はその程度のものだった。悪徳と浪費に仕えると言ったところで、所詮はお子様向けのものに過ぎない。彼は「散財する」という言葉の意味をそこではっと悟った。それは文字通り空《くう》にばらまくことなのだ。有を無に変えることなのだ。夜も更けてくれば、場所から場所への移動は、とてつもなく大きなジャンプを伴うことになる。そして、ゆっくり動きたいと思えば思うほど、その特権に対して払われる代価はどんどん大きなものになる。

彼は覚えていた。たったひとつの曲を演奏させるために何枚もの千フラン札がオーケストラに与えられたことを。タクシーを呼んだだけで何枚もの百フラン札がドアマンに放られたことを。

しかしその金はまったく無駄に与えられたわけではなかった。

どれほどでたらめに浪費された金でさえ、それは運命の神への供物として差し出されたものだった。もっとも覚えておくべきであることを、なんとか忘れてしまいたいと願って。そして今では彼はそれを念頭から追いやることができない――彼の手から取り上げられてしまった子供のこと、ヴァーモントの墓へと退いていった彼の妻のこと。

照明の眩しい軽食堂で、一人の女が彼に話しかけてきた。彼は女に卵とコーヒーをご馳走してやった。それから誘いかける女の視線をのがれるようにして、二十フラン札を彼女に与え、タクシーに乗ってホテルに戻った。

II

目が覚めると、外は素晴らしい秋の一日であった。フットボール日和というやつだ。昨日の暗い思いはどこかに消えて、彼は道を行く人々に好感を覚えた。昼には彼は〈ル・グラン・ヴァテル〉のテーブルで、オノリアと向かい合って座っていた。シャンパン・ディナーや、二時に始まって朦朧とした酩酊の黄昏にいたる長い午餐会のことを思い出さずにすむレストランというとそこくらいしか頭に浮かばなかった。

「さあ、野菜はどうだい？　何か野菜を食べなくちゃいけないんじゃないのかな？」

「ええ、そうね」

「ホウレンソウとカリフラワーと人参といんげんがあるけれど」

「カリフラワーをいただくわ」

「野菜を二つ取ったら?」

「ランチにはいつも野菜はひとつだけいただくことにしているの」

ウェイターは自分は無類の子供好きでという表情を顔に浮かべていた。「なんて可愛いお嬢様でしょうね。フランス人と同じくらい流暢にフランス語をお話しになりますですね〔訳注・原文フランス語〕」

「デザートはどうだい? あとで決めることにしようか?」

ウェイターが下がった。オノリアは期待をこめて父親の顔を見た。

「私たちこれから何をするの?」

「まず最初にサントノレ街のおもちゃ屋に行こう。そこでなんでも君の好きなものを買ってあげる。その次にアンピール劇場にヴォードヴィルを見に行こう」

彼女は躊躇した。「ヴォードヴィルには行きたいわ。でもおもちゃ屋はよしましょうよ」

「どうしてかな?」

「だって、お父さんは私にこのお人形を持ってきて下さったし」彼女はその人形を抱えていた。「それに私、いろんなものを持っているわ。そして私たち、もうお金持ちじゃないんでしょう」

「お金持ちだったことなんて一度もないよ。でも今日はとにかく、君の好きなものはなんでも買ってあげるのさ」

「わかったわ」と彼女はまあ仕方ないという顔で同意した。

母親とフランス人の乳母がついていた頃は、彼は娘に対してどちらかというと厳格に接しがちだった。でも今では彼は精いっぱいがんばって、新しい寛容さを身につけようとしていた。これからは一人で両親の役をつとめなくてはならない。娘のあらゆる側面を自分がしっかりと受け止めなくてはならないのだ。

「あなたとお近づきになりたく存じますな」と彼は真面目くさった声で言った。「わたくしの方から自己紹介させていただきましょう。わたくしはプラハから参りました、チャールズ・J・ウェールズと申します」

「まあ、お父さんったら！」吹き出したせいで彼女の声はうわずってしまった。

「それであなたは何というお名前でしょう？」と彼はなおも続けた。娘はすぐに調子を合わせた。「オノリア・ウェールズ、パリのパラティーヌ街に住んでおりますわ」

「結婚はなすっておられるのでしょうか？」

「いいえ、まだひとりでございますの」

彼は人形を指した。「しかしお子様を連れておられますね、マダム」

自分の子供ではないとは言えなくて、彼女はそれを胸に抱きかかえ、頭を素早く働かせた。「ええ、以前は結婚しておりましたの。でも今はひとりでございます。主人に先立たれたものでして」

彼は素早く続けた。「お子様は何とおっしゃるのでしょう」

「シモーヌ。学校のいちばんのお友達の名前をつけたの」

「君が学校でよくやっているそうで、お父さんはとても嬉しいよ」

「今月は私、三番だったのよ」と彼女は得意そうに言った。「エルシーは」――というのが彼女の従姉妹の名前だった――「やっとこさ十八番なのよ。そしてリチャードなんかビリに近いんだから」

「でもエルシーとリチャードのことは好きなんだろう？」

「ええリチャードのこと大好き。エルシーだってちゃんと好きだわ」

注意深く、他意はないような口調で、彼は尋ねてみた。「それからマリオン伯母さんとリンカン伯父さん――君はどっちが好きだい？」

「そうねえ、リンカン伯父さんかしら」

彼はやがて彼女の存在がまわりの人目を引いていることに気づいた。人々が入ってくるたびに、「まあなんて可愛らしい……」というささやきが聞こえる。そして隣のテーブルの客は口をきくのも忘れて、彼女の話にじっと耳を傾けている。彼らは意識を持った人を見るというよりは花か何かでも見るみたいに、彼女のことをまじまじと凝視していた。

「どうして私、お父さんと一緒に暮らせないの？」と突然彼女が質問した。「ママが死んじゃったから？」

「君はここに残ってフランス語をもっと完璧に身につけなくちゃいけないのさ。それにお父さんがあっちで君の世話をするのは大変だったと思うしね」

「私、もうそんなに手間はかからないのよ。何だって自分でできるんだから」

レストランの外に出ると、一組の男女が大声で名前を呼びかけてきたので、彼はびっくりしてしまった。

「ねえ、ウェールズじゃない」

「やあやあ、ロレーン……ダンク」

突如現れいでた過去の亡霊。ダンカン・シェーファー、大学時代からの友人だ。ロレーン・クォールズ、三十歳の淡い色あいのブロンドの美人だ。三年前の贅沢三昧の時勢には、仲間の一員としてみんなを焚きつけて、月々を日々のごとく派手に浪費させた女である。

「主人は今年はここに来られなかったの」、彼の質問に答えて、彼女は言った。「私たち見事素寒貧になっちゃってね。あの人ったら私に毎月二百ドル渡すから、それで好き放題やれですって……この子はあなたの娘さん?」

「中に戻って、積もる話をしようじゃないか」とダンカンが誘った。

「そうもいかなくてね」、断る口実があることが彼にはあり難かった。昔と同じように、彼はロレーンの放つ熱情的で挑発的な魅力を感じてはいた。しかし彼自身のリズムは以前とは違ったものになっていたのだ。

「じゃあ夕食はいかが?」と彼女は尋ねた。

「約束があってね。君の住所を教えてくれないか。こちらから連絡しよう」

「ねえチャーリー、ひょっとしてあなた素面じゃないの」彼女はまじめくさった顔で言った。「ほんとにこの人、素面みたいよ、ダンク。ちょっとつねってたしかめてごらんなさいよ」

チャーリーは頭でオノリアの方を示した。二人は声をあげて笑った。

「君の住所はどこなんだい?」と探るようにダンカンが言った。

彼は躊躇した。ホテルの名前を教えたくなかったのだ。

「まだ落ち着き先を決めていないんだ。僕の方から電話をかけるよ。これからアンピール劇場にヴォードヴィルを見に行くところなんだ」

「あらあら！　それこそまさに私のやりたいことよ」とロレーンが言った。「私、道化師やらアクロバットやら曲芸師やらが見たいわ。私たちも一緒に行きましょうよ、ダンク」

「僕らはちょっと先に寄るところがあるんだ」とチャーリーは言った。「たぶん向こうで会えるだろう」

「わかりましたよ、気取り屋さん……さよなら、可愛いお嬢ちゃん」

「さよなら」

オノリアは礼儀正しくちょこんとお辞儀した。

あまり嬉しいとはいえない邂逅《かいこう》であった。二人が彼に好意を持ったのは、彼がまともにやっているからだった。二人が彼に会いたがるのは、今では彼が二人より強くなっているからだった。彼の強さから滋養を引き出したいと望んでいるからだ。

アンピール劇場で、オノリアは父親の折り畳んだコートの上に腰掛けることを毅然として断った。彼女は既に自分の行動規範というものを身につけた一個の存在であった。そして彼は、娘の人格がしっかりと固まってしまう前に自分の一部を彼女の中に注ぎこみたいという熱い思いに、ますますせきたてられるのであった。こんなに短い時間で彼女のことを知るなんて絶望的じゃないか。

幕間にふたりは、バンドが演奏しているロビーでロレーンとダンカンに出くわした。

「一杯やるかい？」

「いいとも。でもカウンターは困る。テーブルを取ろう」

「立派なお父様だこと」

ロレーンの話をうわの空で聞き流しながら、チャーリーはオノリアの目がテーブルを離れるのを見ていた。そして彼はその視線が部屋の中を動きまわる様子を切ないような思いで追った。この子の目はいったい何を見ているのだろう？　彼と目が合うと、娘はにっこりと笑った。「レモネード美味しかったわ」と彼女は言った。

彼女は何を言ったのか？　自分は何を期待していたのか？　後刻、家に戻るタクシーの中で、彼は娘を抱き寄せ、その頭を自分の胸の上に置いた。

「ねえ、お母さんのことを考えることはあるかい？」

「ええ、ときどき」彼女はちょっと曖昧な返事をした。

「君にお母さんのことをずっと覚えていてほしいんだ。君はお母さんの写真を持っていたかな？」

「ええ、持っていたと思う。とにかくマリオン伯母さんは持っているわ。どうしてお父さんは私にお母さんのことを覚えていてほしいの？」

「お母さんは君のことを本当に愛していたからさ」

「私もお母さんのことを愛していたわ」

二人は少し黙りこんだ。

「ねえお父さん、私はお父さんのところに行って一緒に暮らしたい」彼女は出し抜けにそう言った。

彼の心臓は飛び上がった。彼としてはまさにこのようにことが運んでほしかったのだ。

「ここではそんなには幸福ではないの？」

「幸福よ。でも他の誰よりもお父さんのことが好きだもの。そしてお父さんは誰よりも私のことを愛している。そうでしょう、お母さんは死んじゃったし」

「もちろん愛しているさ。でも君の方はいつまでもお父さんのことがいちばん好きってわけではないと思うな。大きくなって、同じ年頃の人と知り合って、結婚して、自分にお父さんがいたことなんてすっかり忘れてしまうんだよ」

「それはたしかにそうね」と彼女は平然とした声で答えた。

彼は家の中には入らなかった。九時にあらためて来ることになっていたし、その時には大事な話があった。そのためにも、まっさらな気分で出直してきたかった。

「ちゃんと部屋に着いたら、窓のところに立って姿を見せるんだよ」

「わかったわ。さよなら。お父さん、お父さん、お父さん」

頭上の窓に、娘がすっかり暖かそうに光に照らしだされたその姿を見せ、夜の中にキスを投げるまで、彼は暗い街路にじっと立っていた。

Ⅲ

ふたりは彼を待ち受けていた。マリオンは喪服をかすかに暗示するいかめしい黒いディナー・ドレスを着て、コーヒーセットの後ろに座っていた。既に話は始まっていたらしく、リンカンは立って部屋を行ったり来たりしていた。ふたりの方でも彼と同様、前置きなしで話の核心に入ることを望んでいた。彼はすぐに切り出した。

「僕がどういう用向きでここに来たかもう御存知でしょう。わざわざパリまでやってきたわけを」

マリオンはネックレスについた黒い星を指でいじりながら、難しい顔をした。

「僕はどうしても家庭を持ちたいんです」と彼は続けた。「そして僕はオノリアをどうしてもそこに加えたい。僕はあなたがたが親戚のよしみで娘をひきとって下さったことを感謝しています。でも今は事情が変わりました」――彼は少し迷ったが、力を入れて先を続けた――「僕という人間もずいぶん大きく変わりました。そして僕はお願いしたいんです。このことについてもう一度考え直していただけまいかと。もちろん三年ばかり前に僕が馬鹿な真似をしでかしたことを否定するつもりじゃありません――」

マリオンは険しい目つきで顔を上げた。

「――でもそれはすっかり終わったのです。この前も言ったとおり、僕はこれでもう一年以上、一日一杯の酒しか飲んじゃいません。それだって僕はいわば意図的に飲んでいるんです。アルコールのことを考えても、それで頭がいっぱいになったりしないようにです。おわかりですか?」

「いいえ」とマリオンは簡潔に答えた。

「それは僕が自分に対して仕掛けたトリックのようなものです。そうしておけば物事が頭の中で必要以上にふくれあがったりしないんです」

「わかるよ」リンカンが言った。「自分がそれに魅かれているということを認めないようにしているんだな」

「そういうところですね。ときどき飲むのを忘れて、飲まずに終わってしまうことだってあります。でもなるべくそれだけは飲もうと思っているんです。それに今の僕の立場じゃ酒を飲んだりするような余裕はありません。僕が代理人をつとめている人たちは僕の仕事ぶりにこの上なく満足してくれていますし、家事をみてもらうためにバーリントンから姉を呼び寄せているところです。そして僕はどうしてもオノリアをその家に迎えたいんです。あなたがたも御存知でしょうが、僕らの夫婦仲が悪くなったときでさえ、何があろうとオノリアだけにはその余波をかぶらせたりはしませんでした。あの子が僕を好いていることはわかっています。そして僕にはあの子の面倒をみることができる。とまあそんな次第です。いかがなものでしょう?」

さあこれから俺はひとしきり叱責を浴びなくちゃならんだろうと彼は思った。一時間、二時間続くかもしれない。それは厳しいものになるだろう。しかしもしそこで怒りをぐっと呑みこんで、改心した罪人らしいしおらしい態度を崩さなければ、最後には風向きもこちらに向いてくるかもしれない。

頭に血をのぼらせるんじゃないぞ、彼は自分にそう言い聞かせた。俺は自分の立場を正当化したいわけじゃないんだ。俺が求めているのはオノリアなんだ。

リンカンがまず口を開いた。「先月君の手紙を受け取ってから、僕らは何度もそれについて話し合った。僕らはオノリアがここにいてくれることがとても嬉しい。本当に良い子だしね。僕らとしては喜んで進んであの子の面倒をみているんだ。でも今はもちろんそのことが問題じゃない――」

そこでマリオンが唐突に口をはさんだ。「ねえチャーリー、あなたはこの先どれくらいお酒から遠ざかっていられるのかしら」と彼女が尋ねた。

「永久に、と考えています」

「それがどれだけあてになるでしょうね」

「御存知でしょう、僕は仕事を辞めて、ここに来て無為な生活を始めるまでは深酒なんて一度もしたことなかったんですよ。それからヘレンと僕とはああいった連中とあちこち――」

「お願いですからヘレンのことは持ち出さないで。私はあなたがヘレンのことをそんな風に言うことに耐えられないの」

彼は渋い顔で彼女をじっと見た。ヘレンが生きているころ、この姉妹はいったいどれくらい仲良しだったたっていうのだろう？

「僕が酒を飲んでいたのは、たった一年半のあいだだけです。僕らがここに来てから、僕が——駄目になってしまうまでです」

「充分な期間です」

「たしかに充分な期間です」と彼も認めた。

「私の負っている責任は全面的にヘレンに対するものです」と彼女は言った。「私はいつもこう考えようとしているんです。もしヘレンが生きていたらあの人は私にどうしてもらいたいと思うだろうかと。腹蔵なく言わせてもらえば、あなたがひどいことをしたあの夜からこの方、私にとってはあなたという人間は存在しないも同然でした。それはしかたないことです。あの子は私の妹でしたから」

「ええ」

「あの子は死ぬ間際に私に頼んだんです。オノリアの面倒を見てくれと。もしその時あなたがサナトリウムに入っていなかったなら、話はちがったかもしれませんけれどね」

彼には返事のしようもなかった。

「ヘレンが私の家のドアを叩いた朝のことを、私は二度と忘れることができないでしょう。ぐしょ濡れになって、がたがた震えながら。そしてあなたが自分を家から閉め出したんだって言うんです」

チャーリーは椅子の両肘をぎゅっと摑んだ。予想を越えたひどさだ。彼は自分の言い分をずらりと並べて説明をしたかった。でも彼が口にできたのは「僕が彼女を閉め出した夜――」ということだけだった。マリオンがあとを遮った。「そんな話をもう一度聞くのには私は耐えられません」

ちょっと沈黙があってから、リンカンがこう言った。「本題からそれてしまったね。君が求めているのは、マリオンが法律的な後見人であることを下りて、君にオノリアを譲ることだな。彼女がいちばん問題にしているのは、君を信頼できるかどうかということだ」

「マリオンの言いぶんはもっともです」とチャーリーは静かに言った。「でも僕を全面的に信頼していただけるはずだと思う。三年前までは僕はまともに人生を送っていた。そりゃもちろん生身の人間ですから、いつどんな間違いをしでかさないとは限りません。でもこれ以上待っていたら、僕は子供時代のオノリアを失ってしまうんです。そして僕が家庭を持つというチャンスを」彼は首を振った。「僕はあの子をきれいさっぱり失ってしまうことになるんです。おわかりですか?」

「わかるよ」とリンカンが言った。

「どうしてそのことをもっと以前に考えなかったのかしら?」とマリオンが訊いた。

「折りにふれて考えていたと思います。でもヘレンと僕の仲はどうしようもなくなっていた。僕が後見人のことに同意したとき、僕はサナトリウムに寝たっきりで、おまけに恐慌のせいで一文なしになっていた。たしかに自分でもひどいことをしたとも思っていました。そしてヘレンの気持ちが少しでもやすまるならどんなことにだって同意しようと思っていたんです。でもそのときと今とでは話は別です。僕は立ちなおりました。きちんとした《ダム・ウェル》生活を送っています。ですから――」

「私の前で汚い言葉を使わないで下さい」とマリオンが言った。

彼はびっくりして彼女の顔を見た。ひとことと口をきくたびに、彼女の嫌悪の勢いはますます顕著になっていった。彼女は自分の人生の恐怖を積み上げてひとつの壁にし、それを彼の方に向けているのだ。こんな些細なことにいちいち目くじらをたてるのも、あるいは何時間か前に料理女と何かいさかいをしたその結果なのかもしれない。彼に対してこれほど敵意を含んだ環境の中にオノリアを残していくことに、彼はますます不安になってきた。遅かれ早かれそれは表に出てくるだろう。言葉の端々に、頭をちょっと振る仕種に。そしてそのような不信感の一部は取り返しがつかないまでにオノリアの頭に植えつけられてしまうだろう。でも彼はその苛立ちの色を顔から消し去り、自分ひとりの胸に収めた。彼はポイントをひとつ稼いだのだ。というのはリンカンが妻の指摘が馬鹿げていることを認めて、軽い調子でおい君はいつから「ダム」という言葉を排斥するようになったんだいと訊いたからである。

「それにですね」とチャーリーは言った。「僕は今ではあの子にしかるべきことをやってやれるんです。僕はプラハにフランス人の女の家庭教師を連れていこうと思っています。それに新しいアパートメントも借りましたし……」

彼は間違いを犯したことに気づいて、話すのをやめた。彼の収入が再び自分たちの収入の二倍になったという事実を平静に受け入れる心構えは、彼らにはまだ出来ていないのだ。

「私たちよりもっと贅沢なものをあなたはあの子に与えられるということですか」とマリオンは言った。「私たちが十フランを一枚一枚つつましく使っていた時に、あなたたちは湯水のようにお金をばらまいていた。またぞろそんな暮らしを始めるつもりなのかしら」

「そうじゃありません」と彼は言った。「僕も学びました。僕は十年間みっちりと働いた。あなたも御存知でしょう。それから僕は株式で大当たりを取った。他の多くの人たちとおなじようにね。とてつもなく幸運だった。なんで馬鹿みたいにあくせく働くことがあるものかと思ったんです。それで仕事を辞めた。そんなことはもう二度と起こりはしません」

　長い沈黙が続いた。全員の神経がぴりぴりとしていた。この一年のあいだで初めて彼は酒が飲みたいと思った。彼は今ではリンカン・ピーターズが子供を返してやろうと思っていることを確信した。

　マリオンが突然身震いした。心の隅で彼女は、チャーリーが今ではしっかりと地面に足をつけていることがわかっていた。そして彼女の母性的な感情は、彼の望みが当然のものであることを認めていた。しかし彼女はずっと長いあいだ、偏見とともに生きてきていた。その偏見は、妹の幸せな身の上を信じることができないという奇妙な感情に根ざしていた。そしてそれは、あの恐ろしい一夜のショックの中で、彼に対する憎悪へと姿を変えたのだ。そのときちょうどマリオンは健康を損ない、逆境にあって、すっかり落ち込んでおり、そのせいもあってはっきり目で見ることのできる悪事や悪人が、この世界に存在しているという事実を彼女は必要としていたのである。

「私は自分の考えるようにしか考えられないのよ!」と彼女は唐突に叫んだ。「ヘレンの死にあなたがどれくらいの責任があるのか、私は知らない。それはあなたが自分の良心にしたがって決めることだわ」

　苦悩の電流が彼の体を刺し貫いた。すんでのところで、席から立ち上がりそうになった。声にならない音が喉の奥にこだました。彼はひとしきり自分自身にすがりついた。そしてもうひとしきり。

「落ち着きたまえ」とリンカンが落ち着きの悪い声で言った。「あのことで君に責任があると思ったことは一度もないよ」

「ヘレンは心臓病で死んだんです」とチャーリーは力なく言った。

「そう、心臓病《ハート・トラブル》ね」とマリオンは言った。まるでその言葉は彼女にとって別の意味を持っているのだとでもいわんばかりに。

それから、感情を爆発させたあとに来る弛緩の中で、マリオンは彼のことを冷静に眺め、結果的にその男が場の趨勢を握ってしまっていることを悟った。彼女はちらっと夫の顔に目をやったが、助けの手を差し延べてくれそうな気配は見えなかった。だしぬけに、もうどうでもいいと言わんばかりに、彼女は一切を放り出した。

「好きになさいな！」とマリオンは叫んで、椅子から飛び上がるようにして立った。「あの子はあなたの娘です。あなたの邪魔をするつもりは私にはありません。もしあの子が私の娘だったら私はむしろ――」彼女はなんとか自制した。「あなたがたお二人で決めてください。私、もう我慢できません。気分が悪いわ。横になってきます」

それから足早に部屋を出ていった。しばし間を置いてリンカンが言った。

「今日は女房にとってきつい一日だったんだよ。君にもわかるだろう、彼女はすごく感情的に強く――」彼の声はほとんど申し訳なさそうでさえあった。「女というのは一度こうと思い込むとね」

「ええ、わかります」

「うまくいくさ。それは女房にもわかっているはずだよ。君が今では――子供を扶養できるようになったし、僕らにはなんといっても君やオノリアの邪魔をすることはできないんだということがね」

「ありがとう、リンカン」

「ちょっと行って、彼女の様子をみてきた方がよさそうだ」

「僕も失礼します」

表に出たときにも、からだはまだ震えていた。しかしボナパルト街を岸壁まで歩いていくうちに、だんだん元気が戻ってきた。そして岸壁に沿って並んだ街灯に照らされてすっかり生まれ変わったように見えるセーヌ川を渡る頃には、してやったという気分になっていた。でも部屋に戻ってみると、彼は眠ることができなかった。ヘレンの顔が浮かんで去らないのだ。彼はヘレンのことを本当に愛していたのだ。二人が意味もなくお互いの愛を濫用し、それをずたずたに引きちぎり始めるまでは。マリオンがいまだにありありと記憶しているあのおぞましい二月の夜、だらだらとした喧嘩はもう何時間も続いていた。まず〈フロリダ〉という店でひと悶着があった。彼が妻を連れて戻ろうとすると、彼女はテーブルに座っていたウェブ青年にキスした。マリオンがヒステリックに述べたてたことは、そのあとで起こったのだ。彼は一人で家に戻ると、激怒して玄関の錠を下ろした。その一時間後にヘレンが一人で帰宅するなんて、そして突然吹雪がやってきて、その中を彼女が夜会靴を履いてうろうろ歩き回るなんて、どうして彼にわかるだろう？　タクシーに乗ることも思いつかないくらい彼女は混乱していたのか？　そしてその余波。奇蹟的に肺炎にならずに済んだものの、その結果ひどい大騒ぎが持ちあがった。二人はなんとか「和解」したのだけれど、でもそれが終局の始まりになった。その一部始終を目にしたマリオンは、それはしょっちゅう妹が味わわされている数多くの受難の情景のひとつなのだと思い込んでしまった。そして彼女はそれを決して忘れなかった。

そんなことをあらためて思い返しているうちに、ヘレンのことが懐かしく思えてきた。そしてとうとうとしかけた明け方近くの淡く白い光の中で、気がつくと彼はヘレンに向かってもう一度語りかけていた。オノリアのことではあなたは百パーセント正しいわ、オノリアはあなたと一緒にいるべきよ、と彼女は言った。あなたが立ち直って、しっかりやっているのを見て嬉しいわ。その他にもいろんなことを言った。非常に好意的なことをだ。でもヘレンは白いドレスを着てブランコに乗っていた。そしてブランコをどんどん速く揺らせていった。そのおかげで、最後には何を言っているのかうまく聞き取れなくなってしまった。

Ⅳ

幸福な気持ちで彼は目覚めた。世界のドアは再び開かれていた。オノリアと自分のための計画を立て、展望を頭に描き、将来を考えた。でもかつてヘレンと二人で立てたあれやこれやの計画のことを思い出して、ふと悲しい気持ちになった。自らの死は彼女の計画の中には入っていなかったのだ。大事なのは現在だ――なすべき仕事、愛すべき相手。でもあまり愛しすぎてはいけない。彼は父親が娘と近しくなりすぎ、母親が息子と近しくなりすぎることによってもたらされがちな弊害を、よく承知していた。そういう子供はあとになって結婚した相手に同じような盲目的な優しさを求め、そしておそらくはみつけることができず、愛や人生に対して背を向けるようになる。

今日もきりっと晴れ上がった一日だった。彼はリンカン・ピーターズの勤めている銀行に電話をかけ、自分がプラハに帰るときにオノリアを同行させてもらえると考えていいのかと尋ねてみた。それに反対する理由はないだろうねとリンカンは言った。ただしひとつだけ要望がある、法的後見人の問題だ。マリオンはその権限をもうしばらく保持していたいと思っている。彼女は今回のことでは気がたかぶっている。だからあと一年、自分の手に決定権が委ねられているとなれば、事態は円滑に進むと思うんだよ。チャーリーはそれを呑んだ。彼が求めているのは手の触れることのできる、目で見ることのできる我が子なのだ。

それから家庭教師の問題があった。チャーリーは陰気な斡旋所の椅子に座って、意地の悪そうなベアルヌ女と、豊満なブルターニュの農婦と話をした。どちらの女にもとても耐えられそうになかった。翌日別の候補者たちに会うことにした。

彼は〈グリフォンズ〉でリンカン・ピーターズと会って、今にも顔に浮かびそうになる喜色を奥に隠しながら昼食を食べた。

「なんといっても我が子ほど可愛いものはないさ」とリンカンは言った。「でもマリオンの気持ちもわかってやってほしいんだ」

「彼女は僕が七年のあいだ本国でこつこつと地道に働いてきたということを忘れてしまっている」とチャーリーは言った。「そしてたった一晩のことだけをいつまでも覚えているんだ」

「そのことだけじゃない」、リンカンは言いにくそうに言った。「君とヘレンがヨーロッパのあちこちで金をばらまいて浮かれ騒いでいるあいだ、僕らはつつましく暮らしていた。僕は繁栄のおこぼれにはあずからなかった。保険以外のものには手出しもしなかったからさ。そういうのはちょっとおかしいんじゃないかとマリオンは感じたんだと思うよ。君は最後の頃には働きもしなかったのに、ますます金持ちになっていったものね」

「そういう金は入ってきた時とおなじぐらいあっけなく消えてしまいましたよ」

「ああ、その手の金はボーイやらサキソフォン吹きやらレストランの客席係やらの懐にたっぷりと転がり込んだのさ。まあとにかく盛大なパーティーはお開きになったんだ。僕がこんな話を持ち出したのも、あの常軌を逸した時代についてマリオンがどのように感じているかを君に知ってもらいたかったからだよ。今夜の六時頃、まだマリオンがくたびれきっていない時間に家に寄ってくれたら、その場で細かいところを決めてしまおう」

　ホテルに戻ってみると、速達郵便が届いていた。リッツのバーから回送されてきたものだった。チャーリーがある人物に会いたくてそこに住所を残してきたからだ。

チャーリー様

このあいだお目にかかったとき、あなたの様子が変だったので、私は自分が何かあなたの気に障る真似をしたのではないかと案じております。もしそうだとしたら、それは私の本意ではありません。それどころかこの一年、私はあなたのことばかり思い出していたんですよ。そして心の隅の方で、こっちに来たらあなたに会えるかもしれないといつも思っていたんです。あのクレイジーな春に私たちはずいぶん楽しい思いをしましたよね。あなたと私とで肉屋の三輪自転車を盗んだあの夜とか、大統領に会いたいといってふたりで訪ねていったときのこととかね。あなたは古いダービー・ハットの縁だけをかぶって、針金のステッキなんかついてね。最近ではみんなめっきり老けこんでしまったみたいです。でも私はぜんぜん年を取ったなんていう気がしません。昔のよしみで、今日にでも一度会いませんか？　私は今のところひどい二日酔いですが、午後にはよくなるでしょう。そしてリッツのバーで五時頃にあなたを探してみます。

それでは御機嫌よう

ロレーンより

それを読んで、彼は我ながら唖然としてしまった。俺は本当に、一人の大のおとなとして、三輪自転車を盗んでそこにロレーンを乗せ、未明の時刻にエトワールを漕いでまわったのだ。今思い出してみると、まさに悪夢だった。ヘレンを閉め出したことは、彼の人生におけるその他の行為とはうまくそぐわなかった。しかし三輪自転車の話はさもありなんという類のものだった。その手の話なら掃いて捨てるくらいある。かくの如き出鱈目の境地に到達するまでに、いったい何週間、何カ月という遊蕩の歳月が送られたのだろう？

その当時ロレーンは自分の目にどういう風に映じていたのだろうと、彼は思い出してみた。たしかに心は惹かれていたと思う。ヘレンは口にこそ出さなかったけれど、そのことで傷ついてはいたはずだ。でも昨日レストランで会ったロレーンの顔はくたびれて、締まりがなく、どことなく擦り切れて見えた。彼女と顔をあわせることは何があっても避けよう。彼はアリックスが自分の泊まり先を彼女に教えなかったことに感謝した。オノリアのことを考えると、彼の心は和んだ。彼女とともに過ごす日曜日、朝におはようを言うこと、夜にはあの子がこの自分の家の中にいるんだ、暗闇の中で息をしているんだ、と思えること。

五時に彼はタクシーを拾って、ピーターズ一家の全員のためにプレゼントを買った。

洒落た布の人形、ローマ時代の兵士の箱入りセット、マリオンには花、リンカンには大きな亜麻のハンカチ。

アパルトマンに着いたとき、彼はマリオンが既にあきらめの境地にあることを見てとった。彼女はチャーリーを有害な侵入者としてではなく、扱いにくい親類に対するような態度で迎えた。オノリアは自分が父親と一緒に出発することを既に聞かされていた。娘が賢明にもその夢のような喜びをうまく押し隠しているのを見て、彼はほっとした。父親の膝の上に載ったときに、ようやくオノリアはその嬉しさをそっと打ちあけた。「いつ行くの？」と訊いた。それからすぐに他の子供たちと一緒にどこかに行ってしまった。

ちょっとのあいだ、彼とマリオンは部屋に二人きりになった。ほとんど衝動的に、彼は切り出した。

「家族の中でのいさかいは辛いものです。そこにはこうすればいいという定めがないからです。それは痛みとか傷とかとも違うんだ。それはまるで肌が裂けてしまうようなものです。治そうとしても、皮膚が足りない。僕はもしできるものならあなたともっと良い関係を作りたいと思うんですが」

「世の中には、忘れたいとおもってもなかなか忘れられないことがあります」と彼女は答えた。「それは信頼の問題ですよ」、これに対する返事はなかった。ややあってから彼女は言った。「あなたはいつあの子を連れていきたいの？」

「家庭教師がみつかり次第です。できることなら明後日あたりには発ちたいですね」

「それは無茶だわ。いろいろと仕度だってあるし、少なくとも土曜日までは待ってもらいたいわ」

彼は譲歩した。リンカンが部屋に戻ってきて、彼に酒を勧めた。

「日課のウィスキーをいただきますよ」と彼は言った。

そこは暖かかった。そこは家庭だった。暖炉の前に人々が集まっていた。子供たちは自分たちが安全であり、大事にまもられていると感じていた。父親と母親はしっかりとした人々で、よく注意を払っていた。彼がここを訪問したことよりは、子供たちの世話をすることの方が彼らにとってはずっと重要なのだ。結局のところ、マリオンと彼自身との緊張をはらんだ関係よりは、子供に薬をひと匙与えることの方が大事なのだ。彼らは決して退屈な人々ではなかったけれど、しかし日々の暮らしの場の中に絡めとられていた。このリンカンを退屈な銀行勤めの生活から解きはなつために何か自分にできないものだろうかと彼は思った。

ドアベルが長く響いた。女中が部屋を通り抜けて廊下を歩いていった。もう一度べルが長く鳴っている最中にドアが開けられた。そして声が聞こえた。サロンにいた三人はいったい何だろうと顔を上げた。リンカンは廊下を見わたせる位置に移動した。マリオンは腰を上げた。やがて女中がこっちにやってきた。そのあとをぴたりとついてきた声はやがて明かりの中に進み出て、ダンカン・シェーファーとロレーン・クォールズの姿に結像した。

彼らは上機嫌で、浮かれていた。二人とも腹を抱えて笑い転げていた。一瞬チャーリーは言葉を失ってしまった。彼らがどうやってピーターズの住所を探りだしたのか、見当もつかなかった。

「いたぞいたぞ」とダンカンがチャーリーに向かって悪戯っぽく指を振った。「いたぞいたぞ」

彼らは二人でまた馬鹿笑いをひとしきりやった。動転し、どうしていいかわからぬまま、彼はふたりの手を素早く握り、リンカンとマリオンに紹介した。マリオンは肯いただけで、ろくに口も開かず、暖炉の方に一歩退いた。彼女の娘がそのそばに立っていた。マリオンはその子の肩に手をまわしていた。

彼らの侵入に苛立ちを募らせながら、チャーリーは二人がわけを説明するのを待っていた。笑い収めるのにしばらく苦労したあとで、ダンカンが口を開いた。

「我々は君を夕食に誘うべくここに来たんだ。ロレーンと僕は、君がこそこそと立ち回って居場所を隠しだてするのを何とかやめさせなくてはならんと決議したんだ」

チャーリーは二人を廊下に押し戻そうとするかのように、彼らの前に行った。

「悪いけれど僕は行けない。君たちの居場所を教えてくれ。三十分後に電話する」

彼の言ったことは何の効果も及ぼさなかった。ロレーンはだしぬけに椅子の肘かけに腰を下ろした。そしてリチャードに目の焦点をあわせて、こう叫んだ。「まあなんて可愛い男の子でしょう！　こっちにいらっしゃいな、坊や」リチャードはちらりと母親の方を見たが、動こうとはしなかった。彼女はわずかに肩をすくめて、チャーリーの方に向きなおった。

「一緒に御飯を食べにいきましょうよ。あなたのお従兄弟さんたちは気にしないわよ、きっと。ねえ久しぶりじゃない、何をそんなしからめつしい、じゃなかった、しかつめらしい顔してるのよ」

「それはできない」とチャーリーは鋭い口調で言った。「君たちふたりで食事は済ませてくれ。あとで電話する」

彼女の声は突然不快感のこもったものになった。「わかったわよ。行くわよ。でもね、あなたが昔朝の四時にうちのドアをがんがん叩いたときのこと、私覚えているわよ。その時一杯お酒を出すくらいの親切心を、私は持ち合わせていましたけどね。さあ行きましょう、ダンカン」

焦点の定まらぬむっとした顔と、不確かな足取りで、彼らはのっそりと廊下を引き上げていった。

「おやすみ」とチャーリーは言った。

客間に戻ってきたとき、ロレーンがわざとらしい声でそれに答えた。

「おやすみ！」とロレーンがわざとらしい声でそれに答えた。

客間に戻ってきたとき、マリオンは一歩も動いていなかった。男の子が彼女の腕の中に移っていただけだった。リンカンは相変わらず振り子を揺するみたいにオノリアを左右に動かしていた。

「無礼なやつらだ！」とチャーリーが吐き捨てるように言った。「まったく無礼にもほどがある」

二人は無言だった。チャーリーは安楽椅子にどさっと腰を下ろし、酒のグラスを手に取ったが、それをまたもとに戻して言った。

「もう二年も会っていない相手なのに、あの面の皮の厚さといったら――」

彼の言葉はそこで中断された。マリオンが怒りをこめた疾風のような息を吐き、「おお」というような音を出したのだ。そして身をよじらんばかりに彼に背を向け、部屋を出ていった。

リンカンはオノリアをそっと下におろした。

「子供たちは食堂に行ってスープを飲んでなさい」と彼は言った。子供たちが行ってしまうと、チャーリーに向かって言った。

「マリオンは具合が良くない。ショックに耐えられないんだよ。ああいった連中は彼女の神経にこたえるんだ」

「僕はあいつらに来いと言ったわけじゃない。あなたの名前をあいつらはどこかで探りだしたんです。それであてつけに——」

「まずかったたな。まったくうまくないよ。ちょっと失礼させていただくよ」

ひとり残されたチャーリーは身をこわばらせて座っていた。隣の部屋からは子供たちが食事しながら、簡単な言葉だけの会話を交わしているのが聞こえてきた。大人たちのあいだでついさっき起こったごたごたなど、子供たちはもうとっくに忘れていた。その奥の部屋からは、会話の端々が洩れ聞こえてきた。受話器を取りあげるちりんというベルの音が聞こえた。彼は急にいたたまれなくなって、部屋のいちばん奥の音の聞こえないところに移動した。

ほどなくリンカンが戻ってきた。「なあチャーリー、今晩のディナーはやめにした方がよさそうだね。マリオンの具合がおもわしくない」

「彼女は僕のことを怒っているんですか？」

「まあね」と彼はかなりぶっきらぼうに言った。「女房は体が丈夫じゃないんだ、それに――」

「オノリアのことで考えを変えたということなんですか？」

「今は気が立っている。どうなるかはわからん。明日になったら銀行の方に電話をくれないか」

「あなたの口からもよく説明してほしいんです。あいつらが押し掛けてくるなんて、夢にも思わなかったんだっていうことを。僕だってあなたがたと同じくらい癪にさわっているんですよ」

「今は何を説明しても無理だね」

チャーリーは立ち上がった。彼は帽子とコートを取り、廊下を歩き始めた。それから食堂のドアを開けて、乾いた声で言った。「おやすみ、子供たち」

オノリアは席を立ち、テーブルをぐるっとまわって彼に抱きついた。

「おやすみ、スイートハート」と彼は心ここにあらずという声で言った。それからもっと心の籠もった声を出さなくては、何かをやわらげなくてはと思った。「おやすみ、みんな」と彼は言った。

V

チャーリーはそのままま っすぐリッツのバーに行った。ロレーンとダンカンをとっつかまえてやろうと思ったのだが、彼らの姿はそこにはなかった。それにふたりをみつけたところで、いったいどうなるというのだ。考えてみれば、彼はピーターズの家では結局酒には手をつけなかった。ウィスキー・ソーダを彼は注文した。ポールがやってきて、彼に挨拶をした。

「すっかり様変わりしてしまいましたよ」と彼は悲しげに言った。「昔のおおよそ半分の商売にしかなりません。アメリカにいらっしゃる方々も、多くは一文なしになられたようです。最初のガラは持ちこたえても、二度めのでやられたらしいです。おともだちのジョージ・ハートさまもすっからかんになられたという話です。あなたはアメリカにお帰りになっていたんですか?」

「いや、僕はプラハで仕事をしているんだ」

「ガラでずいぶんご損をなすったとか」

「したさ」そして顔をしかめながらこうつけ加えた。「でも僕は、自分の求めていたものをすべて好況の中で無くしたんだ」

「空売りっていうやつですか」

「まあそんなところだね」

再びその頃の思い出が悪夢のように流れ込んできた。旅行中に彼らが会った人々。足し算もできなければ、まともなセンテンスひとつしゃべれない人々。船のパーティーでヘレンがダンスをすることを承諾した小男。なのにそいつはテーブルから十フィート離れたところで彼女を侮辱した。酒やらドラッグやらに酔って、大声でわめきながらみんなの前から連れ去られた女たち、娘たち——

——妻を雪の中に閉め出していた男たち。一九二九年の雪は本物の雪には見えなかったからだ。もしそれが雪であることを望まないのなら、君はただ金を払えばいいのだ。

彼は電話のところに行って、ピーターズのアパルトマンの番号を回した。リンカンが電話に出た。

「どうにも気になって電話をかけたんです。マリオンは何かはっきりとしたことを口にしましたか？」

「マリオンは病気なんだ」とリンカンは素っ気なく答えた。「今回のことが何から何まで君のせいだと言うつもりはない。でも僕は、このごたごたで女房を倒れさせてしまうわけにはいかない。たぶん予定は六ヵ月ばかり延期せざるをえないだろう。彼女をもう一度こういう状態に追い込むような危険は、僕としては避けたいのだよ」

「ええ、それは」

「悪いね、チャーリー」

彼はテーブルに戻った。ウィスキーのグラスは空っぽだった。しかしアリックスが尋ねるようにそれを見た時、彼は首を振った。今の彼にできるのは、オノリアに何かものを買ってやるくらいだ。明日はあの子にいろんなものを送ってやろう。ただの金じゃないかと、彼は怒りのようなものをこめてそう思った。俺は前にも湯水のように金をばらまいたんだ……

「いや、もう結構だ」と彼は別のウェイターに向かって言った。「勘定してくれ」

またいつか戻ってくるだろう。彼らだっていつまでもいつまでも俺に代価を払わせつづけるわけにはいかないはずだ。しかし彼はどうしても子供を手に入れたかった。その事実に比べれば、他のことなどどうでもいい。彼はもう、甘い思いや夢をひとりで抱え込んで生きている若者ではなかった。これだけははっきり言える、と彼は思った。ヘレンだって、俺にこれほどまで孤独になってほしくはなかっただろう。

『バビロンに帰る』のためのノート

これは間違いなく、フィッツジェラルドのA^+の傑作である。いささかのけちのつけようもない、と僕はほぼ確信している（あえて「一〇〇パーセント」と言わないのは、僕が自分の判断力に対して常に数パーセントの留保をつけることにしているからである。つまりただの習慣的なものに過ぎない）。僕はこの短篇があまりに好きだったので、小説を書き始めた頃、この作品を自分の書く短篇小説のお手本にしようと試みたことがある。どんな文体で書かれているか、どんな順番で書かれているか、会話部分のどこが優れているか——そんなことをひとつひとつ書き出して分析してみようとしたわけだ。でも結局のところ、そんな試みのすべては無駄に終わった。簡単に言ってしまえば、ここに書かれていることは、スコット・フィッツジェラルドだからこそ書けることであって、他の誰にも書けないことだからだ。どれだけ詳細に研究したところで、どのような創作上の重大な秘密を解きあかしたところで、それによって小説の書き方が学べるというものではないのだ。ピリオド。

しかしこの作品の書き出しも実に素晴らしい。

「それでミスタ・キャンベルは何処にいるんだろう?」とチャーリーは訊いてみた。
「スイスに行ってしまわれました。ミスタ・キャンベルは具合がおよろしくないんですよ、ミスタ・ウェールズ」

この書き出しのどこがそんなに素晴らしいのかと、あなたは質問されるかもしれない。首をひねられるかもしれない。こんなもの、どこにでもありそうなただの簡単な日常会話じゃないかと。でもフィッツジェラルドの作品の流麗華麗な書き出しをいくつもいくつもずっと続けて読んできて、ここまでたどり着くと、この境地はやはり凄いものだと感服しないわけにはいかないのだ。読むたびに身体がぞくぞくしてくる。これ以外にこの作品の書き出しはちょっとないだろうなと思う。まあこれもただの個人的な思い入れに過ぎないのかもしれないが。

新緑

A New Leaf

I

ブーローニュの森の屋外席で食事ができるくらいに暖かくなった、それが最初の日だった。栗の花はテーブルの上をはらはらと舞って、我がもの顔にバターやワインの上に落ちた。ジュリア・ロスはパンと一緒にそんな花びらを何枚か食べ、そして池の中で大きな金魚が跳ねる音や、客の去ったあとのテーブルのまわりでにぎやかにさえずる雀たちの声に耳を澄ました。そこにはいつもの顔ぶれが戻っていた――職業的な顔つきを崩さぬウェイターたち、ハイヒールと目がいやに目立ったいかにも用心深そうなフランス女たち。彼女の向かいの席に座って、自分の心をフォークの秤《はかり》にかけているフィル・ホフマン。そして今テラスに姿を現した息をのむほどハンサムなひとりの男。

——紫の昼さがりの透明なる力。
湿った息吹は軽やかに
未だ開かぬ蕾のまわりに漂う——
〔訳注・シェリーの「ナポリ近郊にて、失意のうちに書かれたスタンザ」より〕

彼女はこっそりと身を震わせた。私にはちゃんと自制心がある。椅子から飛び上がって「ねねねねね、凄いじゃない！」と叫んで、百合の池の中に給仕長を突き落としたりはしない。彼女は節度を備えた二十一歳の女性としておとなしくそこに腰を下ろしていた。慎しみ深く身を震わせただけだった。


フィルはナプキンを手に立ち上がっていた。「やあ、ディック！」

「よう、フィルじゃないか！」

相手はあのハンサムな男だった。フィルは何歩か歩み寄って、テーブルから少し離れたところで二人で話をした。

「——カーターとキティーにスペインで会ってね——」

「——ブレーメン号に乗りこんで——」

「——だから僕はそのときに——」

男はヘッド・ウェイターに案内されてそのまま行ってしまった。そしてフィルは席に戻った。

「あの人は誰なの？」と彼女は質問した。

「僕の友達だよ。ディック・ラグランド」

「誓って言うけど、あんなハンサムな人はこれまでに見たことがないわ」

「ああ、奴はハンサムだよ」と彼はあまり気のりしなさそうに同意した。

「ハンサムなんてものじゃないわ！　まるで天使の中の天使、まるでクーガー、食べてしまいたいくらい。いったい何故あの人を私に紹介してくれなかったのよ？」

「どうしてかというとだね、パリ在住のアメリカ人であいつくらい評判の悪いやつはいないからさ」

「そんな馬鹿な話ないわ。きっと悪意で中傷されてるのね。汚いでっちあげよ。あの人を一目見た女たちの亭主が集まって、みんなでやきもち焼いてんのよ。ねえ、あの人がこれまでにやったことは、騎兵の突撃を指揮したり、溺れかけている子供を助けたりしたくらいよ」

「そう思うのは勝手だが現実には、あの男はどこからも閉め出されている。そうなった理由もひとつやふたつじゃない。もう数えきれぬくらいだ」

「どんな理由かしら？」

「ありとあらゆることとさ。飲酒、女、投獄、スキャンダル、自動車事故で人を死なせた。怠け者で、無価値で――」

「そんなこと全然信じられないわ」とジュリアはぴしゃっと言った。「あの人はきっとおそろしく魅力的な人に違いないわ。それにあなただって、あの人と話しているときには心が引かれているように見えたわよ」

「そうだね」と彼はしぶしぶ認めた。「他の多くのアルコール中毒患者とおなじように、奴にはある種の魅力がある。あれで他人の膝の上にトラブルをぶちまけずに、自分のところだけにとどめておいてくれればね。誰かがあの男に関心を示して、ちやほや持ち上げたりしたら、あいつは女主人の背中にスープをかけ、給仕している女中にキスし、犬小屋の中で昏倒したりするんだよ。毎度のことさ。片端からそれをやったもんだから、もう誰もあいつのことを相手にしない」

「私がいるわ」とジュリアは言った。

そう、ジュリアがいた。彼女くらい立派になるとつりあいのとれる相手はなかなかいない。ときにはそんな豊かな資質を与えられたことを彼女は悔やみもした。美しさの上に付加されたものはすべからく代価を払われなくてはならない――言い換えるなら、美しさの代用物として通用するような資質は、美しさそのものの上にくっつけられると、大きな負担にもなるのだ。ジュリアのきらきらとしたヘイゼル色のまなざしだけでも充分なのであって、その中にきらっと光るもの問いたげな知性の光などあらずもがな、というわけだ。抑えることのできないふざけ好きの性格は、その口もとの柔和な浮き彫りを損なっていた。そしてもし彼女が厳格な父親の躾どおりきちっとしゃちほこばって座ったりせずに、だらりと姿勢を崩してしなを作った座りかたをしていれば、彼女の体つきの美事さはもっと人目を引いていたかもしれない。

負けず劣らず非のうちどころのない若い男たちが、何度か贈り物を持って彼女の前に現れた。しかしだいたいにおいて、彼らは既に完成されてしまっており、それ以上の発展の余地を認めることはできなさそうだった。一方もっと大きなスケールの人物には若さ故の鋭利な角《かど》のようなものがあって、そういう相手を好むには彼女自身がまだ若すぎた。たとえばこうして目の前に座っている冷笑的な若きエゴイストのフィル・ホフマンがいる。この男は疑いの余地なく有能な弁護士への道を歩んでおり、何を隠そう彼はジュリアを追ってパリまでやってきたのだ。彼女はまわりにいる他の誰よりも、彼に好感を持っていた。しかし今の彼は警察署長の息子としての尊大さが鼻についた。

「今夜、僕はロンドンに発つ。水曜日には船に乗る」と彼は言った。「そして君はひと夏中ヨーロッパにいる。二週間ごとに新しい男がやってきて、君の耳に囁きかけるんだ」

「その手の科白ばかり口にしていると、あなたも情けないやきもち焼きになっちゃうわよ」とジュリアは言った。「詰まらないことを言わないで、あのラグランドっていう人を紹介してほしいわ」

「僕はもうあと何時間もいられないんだぜ」と彼は文句を言った。

「でもあなたがもっと上手にアプローチなさるんだろうと思って、私は丸々三日間をあなたに差し上げたじゃない。お願いだから礼儀というものを心得て、あの方をコーヒーにお誘いして」

ディック・ラグランド氏が座に加わると、ジュリアはそっと喜びの息を洩らした。まことに端整な男で、黄褐色とブロンドが同居した髪、顔には独得な輝きが宿っていた。声は静かではあるがきりっとして、ある種の陽気な捨てばちさによっていつも小刻みに震えているように感じられた。彼に見られると、彼女はなんだか自分の魅力が増したように思えた。彼らの言葉がすみれやユキノハナや忘れな草やひなげしの香りの中を浮かび彷徨《さまよ》ったその半時間ほどのあいだに、彼に対するジュリアの興味は高まった。彼女はフィルがこう言ったときには、嬉しいと思ったくらいだった。

「僕は英国ヴィザのことが気になっていてね。心ならずも、まさに恋に落ちんとしている君たちふたりをここに残して出かけなくちゃならないようだ。五時にサン・ラザールの駅で待ちあわせよう。そこで僕を見送ってくれよ」

彼はジュリアをちらっと見た。「私も一緒に行くわ」と彼女が言ってくれないかなと期待して。ディックという男と二人きりになる筋合いではないことは彼女にもよくわかっていた。しかし彼はジュリアを笑わせてくれたし、彼女はここのところあまり笑ったことがなかった。「私もうしばらくここにいるわ。ここは本当に春らしくて気持ちいいんだもの」

フィルが行ってしまうと、ディック・ラグランドはフィーヌのシャンパンを飲みませんかと誘った。

「あなたにはひどい評判がたっているって聞きましたけど」彼女は抑えきれずにそう尋ねてしまった。

「ひどいなんてものじゃありません。僕を招くものなんてもう誰もいやしません。つけ髭でもつけましょうか？」

「よくわからないのだけれど」と彼女はなおも続けた。「そんなことしていると、世間の良いものからも自らを断ってしまうことになるんじゃないかしら？　フィルはあなたのことを紹介する前に、わざわざひとこと警告したのよ。普通だったらそんな紹介してくれないでいいと言うところだわ」

「どうしてそう言わなかったんですか？」

「あなたはとても魅力的に見えるし、ひどい話だと思ったから」

　彼の顔は無関心の色を浮かべた。そんなことは言われつけて、もう何も感じなくなってしまっているのだとジュリアは思った。

「私には関係のないことね」と彼女は急いで言った。彼がいわば追放者であることが自分の心を余計にそそっているという事実を彼女は認識していなかった。彼女の心をそそったのは彼の放縦さそのものではない。彼女はそんなものは実際に目にしたことがなかったし、それはただの抽象概念に過ぎなかったからだ。彼女の心をそそったのは、彼をこんなにも孤独にしているその結果の方だった。古い祖先から受け継いだ彼女の中の何かが自分とは違う部族の人間の方へと、自分とは異なった習慣を持つ世界からやってきた人間の方へと、引き寄せられたのだ。その相手は彼女に予想もつかぬものを約束していた――冒険を約束していた。

「いいことを教えてあげましょう」と彼は唐突に言った。「僕は六月の五日に、それが二十八回めの誕生日なんですが、酒を永久に断つつもりでいます。もう酒を飲んでいても楽しくないんですよ。世の中にはうまく酒を飲む輩も少しはいますが、僕はどうやらそうじゃないみたいだ」

「本当にお酒をやめられるかしら？」

「一度口にしたことは必ず実行する人間です。それに僕はニューヨークに帰って、職に就くつもりです」

「それを聞いて私、他人ごとじゃないみたいに嬉しいわ」それは無防備な発言だった。しかし彼女はあえてそれを糊塗《こと》しようとはしなかった。

「フィーヌをもう一本いかがですか？」とディックが誘った。「もっと嬉しい気持ちになれますよ」

「あなた、お誕生日までずっとこんな調子でやっていくおつもり？」

「おそらくね。誕生日には僕はオリンピック号に乗って海原の真ん中にいますよ」

「私もその船に乗るのよ！」と彼女は叫んだ。

「じゃああなたはあっという間の早変わりを目撃することができますよ。僕はそれを船旅の余興がわりにやるんです」

テーブルはみんな片づけられていた。そろそろ引き上げる潮時であることはわかっていた。でも微笑みの下に不幸せな表情を浮かべたこの男をひとりであとに残していくわけにはいかなかった。彼の決意を保っておかせるために何かひとこと言っておかなくては、と彼女は母性的に思った。

「どうしてあなたはそんなに沢山お酒を飲むんですか？　たぶん自分ではわからない漠然とした動機みたいなのがあるんでしょう」

「いや、そのきっかけははっきりしているんです」

それから一時間、彼は彼女に向かって語った。彼は十七歳で戦争に行った。そして国に帰ったときには、黒い小さな帽子をかぶったプリンストンの新入生としての生活はどうにも退屈なものに思えた。彼はボストン工科大学に行き、それからパリに出て美術学校《エコールデボザール》に入った。そこで彼の身に何かが起こったのだ。

「僕はまとまった金を相続したんですが、ちょうどその頃、僕は少し酒を飲むと心がゆったりとしてきて、他人を楽しませるいささかの能力が身につくことを発見したんです。それが僕の頭を狂わせてしまいました。僕はうまくやっていくために、みんなに僕のことをいい奴だと思わせるために、大酒を飲むようになりました。その結果僕はずいぶん酔っぱらって、友だちのおおかたと仲違いしてしまいました。それから僕はやくざな連中と仲間になって、しばらくは彼らと一緒に面白おかしくやっていました。でも僕はだんだん鼻が高くなってきて、突然こう思うようになったんです、『俺はなんだってこんなヤクザな連中とつきあっているんだろう』と。彼らはそういう態度を面白くは思いませんでした。そして僕が乗ったタクシーが人を撥ねて殺したとき、僕は訴訟を起こされました。それは金目当てのインチキだったんです。でもそれが新聞に載って、僕が釈放されたときには、まるで僕が人を殺したような印象をみんなが持ってしまったんです。そんなこんなで、この五年間というもの、僕には悪い評判ばかりがついてまわりました。もしどこかの娘さんが僕と同じホテルに泊まりあわせたら、母親が大あわてで連れ去ってしまうくらいに悪い評判です」

ウェイターがもの言いたげに近くをうろうろしていた。彼女は腕時計に目をやった。

「まあ大変、五時にフィルを見送りに行かなくちゃならないのよ。もうこんな時刻になっていたなんて」

サン・ラザール駅に向かって急ぎながら彼は尋ねた。「もう一度あなたにお会いできるかな？　それとも僕とはもう会わない方がいいと思いますか？」

じっと見つめる彼を、彼女は見つめ返した。彼の顔にも、その温かみのある頬にも、きりっと伸びた背筋にも、放縦さの影は見受けられなかった。

「お昼御飯どきなら僕はいつでもちゃんとまともにしていますよ」と彼はつけ加えた。

まるで傷病者みたいな感じで。

「そんなこと気にしてるんじゃないわよ」と彼女は笑って言った。「明後日のお昼御飯に連れていってくださいな」

二人はサン・ラザール駅の階段を駆け上がったが、ゴールデン・アロー号の最後尾の客車が英仏海峡に向かって去っていくのをなんとか目にできただけだった。ジュリアは自責の念で胸がいっぱいになった。あんなに遠くからわざわざ会いに来てくれたというのに。

罪滅ぼしの意味で、彼女は伯母とともに暮らしているアパルトマンに戻り、フィルにあてて手紙を書こうとしたのだが、彼女の頭に浮かんでくるのはディック・ラグランドのことだった。あくる朝には彼の美貌の効果はいささか薄らいでいたので、彼女は昼食の約束を断る短い手紙を書こうかとも思った。それでもディックの頼みは単純なものだったし、それも、ジュリアが自ら招いたものなのだ。約束の日の十二時半には、彼女は彼を待っていた。

ジュリアは伯母には何も言わないでおいた。伯母はお客と一緒に昼食をとっていたし、ひょっとしてそこで彼の名前を持ち出したりするかもしれない。人に名前を言えないような男と昼食をともにするのも妙な話である。約束の時刻になっても彼は姿を見せなかったので、ダイニング・ルームでの昼食会から聞こえてくるだらだらと同じことばの繰り返されるお喋りに耳を澄ましながら彼女は玄関で待っていた。一時にベルが鳴って、彼女はドアを開けた。

廊下に一人の男が立っていたが、男の顔には見覚えがなかった。その顔は死人のように蒼白で、髭はまばらに剃り残されていた。ソフト帽は頭の上で丸パンのようにひしゃげ、シャツの襟は汚れて、ネクタイはバンドだけを残してあとかたもなくなっていた。しかし相手がディック・ラグランドであることに気づいた瞬間、そんな外見的変化などとるに足らないような、もっと大きな変化が彼を捉えていることに彼女は気づいた。それは表情の変化だった。彼の顔はまさに、長くひきのばされたせせら笑いのように見えた。瞼は、座り込んだ目の上に今にも覆いかぶさろうとし、だらりと垂れた口は、前歯の上でめくれあがっていた。顎はまるでパラフィンが溶けだした作りもののようにぷるぷると揺らいでいた。それは嫌悪を吐き出しつつ、相手の胸に嫌悪をかきたてる顔だった。

「やあ」と彼はもそもそっとした声で言った。

最初彼女は思わずあとずさりした。それから、玄関に通じているダイニング・ルームの突然の静寂（それは玄関がしんと静まりかえったのに呼応してもたらされたのだが)を感じとって、半ば押し出すように彼に敷居を跨がせ、自分も外に出てドアを閉めた。

「ああ」と彼女は愕然として吐息を吐いた。

「昨日から家に戻ってないんだ。パーティーに出たらそのままずるずると……」

うんざりしながら彼女は相手の腕を取って向きを変え、アパルトマンの階段をよろめくように並んで降りていった。管理人室の前を通り過ぎるときに、管理人の女房がガラス窓の奥から、何だろうという顔で二人をじっと見た。それから二人は陽光のさんさんと降り注ぐギヌメール通りに出た。

向かい側にあるリュクサンブール公園の春の鮮やかさを前にすると、彼は一層グロテスクに見えた。ジュリアはそれを見て怖くなった。彼女は道路をあちこち走り回って必死にタクシーを探した。しかしヴォージラール通りの角を曲がってやってきた一台のタクシーは彼女の合図を無視した。

「何処に昼御飯を食べに行こうか」と彼は尋ねた。

「それじゃ昼御飯なんて無理よ。それがわからないの？　家に帰って寝なくちゃだめ」

「大丈夫さ。一杯飲んだらしっかりする」

通りかかったタクシーが彼女の合図に目をとめて速度を緩めた。

「家に帰ってお眠りなさい。そんなんじゃ何処にも行けやしないわ」

彼は目の焦点をあわせてジュリアの顔を見た。そして突然、彼女を新鮮なものとして、新奇で愛しいものとして、彼がこの何時間かを送ってきた騒々しい煤《すす》けた世界とは相いれないものとして認めた。それによって彼の中に僅かに理性の流れのようなものが生じた。彼は微かな畏怖の念を持って唇を曲げ、そして体をまっすぐにしようと頼り無く試みた。タクシーが間のびしたようなクラクションを鳴らした。

「たしかに君の言うとおりかもしれない。申し訳なかったね」

「あなたの家は何処にあるの？」

彼は住所を告げると、座席の端っこによろよろと倒れこんだ。その顔はなおも、現実に辿り着こうともがいていた。ジュリアはドアを閉めた。

タクシーが行ってしまうと、彼女は足早に道路を渡り、リュクサンブール公園の中に入っていった。まるで誰かにあとをつけられているみたいに。

II

その夜の七時に電話が鳴ったとき、彼女が受話器を取ったのはまったくの偶然だった。彼の声は緊張して震えていた。

「今日のお昼のことはまったく弁解の余地もないことだったと思う。僕は自分が何をしているか全然わかっていなかったんだ。でもそんなことは言い訳にはならない。でも明日どこかでちょっと君に会えたなら——ほんの少しの時間でいいんだ——僕は自分がどんなに君に対して申し訳なく思っているかということをなんとしても直接に……」

「明日は用事があるんです」

「じゃあ金曜日はどうだろう。あるいは何曜日だってかまわない」

「ごめんなさい。今週はずっと用事が入っているの」

「つまりもう僕には会いたくないっていうことなのかな?」

「ラグランドさん、こういう話をこれ以上続けても無駄じゃないかと思うんです。今日のお昼のことはいくらなんでもあんまりでした。とても残念です。お加減がよろしいといいんですが。それではさようなら」

ジュリアは彼のことをすっかり頭から追い払ってしまった。たしかに彼の悪評を耳にしてはいたが、それがあんなことだなんて考えもしなかった。彼女にとっての大酒飲みとは、夜更かししてシャンパンを飲み、時には明け方に車に乗って歌でも歌いながら帰宅する人物のことだった。まっ昼間に自分が目にしたあの光景は、それとはかけはなれたものだった。そんなものとはかかわりになりたくない。

それに彼女には〈シロ〉で昼御飯を一緒にし、ブーローニュでダンスを相手する男友だちが何人かいた。アメリカのフィル・ホフマンからは非難がましい手紙が来た。今回のことで彼の発言が実に当を得ていたことで、彼女のホフマンに対する心証は良くなった。二週間が過ぎ去った。もしディック・ラグランドの名前が時折の会話の中で軽蔑をこめて口の端にのぼることがなかったなら、ジュリアは彼のことなんてまったく思い出しもしなかっただろう。以前にも同じような行為がよそで繰り返されていたことには疑いの余地がなかった。

それから、船に乗り込むことになっている一週間前に、彼女はホワイト・スター汽船の予約オフィスで彼にばったりと出くわした。やはり見事にハンサムだった。彼女は自分の目が信じられないほどだった。彼は前にもたれかかるようにデスクに肘をついていた。背筋はしゃきっと伸びて、黄色い手袋はその澄んだ輝かしい瞳と同様しみひとつない。その力強く明るいパーソナリティーに影響されて、切符の予約係は魅せられたように彼の相手をしていた。後ろにいる速記タイピストはちょっと顔を上げて視線を交わした。それから彼はジュリアを見た。彼女が軽く会釈をすると、彼ははっとひるんだように表情を変え、帽子を上にあげた。

二人は長いあいだデスクの前に並んで立っていた。じっと黙りこんでいるのも気づまりだった。

「こういうのも面倒ですね」と彼女は言った。

「ええ」と彼はびくっとしたように言った。それから「あなたもオリンピック号で行かれるんですか？」と訊いた。

「ええ、そうです」

「あなたは変更したんじゃないかと思っていたんです」

「変更なんてしません」と彼女は冷たい声で答えた。

「僕は変更しようかと思っていました。実のところ、それが可能かどうか訊くためにここに来たんです」

「そんなの馬鹿げてるじゃありませんか」

「僕と顔をあわせてもあなたは嫌じゃないんですか？　甲板の上ですれちがったらあなたは船酔いになっちゃうんじゃありませんかね？」

　彼女は微笑んだ。それで彼は地歩をかためた。

「あれから僕はずいぶん改善されました」

「そのお話はよしましょう」

「じゃああなたが改善された方の話をしましょう。今日のあなたの服装は前代未聞に素敵ですよ」

　なんて調子のいい男だろう。それでもお世辞を耳にして少しばかり彼女の心は震えた。

「どうでしょう、このうっとうしい用件の気分転換に、隣のカフェで一緒にコーヒーを一杯つきあってはいただけませんか？」

　こんな風にこの人と口をきくなんて、そして相手に先手先手と取らせるなんて、私はなんて弱いんだろう。これじゃまるで蛇に魅いられているみたいじゃない。

「申し訳ありませんがそれはちょっと」と彼女は言ったが、彼の表情になにかしら小心な傷つきやすいものが浮かんだ。それは彼女の心のささやかな筋をきゅっとねじった。「いいわ、わかったわ」と口にしながら、そんなことを言う自分が彼女自身にも信じられなかった。

　路上に置かれたテーブルに座って陽光を浴びていると、二週間前に起こったあのおぞましい出来事はまるで嘘のようだった。まるでジキル博士とハイドだ。彼は礼儀正しく、チャーミングで、愉快な人物だった。彼と話していると、ジュリアはとても自分が、そう、魅力的に思えた。彼は決してなれなれしい真似はしなかった。

「あなたはお酒を飲むのをやめたんですか？」と彼女は訊いた。

「五日が来るまではやめませんよ」

「あら、そうですの？」

「やめると約束した日までは、僕はやめません。その日が来たらぴたりとやめます」

　席を立ったとき、ジュリアはまた今度お会いできませんかという相手のそれとない誘いに対して首を振った。

「船の上でお会いしましょう。二十八回めのお誕生日のあとで」

「わかりました。もうひと言。僕は生まれてこのかた唯一恋に落ちた女性に対して、本当にひどいことをしてすべてをぶち壊しにしてしまった。それはろくでもない僕みたいな人間には、ふさわしいことなのでしょう」

　ジュリアは船に乗った初日に彼の姿を見かけた。そして自分がどれほど強く彼を求めているかということにようやく思いあたり、頭を抱えこんでしまった。相手の過去がどんなものだろうが、その行いがどんなものだろうが、そんなことはどうでもいい。ジュリアは彼にそれを教えるつもりはなかったけれど、とにかく彼はこれまでに会ったどんな男よりも、彼女の心を強く動かしたし、彼に比べればどんな男もみんな霞んで見えてしまったのだ。

彼は船の中では人気者だった。彼の二十八回めの誕生日のパーティーが開かれるという話を彼女は耳にした。ジュリアはそれには招かれていなかった。ふたりは顔を合わせると気持ちよく話をした。でもそれ以上のことは何もなかった。

彼がデッキ・チェアの上で体をのばしているのを見掛けたのは五日の誕生日の翌日だった。その顔は青白かった。整った額の上と目のまわりには皺が寄り、ブイヨンのカップに伸ばす手はぶるぶると震えていた。夕方近くになっても、彼はまだそこにいた。見るからに苦しそうで、参ってしまっているようだった。三回めにそこを通りかかったとき、ジュリアはどうしても声をかけずにはいられなかった。

「新しい時代は始まったのかしら？」

彼はなんとか起きあがろうという弱々しいそぶりを見せた。でも彼女はそれを押しとどめて、隣の椅子に腰を下ろした。

「とても疲れていらっしゃるようね」

「いささか神経にこたえているんです。この五年間で酒というものを一切口にしなかった初めての日ですからね」

「そのうちに楽になるでしょう」

「そうですね」と彼は憂鬱そうに言った。

「元気を出さなくちゃ」

「わかってます」

「何か私にできることはあります？　鎮静剤でもいりようかしら？」

「鎮静剤なんてもううんざりです」と彼はほとんど吐き捨てるように言った。「ありがとう、でも本当にいいんです」

　ジュリアは立ちあがった。「お一人の方が楽なんでしょう。明日になればいろんなことが良くなりますわ」

「いかないで。もし君が僕に我慢できないっていうんじゃなければ」

　ジュリアはまた腰を下ろした。

「僕のために歌をひとつ歌ってくれませんか――歌えます？」

「どんな歌がいいのかしら？」

「なにか悲しい歌——ブルースのようなのがいいな」

彼女はリビー・ホールマンの歌を歌い始めた。「お話はこんな具合に終わるのね」と彼女は歌った。低いソフトな声で。

「良かった。別のを歌ってくれませんか。あるいは同じのをもう一度でもいいです」

「いいですわよ。お気に召したのなら一日中だって歌ってますわ」

III

ニューヨークに着いた二日めに彼女に電話がかかってきた。「あなたに会いたくてしかたないんです」と彼は言った。「あなたは僕に会いたくありませんか?」

「たしかにあなたに会いたいみたいだわ」と彼女は仕方なくそう言った。

「すごく?」

「とてもあなたに会いたい。体の具合はどう?」

「もう良くなりましたよ。まだちょっとナーヴァスな感じですけれどね。でも僕は明日から仕事を始めるんです。あなたにいつお会いできるかな?」

「いつでも」

「じゃあ今夜はどうですか？　ねえ、もう一度言ってくれませんか」

「何を？」

「たしかに僕に会いたいみたいだっていうのを」

「たしかに会いたいみたいだわ」とジュリアは言われたとおりに繰り返した。

「僕に会いたいと」と彼は付け加えた。

「たしかにあなたに会いたいみたいだわ」

「結構。君がそう言うとなんだか歌の文句みたいに聞こえるんだな」

「じゃあね、ディック」

「さよなら、ジュリア」

　彼女は最初は二週間しかニューヨークに滞在しないつもりだったのに、結局二ヵ月そこにいた。彼が離そうとしなかったからだ。昼間は仕事のおかげで酒を忘れた。しかし日が暮れると、彼はジュリアと顔を合わせる必要があった。

　ときどき、ディックが電話をかけてきて今日は疲れたから劇場のあと遅くまでつきあうことはできないなどと言うときには、彼女は仕事に対してやきもちを焼いた。酒のないナイトライフなど、彼にはもう何の意味も持たなかった。それはむしろなくなってせいせいしたようなものだ。でも酒を口にしたこともないジュリアにとっては、ナイトライフはただそれだけで刺激的なものだった。そこには音楽があって、ドレスのパレードがあって、自分とディックが踊る。なんて素敵なカップルだろう。最初のうち彼らはたまにフィル・ホフマンと会っていた。でもジュリアはホフマンがことの経緯をけっこう深刻に受けとめているらしいと思った。やがて彼らは顔をあわせなくなった。

いくつかの不愉快な出来事があった。昔の級友のエスター・ケアリが彼女のところにやってきて、あなたはディック・ラグランドの噂を聞いたことがあるの、と尋ねた。ジュリアは腹を立てるかわりに彼女を招待してディックに引き合わせた。そしてエスターが彼についての考えをあっさりと変えるのを見てほっと胸を撫でおろした。他にもいくつかささいな、わずらわしい出来事があった。しかしディックが不品行をしでかした場所はありがたいことにパリに限られていたので、遠く離れたニューヨークではそれほどの現実性を持たなかった。彼らは今では深く愛しあっていた。あの昼のことをジュリアが思い出す回数もだんだん減っていった。しかし彼女は確証がほしかった。

「六カ月たってもし今とおなじように何事もなく運んだら、私たちは婚約を発表しましょう。そしてその六カ月後に結婚するのよ」

「ずいぶん長いなあ」と彼は情けない声で言った。

「でもその前には五年という歳月が存在しているのよ」とジュリアは答えて言った。

「私はあなたのことを信じて疑っていないわ。でもちょっと待った方がいいっていう声がどこかから聞こえるのよ。いいこと、それは私の子供たちのためでもあるのよ」

その五年の歳月——それは失われ、消え去ってしまったのだ。

八月にジュリアは家族に会いに二カ月間カリフォルニアに行った。彼女はディックが一人でうまくやっていけるかどうか見てみたかったのだ。二人は毎日手紙を書いた。彼の手紙は快活になったり落ち込んだり、くよくよしたり希望に溢れたり、くるくると変化した。仕事の方は順調に運んでいた。彼がまっとうな生活を取り戻していくのを見て、彼の叔父もディックのことを真剣に信用するようになってきた。でも彼は終始恋人のジュリアがいないことを寂しがっていた。そして手紙の中に切羽詰まったものが時折見受けられるようになったときに、ジュリアは滞在を一週間早く切り上げてニューヨークに戻ることにした。

「ああやれやれ、やっと君が戻ってきたよ!」、彼女と腕を組み、グランド・セントラル駅を歩いて出ながら彼はそう叫んだ。「僕は本当に辛かったんだ。ここのところ何度も酒を飲みたくてたまらなくなった。それを我慢するために、君のことを考えたよ。でも君はずっと遠くにいた」

「ねえダーリン――あなた、とても疲れた顔をしてる。顔色も悪いわよ。あなた働きすぎなんじゃないの」

「いや、ひとりぼっちの生活が切ないだけさ。ベッドに入ると、僕の頭はのたうちまわるんだ。結婚を早めることはできないものかな」

「さあどうでしょう。ちょっと考えさせて。だって今ではもう、あなたのジュリアはあなたのそばに戻ってきたじゃない。問題は何もないでしょう」

一週間後にはディックの落ち込みも回復した。彼が悲しい気持ちになったとき、ジュリアは彼を赤ん坊のようにあやした。彼のかたちの良い頭を自分の胸に抱いた。しかしジュリアがいちばん好きなのは彼が自信に満ちていて、彼女の気持ちをひっぱりあげたり、笑わせたり、あるいは自分はしっかりと守られていると感じさせてくれるときだった。彼女は女友達と共同でアパートを借り、コロンビア大学で生物学と家政学の講義を取った。秋が深まると、二人は一緒にフットボール見物にいったり、新しいショウを見にいったりした。そしてセントラル・パークの初雪を踏んで歩き、週に何度かは彼女の部屋の暖炉の前で長い夜を共に過ごした。しかし時の経過はゆっくりとして、二人はどちらも待ち切れぬ思いだった。クリスマス前に珍しくフィル・ホフマンが彼女のところにやってきた。二人はもう何カ月も顔を合わせていなかった。たくさんの独立した梯子《はしご》が並行して並んでいるのがニューヨークの街で、そのおかげで仲の良い友人同士でさえ顔を合わせるのはなかなか容易なことではない。そのぶん、お互いの関係がちょっとこじれているような場合には、わざとすれ違うのも簡単だ。

二人のあいだはよそよそしかった。彼がディックに対する不信感を口にしてからは、彼は自動的にジュリアの敵みたいになった。でもその一方で、彼が大人になったことが彼女にはわかった。角のあった性格もだいぶ丸くなっていた。彼は今では地方検事補だった。職業柄物腰にも自信のようなものがうかがえた。

「それで君はディックと結婚するつもりなんだね」と彼は言った。「いつなんだ?」

「もうすぐよ。うちの母がこっちに出てきたら」

彼はわざとらしく頭を振った。「なあジュリア、ディックとは結婚するな。これはやきもちで言っているんじゃない。自分の引き際くらいは心得ている。僕としてはね、君のような美しい娘が目をつぶって岩だらけの湖に飛び込もうとするのを黙って見ているわけにはいかないんだよ。君はどう思うのかしらないが、人間の辿る流れというのは簡単にコースを変えるものじゃないんだ。水が涸れることもあれば、並行して流れる別の川床に入ることだってある。でも人間が変わったという例を僕は見たことがない」

「ディックは変わったわ」

「おそらくはね。でもそいつはちょっと大きな『おそらく』だと思わない？　もしあの男があんなに魅力的じゃなくて、それでも君が彼にぞっこんだというのなら僕は何も言わない。どうぞお好きにって言うさ。でもはっきりと言わせてもらえばだね、君があの男の美貌と魅力たっぷりの立居ふるまいに参ってるっていうのは、まったく間違いのないところだからね」

「あなたは彼のことを知らないのよ」、ジュリアは耳を貸さなかった。「あの人は私と一緒にいるときは違うの。あの人がどれほど優しくて、よく気がつくか、あなたにはわからないでしょうね。あなたちょっと狭量で意地が悪すぎやしない？」

「なるほど」とフィルはしばらく考え込んでいた。「二、三日のうちにもう一度君に会えるかな。それともディックと話をしようか」

「ディックのことは放っておいて」と彼女は声を荒らげた。「あなたに小突きまわされなくたって、あの人は何かと大変なんだから。もしあなたが彼の友人なら、こそこそ隠れて私に会いにきたりせずに、彼に助けの手をさしのべるものじゃないかしら」

「僕はまず君の友人なんだ」

「ディックと私は今では一心同体よ」

でもその三日後にディックが顔を見せた。普通なら会社にいるはずの時刻だった。

「今日は心ならずもここにやってきたんだ」と彼は軽い口調で言った。「フィル・ホフマンが真相をぶちまけると言って脅迫するものでね」

彼女の心は釣り糸のおもりのようにすとんと落下した。彼女は思った、「この人は挫折して、またお酒を飲むようになったのかしら」

「女の子のことなんだ。君は去年の夏に、僕を彼女に紹介して、親切にしてあげてくれと言った。エスター・ケアリさ」

彼女の心臓はゆっくりと鼓動していた。

「君がカリフォルニアに行ったあと、僕は孤独だった。そのときに彼女にばったりと出会ったんだ。彼女は僕に好意を持ってくれていた。僕らはしばらくのあいだ頻繁に会うようになった。でもやがて君が戻ってきて、彼女とは手を切った。それはあまりすんなりとはいかなかったよ。というのは、僕が思っていたより彼女は真剣になっていたからさ」

「なるほどね」彼女の声は茫然として、まるでがらんどうのようだった。

「わかってくれないか。毎晩が死にそうなほど孤独だったんだ。もしエスターがいなかったなら、僕は酒に走っていたかもしれない。僕は彼女のことを愛していたわけじゃないんだ。君の他に誰かを愛したことなんて一度もない。でも僕は自分に好意を抱いてくれる誰かと一緒にいる必要があったのさ」

彼はジュリアの体に腕をまわした。でも彼女は全身に寒けを感じた。彼は手を引いた。

「じゃあどんな相手でもよかったのね」ジュリアは静かな声でそう言った。「女なら誰でもかまわなかったというわけ？」

「そうじゃない！」と彼は叫んだ。

「きちんと自立してほしいからこそ、自分の力で自尊心というものを回復してほしいからこそ、私は長いあいだあなたから離れていたのよ」

「愛しているのは君だけだよ、ジュリア」

「でもどんな女でもあなたのことを助けられる。だから私なんか本当には必要としていないんでしょう。違う？」

彼の顔は傷つきやすい表情を浮かべた。それは以前にも何度か目にした表情だった。

彼女は椅子の肘に腰を下ろし、彼の頬を撫でた。

「それであなたは私に何を下さるのかしら？」と彼女は尋ねた。「あなたの中に強さが蓄積されていって、それによってあなたの弱さが打ち砕かれるだろうって私は思っていたのよ。それであなたは今度、私に何を下さるの？」

「僕の持っているものを全て」

彼女は首を振った。「ゼロよ。あなたのハンサムなお顔だけ——そんなものなら昨夜のレストランのヘッド・ウェイターだって持ちあわせていたわ」

彼らは二日間語り合ったが、どんな結論にも達しなかった。あるときには彼女は彼を身近に引き寄せ、彼女がすごく気に入っているその唇にくちづけした。でも彼女の腕はまるで藁人形を抱いているようだった。

「僕はしばらくここを去るから、そのあいだに君はよく考えてみるといいよ」と彼は絶望的な口調で言った。「僕は君なしではどうして生きていったらいいのかわからない。でも君は信じることのできない、信頼することのできない相手とは結婚なんてできないだろうね。叔父は僕に商用でロンドンに行ってほしがっているんだ——」

彼が出発した夜、ほの暗い桟橋での別れは悲しかった。彼女が参ってしまわなかったのは、彼女のもとを去っていったのが力強さのイメージではなかったせいだった。彼女は彼なしでもしっかりとやっていけるだろう。それでも、仄かにくすんだ光が彼の気品のある額と顎を照らしだし、多くの人々の顔が彼に向けられ、多くの目が彼の姿を追ったとき、なにかひどくがらんとした思いがジュリアを支配した。彼女はこう言いたかった。「わかったわ、あなた。私たち、二人でもう一度試してみましょうよ」と。

でもいったい何をもう一度試してみるというのだ？　人というものは失敗か成功かを賭してコインを投げるものだ。まずまずの満足か破滅かを賭すなんて、救われない話ではないか。

「ねえディック、立派になって、強くなって、私のところに戻ってきてね。変わるのよ、変わるのよ、ディック――変わってちょうだい！」

「さよなら、ジュリア――さよなら」

彼女が最後に見たのは、船の甲板に立っている彼の姿だった。煙草に火を点けるために擦ったマッチの明かりに照らしだされたその横顔は、まるでカメオのようにきりっとして見えた。

Ⅳ

最初に彼女とともにいたのも、最後に彼女とともにいたのもフィル・ホフマンだった。彼は極力ショックを与えないようなやり方で、そのニュースを彼女に伝えた。彼は八時半に彼女のアパートの部屋に行き、気を利かしてドアの外の朝刊を始末した。ディック・ラグランドが海上で行方不明になったのだ。

彼女が思い切り悲しみを発散してしまったあとで、彼は意識的に少し冷酷になった。

「あいつには自分のことがわかっていたんだよ。意志の力が尽きてしまったんだ――もうこれ以上生きていたくなかったのさ。ジュリア、君に自分をいささかも責めてほしくないから、僕としてはこれだけは言っておきたい。彼はこの四カ月というもの、つまり君がカリフォルニアに行ってしまってからだが、ほとんど会社になんか出ていなかったんだ。叔父さんのせいで首にこそならなかったけれどね。あの男がロンドンに遣られた用事なんてまったくの名目上のものだったのさ。最初のうちは熱心にやったんだが、すぐにその熱も冷めてしまい、それっきりだった」

彼女は彼のことをきっと睨んだ。「お酒には手を出さなかったわよね？　お酒を飲んでいたんじゃないわよね？」

フィルの躊躇はほんの一瞬のものだった。「いや、酒は飲まなかった。彼は約束は守った――それはきちんと守っていた」

「そういうことなのよ」と彼女は言った。「彼は約束を守り、そのせいで自殺することになったのよ」

フィルは居心地悪そうに黙っていた。

「あの人は自分がやると言ったことをちゃんと実行して、そのせいでずたずたになってしまったのよ」、彼女は声を詰まらせながらそう言った。「人生ってときにはおそろしく酷いものなのね。その途方もない残酷さからは誰も逃げきることができないのよ。あの人は勇敢だったわ――自分が交わした約束を守りきるために命を絶ってしまったのだもの」

ディックがその晩に船のバーで愉快にやっていたことを仄めかす記事が載っていた新聞を処分しておいてよかったとフィルは思った。ディックがこの何カ月かにそういう愉快な夜を何度も過ごしていたことをフィルは承知していたのだ。すべてが終わってしまったことでフィルはほっとした。ディックという人間の弱さが、彼の愛する娘の幸福を脅かしていたのだ。でも彼は相手の男に対して心から同情した。人生に対する不適合性を、様々な不品行に転換させる必要があったのだと理解さえした。それでも彼は愚かな人間ではなかったから、ジュリアが残骸の中から拾い上げた夢をそっと残しておいたのだ。

一年後、二人が結婚をする直前に、ジュリアがこう口にしたとき、少し気まずい一瞬があった。

「ねえフィル、あなたは私がディックに対して持っている、そしてこれから先もずっと持つことになる感情を理解してくださるわよね？　それは彼がハンサムだったというだけのことじゃないのよ。私は彼のことを信じていたし、それについては私は正しかったわ。彼は節を曲げるよりは、折れることを選んだのよ。あの人はたしかに駄目な人だったけれど、悪人ではなかったわ。最初にあの人を見た時から、私にはそれがわかったの」

　フィルは顔を苦痛に歪めたが、何も言わなかった。おそらくものごとの裏には、二人が知っている以上の何かがあるのだろう。そしてそれは彼女の胸の深みの中に、そして海の深みの中にそっと放置しておいた方がいいのだ。

『新緑』のためのノート

この作品は『バビロンに帰る』と同じ年の、約五ヵ月後に書かれている。確証はないが、おそらく日本で翻訳出版されるのはこれが初めてではあるまいか。スコットのエージェントであるハロルド・オーバーはこの作品に関して、「これでは読者は登場人物の誰にも感情移入することができないではないか」と批判している。たしかにまあそのとおりで、主人公である若い女性ジュリアの人格設定は、いくら若いとはいえ、芯を欠いてふらつき気味だし、ディック・ラグランドの「尋常ならざる」ハンサムぶりはいささかロマンス・ノヴェル的だし、彼の恋敵である弁護士の存在は切り紙細工のように薄っぺらだ。また自殺によって最終的結着をつけるというエンディングは、安直に過ぎると言われても抗弁のしようがないだろう。アルコールによる人格の破滅という同種のテーマを扱いながらも、この『新緑』は『バビロンに帰る』のような文学的深みに欠けるし、はっきり言って文章もけっこう雑な部分がある。もちろんスコットの短篇小説の出来の、このようなばらけぶりは毎度のことで、とくに驚くほどではないのだが、読者としてはやはり「ちょっともったいないな」という感を抱かざるを得ない。もちろん優れた部分も数多く見受けられるのだが、それにしても。

しかしそれと同時に、この作品と『バビロンに帰る』をひとつに合わせることによって、我々はこの時期のスコットがアルコール中毒という病をどのような視野の中に捉えていたかを、かなり明確に推察することができる。まず第一に彼はアルコール中毒を、科学的に治療可能な肉体的疾患というよりは、宿命的にふるい落とすことのできない自分の「業」として捉えていたようだ。彼にとっては素面の生活は「徳（モラル）」であり、酔っぱらった生活は「業」であった。彼は人生のひとつの段階で中西部的な「徳」を捨て去り、都会的な「業」を取った。それは二度と後戻りすることのできないひとつの大きな主体的選択であった。その選択の結果、彼は名声と華麗な人生を手に入れた。しかし運命はやがてじわじわとその取り分を回収しはじめ、彼は避けがたい堕落と没落の道程を辿ることになった——というのがスコットの基本的な世界観であり、人生観だった。

『バビロンに帰る』は一度は破滅の瀬戸際に立った主人公が、娘への愛のために、業の世界から徳の世界へと回帰しようとする物語である。この作品を深く印象的なものにしているいちばん大きな要因は、まさにモラルの力である。これほどまで素直に、そして真摯にモラルというものを追求した短篇小説を僕はほかに知らない。しかし彼の必死の努力は一時的にせよ（もっともそれが果たして一時的なものなのかどうかは誰にもわからないのだが）拒否される。結末は暗く、重苦しい。『バビロンに帰る』のあとを受けたこの『新緑』においては、事態はますます暗く、ますます陰鬱になっている。主人公は『バビロンに帰る』のチャーリー・ウェールズと同様、一念発起して業の世界を捨てようとし、若い娘ジュリアの純粋な愛にあふれた献身を受ける。しかしラグランドはどのような愛をもってしても、献身をもってしても、飲酒の泥沼から逃げ出すことはできない。彼は嘘をつき、まわりの人間を騙し、こっそりと隠れて酒を飲み、愛するものを傷つけ、ますます業の深みにはまっていく。そして自らの命を絶つことによって、出口のない事態に終止符を打つ。それはそれで悪い結末ではない。しかしまるでひと事のようにニュースとしてさらっと伝えられるこの自殺は、あまりにも文学的説得力に欠ける。ラグランドの内部におけるモラルの真摯な葛藤がまったくといっていいほど描かれていないからだ。

もっともスコットが自殺という解決策をかなり真剣に考慮していたことは、数多くの伝記作家の指摘するところである。彼はそれをロマンチックな最終的手段として、しばしば頭の中でもてあそんでいたようだ。とくに大西洋横断の豪華客船から夜中に人知れず海に飛び込むという方法は、好みにいちばんあっていたらしく、その自殺方法のディテイルについて、彼はしばしばまわりの人々に――いくぶん文学的な文脈でもって――語っている。それが彼にとって深刻な選択肢だったのか、あるいは精神の安全弁に過ぎなかったのか、我々にはただ推測するしかないわけだが、いずれにせよこの作品を書いたとき、スコットがラグランドの悲劇的な運命に自分のそれを重ねていたことは間違いのないところだろう。

もうひとつ、この作品からうかがえることは、彼が深いアルコールの霧の中で、ほとんど本能的に母性的な保護を求めていたということだろう。ジュリアはラグランドにとっては年下の娘だが、ラグランドがアルコールからの回復をめざしはじめてからは、彼女はあたかも母親のように彼を理解し、保護し、無心に救助しようとする。どうやらスコットは、もし自分が「業の世界」から癒されて帰還することができるとしたら、それは母的な、無条件な愛を通してしかないだろうと感じとっていたようだ。そしていうまでもなく、それは奔放で身勝手なゼルダが彼に提供できる種類のものではなかった。彼は実際に後年ハリウッドに移ってから、シーラ・グレアムという女性と知り合い、彼女の母性的な献身によって、アルコールの世界からの脱却をついに果たすことになる。もっともそのときには既にすべては手遅れになっていたのだが。

エッセイ

村上春樹

スコット・フィッツジェラルドの幻影　アッシュヴィル、1935

一度泣き言を言い始めると、フィッツジェラルドはそれをやめることができなくなった。彼の独白は限りのない自己憐憫に満ちたものだった。

「ゼルダと僕が駄目になったとき、人生は終わってしまったようなものだ。それ以来悪い札ばかりが配られてくるようになった。何もかもがうまくいかなくなって、あとは坂道を転げおちるようなものさ。三十を過ぎると、人生というものはどんどん辛いものになっていく。ああ、若い頃が懐かしいよ！　人生の中で素晴らしいと言えるのはただ青春だけだ。あの頃は希望で胸が膨らんでいたものだよ。僕も大騒ぎして、浮かれまわっていた。浴びるほど酒も飲んだ。なんだかすっかり涙もろくなったな。自分がうまく抑えられない。一人になると怖くてしかたない。これからの先の年月が怖くてしかたないんだ。

僕の本を読む人間なんて、もうどこにもいやしない。この十年というもの、僕は商業誌にせっつかれるがままに気楽なハッピーエンドものの短篇を書きなぐってきた。僕は才能を浪費し、賑やかなパレードはそのあいだに通り過ぎていってしまった。友人たちは、まだ息をしているうちから僕を葬ってしまおうとしている。そんな話ってあるか。僕はかつてはロマンティシストだった。今では僕は懐疑主義者だ。シニカルな人間でもある。そうだよ、僕はついにまともな大人になったんだ。そして自分がどういう人間なのかということが僕にもようやくわかってきた。要するに僕は失敗者《フェイリュア》なんだ」

（トニー・ブティッタ『華麗なる時代の後に――アッシュヴィル、1935、
F・スコット・フィッツジェラルドとのひと夏』）

おおまかに言って、これが一九三五年の夏にスコット・フィッツジェラルドが置かれていた状況であった。六年前の大恐慌を境に、それまで未曾有の好景気に浮かれていたアメリカの社会の様相はがらりと変貌を遂げ、そこには新しい価値観を持った若い世代が登場していた。不況の時代《ハード・タイム》の荒波にもまれた彼らは、二〇年代の青年たちよりはずっと懐疑的であり、ずっとリアリスティックであり、ずっと政治的であった。そして彼らにとっては、スコット・フィッツジェラルドという作家はもう遠い過去の

響きのようなものに過ぎなかった。その時代の文学を志す若者にとってのヒーローはフォークナーであり、ヘミングウェイであり、トマス・ウルフであり、ドス・パソスであった。彼が言うように、賑やかなパレードはもう窓の前を通り過ぎてしまっていたのだ。

しかし彼のこの告白を訳していて思ったのだが、「フェイリュア（failure）」という言葉の感覚を日本語に訳すのはなかなか難しい。落ちこぼれとも違うし、挫折というのとも違う。敗者とも少し違う。訳語としては失敗者というのがいちばん近いのだろうが、これはもうひとつ日本語として馴染まないような気がする。たぶん英語的な「失敗」と日本語的な「失敗」という観念が、根本において多少ずれているからだろうと思う。人生のどこかの段階で梯子を決定的に踏み外して、もうもとの位置には戻れない、立ち直る見込みもない、誰からも相手にされない、これが「フェイリュア」の定義である。日本にはこれほど強い定義に基づいた失敗という言葉はおそらく存在しないのではないかと思う。これはおそらく日本の社会が、それほど明確で痛切な勝者と敗者の分別を回避する傾向にあるためだろう。しかしアメリカ人はこの「フェイリュア」という言葉を非常によく使う。そして彼らの精神の根本には、自分がフェイリュアになることへの恐怖がある。社会システムそのものが成功という観念を土台として成立しているし、失敗したものへの同情というようなものをあまり持たないからだ。落ちゆくものへのシンパシーよりは、上昇することへの思い入れの方が圧倒的に強い。アメリカの歴史というのは文字通り「ウィナー・テイクス・オール（勝者が全部取る）」という観念によって支えられてきたのだ。だからこそ彼らは自分がフェイリュアあるいはルーザー（loser）になることを何よりも恐怖することになる。

一九三五年にはアーネスト・ヘミングウェイが「ウィナー」であり、スコット・フィッツジェラルドが「ルーザー」であった。アンドリュー・ターンブルの表現を借りれば「(フィッツジェラルドとヘミングウェイは）それまで二人でずっとレースをやっていたのだが、勝負はヘミングウェイの勝ちと見えた。フィッツジェラルドがいくら帆をあげたところで、ヘミングウェイの方が竜骨もバラストもしっかりしていた」（ターンブル『スコット・フィッツジェラルド』）ということになる。

フィッツジェラルドはその夏、自分の心の中でそのようなフェイリュアの夢を弄んでいた。もっとも彼が本当に自分のことを完全なフェイリュアだと思っていたのかどうか、そこには疑問の余地がある。フィッツジェラルドはある場合には自己憐憫を糧として小説を書く作家であり、とくに酒が入るとそのような自分の感情のいちばん弱い部分をあたりかまわず自虐的にまわりにまき散らす傾向があった。だからそのときに彼が口にしたことを、嘘偽りのない心情吐露として額面通り受け取るのにはいささかの危険がある。しかしそれでもなお、我々に確実に言えることは、そのとき彼が人生のいわばどん底に――あるいはどん底にきわめて近い場所に――いたという事実だった。彼は財政的に破綻していて、妻のゼルダは精神病の治療のためにボルティモアの療養所に入っていた。二年前に出版した『夜はやさし』は彼の予想を遥かに下まわる売上げだったし、前年に出版した短篇集『起床時刻の消灯ラッパ』はその優れた内容にもかかわらず、読者からも批評家からもほとんど黙殺された。かつては彼の短篇に巨額の原稿料を払ってくれた商業誌も、今では遠慮なく原稿を突き返すようになっていた。フィッツジェラルドは書こうと思えば今でもうまい小説を書くことはできたし、それについては彼なりに自信を持っていた。フィッツジェラルドの並外れた文章的な才能自体には変わりはなかった。しかし彼は小説を作るための題材に不足するようになっていった。フィッツジェラルドは自分の実際の経験をもとにストーリーを紡ぎだすことを最も得意にしていたのだが、その彼自身の生活がかつての華やかさを失い、絶好の話題提供者であった妻のゼルダが神経を患って入院してしまうと、急激にネタが不足するようになってきた。いつまでも同じ昔話をもとにした同じような物語を繰り返しているわけにはいかないし、かといって若い世代にアピールするような、それにかわる新しい話題が自分の中にあるわけではなかった。彼は生まれて初めて、短篇小説を生産しつづけることに困難を覚えるようになった。それまで彼は身すぎ世すぎのための短篇小説などほとんど遊蕩の片手間にすらすらと書いていたのだ。だんだんアルコールがなくては小説を書くことができないようになり、アルコールが入ると文章は荒れた。それは言うなれば果てしのないどうどうめぐりであり、ひとめぐりするごとに事態は一段と悪化していった。彼の編集者であるマックスウェル・パーキンズと、文芸エージェントであるハロルド・オーバーは、口にこそ出さなかったけれど、彼の作家としての再起はおそらく不可能だろうと踏んでいた。

それに加えて、その五月にフィッツジェラルドが結核にかかっていることが判明した。結核といってもそれほど深刻なものではなく、それまでの不摂生な生活ぶり、とくに過度の飲酒が原因で起こった軽度のものだったが、いずれにせよそれ以上こじらせないようにするに越したことはなかった。医者はフィッツジェラルドに長期的な療養を勧めた。空気の良い静かな場所に行って、酒を慎み、一日三度の食事をきちんと取り、ゆっくりと体を休めることです、と。医者にこう宣告されたことで、フィッツジェラルドはある意味ではほっとしないでもなかった。俺にとってはこれはむしろ良い機会かもしれない、と彼は思った。ここで思い切ってきちんと酒を断ち、世間のつきあいからも離れて、一人で身を入れて小説を書くのだ。それに結核という病は——彼の場合それはあえて名付けるなら結核という程度のものだったのだが——スコットの敬愛する詩人キーツの宿痾《しゅくあ》でもあった。そして彼はボルティモアの家をたたみ、そこの病院に入っているゼルダをあとに残して、ノース・キャロライナ州アッシュヴィルに出発した。アッシュヴィルはテネシーとの州境に近い山の中にあって、金持ちのための保養地としても知られていた。そこには結核患者のための有名なクリニックもあったし、アルコール依存症のための療養所もあった。静養と執筆のためには、まずはうってつけの場所であるようにフィッツジェラルドには思えた。彼はマックスウェル・パーキンズにしかその行く先を教えなかった。俺はなんとかそこで態勢を立て直そう、と彼は思った。正気を失ってしまって回復の見込みもたたないゼルダと、無力な幼いスコッティーと、そしてこの俺自身のためにも、ここでひとつ立ち直らなくてはならないのだ。

僕がこのトニー・ブティッタの『華麗なる時代の後に』（*After the Good Gay Times: Asheville, Summer of '35 / A Season with F. Scott Fitzgerald*: Viking 1974）という本を手に入れたのは、ランバートヴィルという小さな町の古本屋だった。この町はニュージャージーとペンシルヴェニアの州境にあって、デラウェア川沿いに古本屋や骨董の店やレストランが軒を連ねている。プリンストンからは車で三十分くらいかかるが、ときどきドライブがてら食事をしにいくことがある。プリンストン大学はフィッツジェラルドの出身大学であり、さぞやフィッツジェラルド関係の書物は多いだろうと思ってやって来たのだが、正直に言って期待はずれだった。資料室に行けば、フィッツジェラルドの貴重な手書き原稿を読むことはできるが、一般の閲覧室には資料としてそれほどたいしたものはない。町の本屋をのぞいてみてもフィッツジェラルド関係の本はほとんど見当たらない。たとえばナンシー・ミルフォードの『ゼルダ』や、アンドリュー・ターンブルの『スコット・フィッツジェラルド』といった基礎的な資料でさえ、プリンストンの本屋では置いていないのだ。僕はそんなものはどこでも手に入るだろうと思って日本に置いてきてしまったので、この原稿を書こうとして資料がなくていささか焦った。まあ結果的にはニューヨークで買えたからよかったけれど。

そういう肩すかしをくわされたあとだけに、このトニー・ブティッタの『華麗なる時代の後に』にめぐり会えたのは幸せだったというべきだろう。この本はサブタイトルからもわかるように、一九三五年の夏にアッシュヴィルでスコット・フィッツジェラルドとつきあっていた筆者が、そのときの個人的な思い出を後年になって綴ったものである。アッシュヴィル時代のフィッツジェラルドについては資料が少なく、伝記でもだいたいは軽くしかあつかわれていないので、この本の存在はかなり貴重であるといってもいい。この本の他には、当時フィッツジェラルドの秘書をしていたローラ・ガスリーという女性が記録していた日記があるだけである。この日記は六万語の長さにわたり、文学史的に見てもフィッツジェラルドが『崩壊』三部作の執筆に至るまでの心理的過程を克明に描いたなかなか価値のあるものだが、現在のところ、これは入手不可能である。そのかわり彼女はこの日記をコンパクト（といってもかなり長いけれど）にまとめて『フィッツジェラルドとのひと夏』(*A Summer with F. Scott Fitzgerald*)という読み物にして、一九六四年に「エスクァイア」に掲載している。こちらの方は幸いニューヨークの市立図書館で読むことができた。『華麗なる時代の後に』の筆者のトニー・ブティッタは名前からもわかるようにイタリア系のアメリカ人で、当時二十代の青年だったが、アッシュヴィルの市内にあるジョージ・ヴァンダービルト・ホテルの中で、貸本屋を兼ねた小さな書店を経営していた。もっとも書店の経営だけではとても生活ができなかったので、その他に文芸誌や新聞に文芸関係の評論や記事を書き、おまけにノース・キャロライナ交響楽団のパブリシティー係を務めていた。しかし彼の本来の希望は作家になることだった。彼はそれまでに一冊の長篇小説を書きあげ（出版社に売ることはできなかったけれど）、二作めにとりかかっているところだった。そしてその夏に、ふとしたきっかけで書店に立ち寄ったスコット・フィッツジェラルドと親交を結ぶことになった。アッシュヴィルに一人の知り合いも持たず、ホテルの部屋で寂しい日々を送っていたスコットはこの作家志望の青年に興味を持ち、何度もその書店に足を運んで文学の話をするようになった。そしてやがて彼らは政治の話をし、もっと立ち入った個人的な話をするようになる。

筆者が小説家志望であったためだろうが、この『華麗なる時代の後に』は厳密なメモワールというよりは、かなり小説色の濃い読み物風の仕立てになっている。それに加えてこの本はそれらの出来事が実際に起こったときから約四十年を経た一九七四年に書かれている。筆者の序言によれば、彼は当時詳細なメモを取っていたから、それをもとに当時の出来事を回想し記述することに何の苦労も感じなかったということである。自分はレポーターとして多くの記事を書いてきたし、いくつかの中心になる言葉をさっさと書きつけておきさえすれば、そこから長い独白を正確に思い出すことができる職業的訓練を積んでいるのだ、と彼は説明している。しかしそれにしても、「いったいどこまでが厳密に本当のことなのか」といういささかの疑問は残る。四十年という年月の経過はそれらの記述をヴェリファイする（真実であることを証明する）ことをきわめて困難なものにしてしまっているからだ（もちろんローラ・ガスリーの手記でも、会話の信憑性については同様の疑問が残るわけだが）。でも細部の事実関係にさえこだわらなければ、この本は「伝記的読み物」として面白いことはたしかに面白い。けっこう夢中になって、あっと言うまに最後まで読んでしまった。

この『華麗なる時代の後に』を読んでいるうちに、僕は実際にアッシュヴィルの町を訪れてみたくなってきた。幸い地図で見る限り、僕の住んでいるニュージャージー州プリンストンからノース・キャロライナまではそれほど遠くはない。車で行くには途中で一泊する必要があるが、飛行機で行けば五時間くらいしかかからない。ニュージャージーのニューアーク空港からワシントンDCまで飛んで、それから今度は〈これよりはグレイハウンド・バスの方がまだ大きいよなあ〉というこぢんまりとしたプロペラ双発機に乗りかえる。飛行機はアッシュヴィルに着く前にサウス・キャロライナ州グリーンヴィルというところに立ち寄るのだが、ここでほとんどの乗客が降りてしまい、結局終点のアッシュヴィルまで行ったのは我々二人を含めて四人だった。

アメリカ全土の地図を見ていただければわかるように、ノース・キャロライナ州はヴァージニアの南、サウス・キャロライナの北にある南部の州である。モントリオールのあたりから遥かジョージアにまで、まるでもりあがった傷痕のような恰好で南北に長く延びるアパラチア山系は、このあたりではブルーリッジ山脈と名前を変えるのだが、その山並みに囲まれるようにして広がる盆地の中にアッシュヴィルの町はある。標高は千六百メートルを超す。「アメリカのスイス」と称されることもあり、文字通りの高原の町である。空気はひやりとして清浄であり、町のまわりには山というよりはむしろ女性的な感じのするなだらかな美しい丘陵が広がっている。ヴァンダービルト家や、フォード家や、ファイアストーン家といった新興富裕階級も、好んでこの土地に豪邸を建て、夏をこの土地で過ごした。十九世紀終わりから、今世紀の初頭にかけては、ニューヨークの社交界がそのままここに場所を移してきたような賑わいを見せたこともあった。とくに鉄道王ジョージ・ヴァンダービルトは一八八八年にここにやってきて、村ひとつと、鉄道の駅と、その背後に広がる美しい丘陵地帯あわせて十二万五千エーカー（僕の計算が間違っていなければ一億五千万坪ということになる）の土地をぽんと買い取って、そこにヨーロッパの荘園のような人工的小世界を作り上げてしまった。ヴァンダービルトが作ったビルティモア・エステートと呼ばれるこの荘園は、今では一般の人々に公開されていて、その圧倒的ともいえる栄華のあとを目にすることができる。なにしろ門から玄関まで車で十五分以上かかり、屋敷の中を一周して見て回るだけでけっこうくたくたになるというものすごい代物なので、ただ見物するだけといっても、時間と体力に余裕のあるかたにしかお勧めできない。金持ち向けの夏季保養地というと日本で言えば軽井沢か那須のようなものになるかもしれないが、こういうのを見るといささかスケールが違うなあと実感することになる。

スコット・フィッツジェラルドと同時代の作家であり、彼との個人的な親交もあったトマス・ウルフはたまたまこのアッシュヴィルの生まれである。トニー・ブティッタがこの町にやってきたのも、実を言えば、彼がトマス・ウルフを深く敬愛していたからだった。彼はウルフが少年時代を送った町に住みたいというそれだけの理由でアッシュヴィルに越してきたのである。トマス・ウルフはその『天使よ、故郷に向かえ』の中で、アッシュヴィルの町をこんな風に描写している（もっとも彼は町の名前をオルタモントと変更している）。

「このオルタモントの町は、独立戦争のすぐあとに作られた。町はかつては牛追いや農夫たちがテネシーから東のサウス・キャロライナに向かう際の便利な中継地点であった。そしてそれから南北戦争に至るまでの七十年のあいだは、チャールストンや、暑い南部のプランテーションに住む上流階級の人々のための夏の避暑地として栄えた。オリヴァーが越してきた頃には、ここは避暑地としてばかりではなく、結核患者のための保養地としても名をしられるようになっていた。何人かの北部の金持ちたちは丘に狩猟用の山荘を設けたし、彼らのうちの一人は山あいに広い土地を買って、外国人の建築家や大工や石工を大量に連れてきて、アメリカでも並ぶものはない荘園をそこに作ろうと計画した。館は石灰岩造りで、屋根はピッチを塗った粘板岩で葺かれ、客用の寝室は百八十三もあった。それはブロワの城を模して作られた。そこには壮麗な大納屋みたいな新しい巨大なホテルもあった。それは見晴らしの良い丘の頂に、いかにも心地よさそうにその棟を並べていた」

(Thomas Wolfe, *Look Homeward, Angel*)

ウルフもここに書いているように、アッシュヴィルの町は結核患者のためのアメリカ版『魔の山』としても知られていた。今でこそ結核にかかった人を見かけることは少なくなってしまったが、当時は深刻な病であり、また患者の数も多かった。アッシュヴィルの気候とその静けさは結核患者のための保養地として適していたし、結核を専門とするいくつかの有名な病院も設立されていた。彼の秘書となるローラ・ガスリーもやはりその病を患い、ニューヨークに夫と子供を残して、療養のためにこの土地にやってきたのだ。

フィッツジェラルドがアッシュヴィルの町に来て、堂々たる石造りの要塞のようなグローヴ・パーク・イン——これがつまりウルフの書いている「壮麗な大納屋みたいな新しい巨大なホテル」である——に逗留するようになって、まず最初にやったことは、酒を断つことだった。とはいってもアルコール類を一切口にしないというのではなくて、ビールだけは浴びるように飲んだ。「ビールはいくら飲んでもかまわない」と彼は言った。「まずいのはハード・ドリンクを飲むことなんだ」。ある日には彼はルーム・サーヴィスでなんと全部で三十二本のビールを注文して、一人で飲んでしまった。次から次へと注文を受けて驚いたホテルの電話交換手が、フィッツジェラルドさんの部屋には誰かみえているのかとベルボーイに訊くと、彼はこう答えた。「いいえ、全部一人で飲んじまうんですよ。でもね、これは言えますよ。あの人はただ者じゃないですね。なにしろやたらでかい紙を広げて、せっせと何か書いているんです。私が入っていっても顔も上げないで、その辺に置いといてくれ、一本だけ栓を抜いてくれないかって言うんです。そして紙からちらっとも目を離さずに一ドルくれるんですよ。見てると、これじゃビールなんて飲む暇もないだろうと思うんだけど、ちゃんと飲んでるんだな、これが」（ターンブル『スコット・フィッツジェラルド』）

酒飲みのフィッツジェラルドはビールというのは清涼飲料水の一種であって、酒のうちには入らないんだと考えていた。もちろん生のジンを飲みつづけるよりはずっとましだが、ビールだって立派な酒のうちである。沢山飲めば酔っぱらうにきまっている。ビールならいい、ジンは駄目、というのはどちらかというと酒飲みの言い訳に近い。彼はまわりの人間に向かって「誰も信じてくれないけれど、僕はちゃんと禁酒をつづけているんだ」と自慢してまわっていたが、彼は概していえばほろ酔い加減でその夏を過ごすことになった。そして朝から晩までビールを浴びるように飲んでいたせいで腹にもだんだん贅肉がついてくるようになった。一日に睡眠薬の助けを借りて数時間しか眠らず、まともな食事をほとんど口にしなかったにもかかわらずである。仕事も捗《はかど》らなかった。ボーイの証言にもあるように、彼は一念発起してなんとか小説を書こうとはしていたし、実際にいくつかの短篇は書きあげたのだが、納得のいくものはなかなか書けなかったし、またそれらを雑誌に売り込むことも成功しなかった。そして知り合いもいないリゾート・ホテルで一人で悶々としていることに、彼はだんだん耐えられなくなってきた。スコットは長いあいだにわたって一人きりでストイックに黙々と仕事に打ち込めるようなタイプではなかった。彼には話し相手が必要だったし、気晴らしも必要だった。身近にいて面倒をみてくれる人間も必要だった。愚痴を聞いてくれる相手が必要だったし、崇拝者も必要だった。そして彼は何人かの知り合いをそこで作ることになる。

最初に知り合ったのは前述したローラ・ガスリーだった。ローラがアッシュヴィルにやってきたのは一九三二年のことで、彼女はもう三年もこの保養地に住んでいた。経済的にあまり余裕のなかったローラは、グローヴ・パーク・インの泊まり客相手に、手相見のアルバイトをしていた。彼女はコロンビア大学の新聞ジャーナリズム科を出たインテリ女性だったが、手相を見るという特技があって、それで生活費を稼ぎながら病気を治していたわけである。トニー・ブティッタは彼女のことを「どちらかというと礼儀正しさの目立つ」魅力的な中年女性、と描写している。スコットは彼にローラを「これが僕の愛人だよ」と紹介する。もちろん冗談半分で。「彼女はダラー・ウーマンだ。一ドルで誰のものにでもなる。とはいってもものになるのは体じゃなくて、手のひらなんだけどね」。そしてそれ以来、ブティッタは彼女のことを「ダラー・ウーマン」として記憶することになる。

しかしローラの証言によれば、彼は最初はローラに言い寄ったということである。スコットはそのときにジプシー占いの女を主人公にした小説を書いていて（その夏、彼は数多くの見当違いな小説を書きつづけていた）、それでネタがほしくてローラに手相を見てもらいにきたのだ。ローラはスコットの手がぶるぶると震えていたことを記憶している。スコットはあまりにも多くのビールを飲んでいたからだ。しかしその手には見違えようもない天才の相があって、それは自分を興奮させた、と彼女は書いている。スコットは彼女を夕食に誘い、そのあとで彼女を口説こうとする。「ねえローラ、僕は君を愛しているよ。僕がそんなことを言った女は全部でこれまでに三人しかいない」。もちろん彼は酔っぱらっていたから、ローラはスコットの口説き文句を本気にはしなかったし、まともにはとりあわなかった。実際スコットはビールの飲みすぎで、口説いている最中にいびきをかいて眠りこんでしまった。

しかしいずれにせよスコットは彼女のことが気に入ったようで、そのあと彼はローラを秘書として雇い、話し相手として、友人としてひと夏つきあうことになる。スコットは気が向くと夜中でも明け方でも遠慮なくローラの家に電話をかけてグローヴ・パーク・インの彼の部屋に呼び出し、原稿を口述したり、あるいは酔っぱらって愚痴をこぼしたりした。健康に問題のあるローラは何カ月かあとに、そのようなでたらめな生活に耐えきれなくなって、スコットのもとを離れていくことになるわけだが、彼女の手記を読んでいると、よくもまあここまでと思うくらいまめに、献身的に彼女はスコットの面倒をみている。おそらくスコットにはごく自然に女性に甘えかかることのできる才能があったのだろう。

彼は何年か後にハリウッドに行ってシーラ・グレアムと同棲するようになるが、あるいはこのローラとの関係がグレアムとの生活の原型に近いかもしれない。彼が求めていたのは、自分を認めてくれる母性的に献身的な女性であった。あなたは大丈夫よ、天才なんだもの、と励ましてくれる女性であり、夜中の三時に呼び出されても文句ひとつ言わずに愚痴を聞いてくれる女性だった。あえて言うなら、ゼルダの対極にあるタイプの女性だった。スコットは人生に疲れていたのだ。かつて彼がゼルダに与えたのと同じものを、もう一度他の誰かに与えることなど、とても不可能だったのだ。

スコットがその夏に肉体的関係を結んだのはビアトリス・ダンスという名の女だった。若く、美しく、そして人妻だった。彼女はテキサスの金持ちと結婚していたのだが、その夏は夫と離れ、神経を病んでいる妹のエリノアに付き添って、このグローヴ・パーク・インに長期逗留していた。スコットは一目で彼女に引かれ、彼女もスコット・フィッツジェラルドの文学的名声と、そのチャーミングな物腰にすっかり夢中になってしまった。二人はいつも一緒に時間を過ごすようになり、もちろん二人の関係はホテル中の知るところとなった。ビアトリスは結婚して七年になり、それまではずっと貞淑な妻であったのだが、今ではスコットにのぼせあがって、夫のことなどもはや眼中になくなってしまった。そしてスコットに、お金なら私がいくらでも持っているから、このまま二人で何もかも捨ててどこかに行って新しい暮らしを始めましょうと迫ることになる。

しかしもちろんスコットにはそんなつもりは毛頭ない。精神病院に入っている妻のゼルダを放り出していくわけにはいかないし、一人娘のスコッティーだって目に入れても痛くないいくらい可愛いのだ。ただでさえ優柔不断なスコットにそんな思い切ったことができるわけがない。それにビアトリスは可愛い魅力的な女性ではあるけれど、スコットは彼女の中にそれ以上の優れた資質というものを見いだすことができなかった。だからスコットはだんだんこのビアトリスとの関係が重荷になってくる。彼女の方がそこまで真剣になるというのも彼にとっては誤算だった。スコットは彼女に向かって最初にちゃんとこう警告していたのだ。これはあくまで人生の間奏曲《インターリュード》のようなものに過ぎないのだよと。そんな行く先のない肉体関係をいつまでもずるずると引きずっていくことは明らかに時間の浪費だったし、彼はなんといっても仕事に集中しなくてはならなかった。今はまさに人生の正念場なのだ。浮くか沈むかの瀬戸際なのだ。しかし、遊びなれていない生真面目なビアトリスの方はもうあとには戻れない地点にまで来ていた。彼女はスコットとの関係にとことん夢中になって、あとさきのことなど考えられなくなってしまっていた。そんなビアトリスに「どうするの、どうするの」と迫られると、スコットは気が重くなった。そんなとき彼はそれが夜中の何時だろうが委細かまわず電話をかけてローラをホテルに呼び出し、相談したり、愚痴ったり、泣いたり、怒ったりした。「あの女にも困ったものだよ。僕はこれからいったいどうすればいいんだ」と彼は言った。「どうして僕はいつもこうして女に追いかけられるんだ？　正気で考えればわかるはずじゃないか。これが潮時だっていうことがさ。こういう物事は尻すぼみになってアンチクライマックスで終わるよりは、気持ちの高まったところでさっと思い切って身を引く方がいいんだ。その方がいい思い出だって残るだろう。もうこれでおしまいと決めて、明日からは二度と会わないという方がお互いのためなんだよ」

身勝手といえばこんな身勝手な話はないわけだけれど、まあ世間一般によくある話ではある。それにだいたいこの時代の小説家は自分のことしか考えていなかったのだ。今の時代の視点からスコットの言動の無責任さを責めるのはいささか酷かもしれない。

トニー・ブティッタはその本の中でなかなか面白いエピソードを紹介している。ビアトリスの夫がテキサスからアッシュヴィルにやってきたとき、気の弱いスコットは彼と顔をあわせることに耐えられなくて、グローヴ・パーク・インを出て別のホテルを泊まり歩いていた。ブティッタは彼をトマス・ウルフの母親が経営する（そしてウルフ自身もここで少年時代を過ごした）有名な下宿屋「オールド・ケンタッキー・ホーム」に連れていく。そこで彼は高名なウルフ夫人と邂逅することになる。ウルフ夫人をモデルにしたイライザお母さんのカラフルかつ圧倒的なキャラクターは『天使よ、故郷に向かえ』という小説の中では大きな役割を果たしているが、現実のウルフ夫人もそれに勝るとも劣らない強烈な人物であった。フィッツジェラルドは最初はブティッタに向かって「うん、それはいいな。僕とトムはスイスでけっこう一緒に酒を飲んだものな」といった昔話をして、気楽に構えていたのだが、実際の彼女を前にするともう唖然として口も利けなくなってしまう。ウルフ夫人は二人がドアをノックした次の瞬間から、相手が誰かも聞かずに息子の長い自慢話を始め、それが止まらなくなってしまったのだ。自分の息子がどれくらい優れた人間か、自分たちがいかに彼を立派に育て上げたか……しかしそのうちに彼女はフィッツジェラルドがぐでんぐでんに酔っぱらっていることに気づく。彼は門柱にもたれて体を支えながらウルフ夫人の話をじっと聞くふりをしていたのだが、その体の震えを夫人は見逃さなかった。

「うちは酔っぱらいは客にとらないんだよ。金輪際ね」と彼女は言って、ぴしゃっとドアを閉める。それが彼女の話の終わりだった。

「我々は何も言わずにそのままそこにしばらく立っていた。それから私はフィッツジェラルドの腕を取った。彼はのろのろと私のあとから階段を下りてきた。ばつの悪そうな表情が彼の顔に浮かんでいた。十歩ばかり歩いてから彼は私の手を離し、よろめくようにして歩いた。彼はウルフ夫人がやったのと同じようにぎゅっと唇を結び、震える指でその古びた家をぎゅっと指さした。『可哀相なトム。なんて気の毒な奴だ。あの女はうちの母親よりまだ下品だ！』」

（ブティッタ『華麗なる時代の後に』）

スコットとトマス・ウルフの家庭環境のあいだにはいくつかの共通性があった。がさつで支配的な性格の母親と、非現実的で生活力に乏しい父親。母親は息子の繊細な神経を理解しようとはせずに、自分の現世的野心を無理に押しつけようとする。そして息子は成功するが、父親から受け継いだ飲酒癖と性格的な弱さゆえに結局は身を持ち崩す。スコットが「オールド・ケンタッキー・ホーム」の玄関先でジュリア・ウルフという老女の中に見たのは、自らの人生を苛《さいな》む暗い夢の再現だった。

僕はアッシュヴィルの町でこの下宿屋、「オールド・ケンタッキー・ホーム」を訪れてみた。家はウルフが少年時代を過ごしたときのまままきちんと保存されている。ウルフ夫人が使った台所道具やアイロンもそこに置かれている。墓石職人であったウルフの父親が使っていたノミや金槌も机の上にならんでいる。ポーチに上がる階段も、ウルフ夫人がぴしゃっと閉めたドアもそのままに残されている。ポーチの椅子に座り、風に吹かれて静かに揺れる新緑を眺めていると、スコット・フィッツジェラルドがウルフ夫人に玄関先でなじられたのがまるでつい昨日に起こったことのように感じられる。

トマス・ウルフのこの小説はモデルにされたアッシュヴィルの多くの人々を激怒させ、それ以来長い年月、彼はアッシュヴィルの町に戻ることができなくなってしまった。『天使よ、故郷に向かえ』が出版されたのは一九二九年のことだが、ウルフ自身は一九三七年になるまでこの故郷の町に戻ることはできなかった。しかし言うまでもなく、今ではトマス・ウルフはアッシュヴィルの生んだ著名なる作家として人々に尊敬されている。

スコットが一九三五年と三六年に泊まったホテル、グローヴ・パーク・インは今でも当時とほとんど同じ姿のままで営業している。左右の丘の斜面に沿って、新しく二つの棟が加わりはしたが、本棟にはまったく改変が加えられていない。僕の泊まった部屋のすぐ近くには「ここにスコット・フィッツジェラルドが泊まって執筆をした」

という金色の札が打ちつけられた部屋が残っている。僕はその部屋に泊まれないかとフロントで交渉してみたのだが、残念ながら予約が詰まっているということで駄目だった。ベルボーイが三十二本のビールを運んだエレベーターもまだそのままのかたちで残っている。エレベーターには昔と同じように制服を着た運転係が乗っていて、客とあれこれ世間話などをする。

このグローヴ・パーク・インは一九一二年に建てられて、それ以来終始変わることなくアッシュヴィルの名物ホテルとして機能しつづけてきた。サンセット・マウンテンが山ごとひとつ買い取られ、そこから堅牢な花崗岩がホテル建設のために大量に切りだされた。岩は土地の石工の手によってひとつひとつ形を整えられ、壁として積まれた。しかし壁の外側にはカットされた側面がひとつとして出ないように細心の注意が払われたと文献にはある。言うまでもないことだが、そんな面倒な仕事は今ではとてもできない。だから新しく付け加えられた新館のウィングはごく普通の造りの建物になっている。設立当時の広告を見ると、「これ以上新鮮な水はないという水を、十七マイルにわたるパイプを使って、標高六千フィートのマウント・ミッチェルから引きました」とある。その水が今でも使われているかどうかは知らないけれど、僕がこのホテルの水道で飲んだ水は本当においしかった。はっと目が覚めるくらいに新鮮で、美味であった。レストランの料理の値段がいささか高すぎることを別にすれば、気持ち良く長逗留のできるホテルである。箱根の富士屋ホテルをもっともっと大きくしたようなものを想像していただければ近いだろう。僕はゴルフをやらないからコースの善し悪しはよくわからないけれど、立派なカントリー・クラブのついた美しいゴルフコースもあった。

前述したように自分の経験を題材にして小説を書くことに馴れたスコットは、おそらく新しい刺激を求める目的もあってビアトリスとの情事を持ったのだろうが、今回はうまくはいかなかった。ビアトリスとの抜き差しならなくなった不倫関係は彼の神経をたかぶらせ、集中力を妨げた。彼は相変わらず大量のビールを飲みつづけ、食事をほとんど取らなかった。睡眠不足はますます深刻になっていった。「僕はもうゼルダをかつてのようには愛していない。僕の中には彼女に対する深い同情があるだけだ」とスコットはこの時期に何度か口にしているが、それでも彼はゼルダの没落については自分にも大きな責任があることを承知していた。だからゼルダが病に苦しんでいる一方で自分が他の女と寝ていることを思うと、心がとがめた。ゼルダはある意味では彼の分身でさえあったのだ。

彼は何度か娼婦を買った。ローラ・ガスリーも、トニー・ブティッタも、彼がときおり娼婦を買っていたことを証言している。ブティッタによれば、その一人はロティーという名の、アッシュヴィルではちょっと有名な上流階級専門の娼婦だった。もと女優の彼女は若くて、魅力的で、物腰も上品で、知的でさえあった。彼女はブティッタに借りた『グレート・ギャツビー』を読んですっかり感動してしまい、それがきっかけで彼と寝るようになる。自分に駆け落ちを迫るビアトリスと寝るよりは、プロフェッショナルとのあいだで性的な処理をする方がスコットにとっては気楽であったとは言える。しかし同時に彼は娼婦に対する恐怖感を持っていた。それは長年にわたるカソリックの教育で骨の髄にまでたたき込まれてきた、性的放埒に対する罪悪感であり、性病（とくに梅毒）に対する恐怖心であった。彼はずっと昔にカソリック教会を離れてはいたが、それでもそういった少年時代の記憶は彼の脳裏に強く残っていた。しかし——このあたりが心理分析的に見れば非常に興味深いところなのだが——彼は娼婦たちを自分の性的能力について相談することのできるプロフェッショナルとしても捉えていた。そういう意味では彼女たちは彼の告解を聞く性的な司祭でもあった。ロティーは個人的な友人であるブティッタにそのときの経過を事細かに説明している。もちろん最初にもお断りしたように、これはあくまでブティッタ氏の記述によるものであり、今となっては第三者の証言を持ってきてヴェリファイすることはほとんど不可能である。ブティッタ氏の書いている内容自体が第三者から伝聞したことであり、資料としてはあくまで二次資料である。そしてその内容も下半身にかかわる非常に微妙なことである。読者はブティッタ氏の書いていることをそのまま信じるか、あるいは信じないかのどちらかである。しかし僕の個人的な感想を言えば、それはたしかに「きわめてありそうなこと」である。だから結局のところ、ひとつの仮説としてこれを読んでいただければいいのではないかと僕は思う。厳密には真実ではないかもしれないけれど、真実である可能性を多分に含んだものとして。

フィッツジェラルドがロティーの口から聞きたかった答えは、彼のペニスのサイズが普通であるかどうか、そして彼の性的な持続時間が短すぎないかどうかであった。ロティーはサイズについてはぜんぜん問題はないと答えた。しかし持続時間についてはかなり問題がある、と。そして彼女はこうも言った。きっと時間が短いのは罪悪感のせいね。今度うまい方法を教えてあげる。それできっともっと長くもたせられるから、と。しかしどれだけロティーがサイズに問題はないと言っても、スコットは彼女の言葉をそのまま素直に信じようとはしなかった。彼は多くの人々が証言しているように、自分の性的能力に自信を持つことができない人間だった。その原因のひとつには、ゼルダが長年にわたって彼の性的能力を馬鹿にしてきたという事実があった。「そんな小さなものじゃあなたはどこの女も満足させられないわよ」とゼルダはよく夫に対して言ったものだった。「あなたはひょっとしたらおかまじゃないの」と。それは彼の心を深く傷つけたし、自分がホモ・セクシュアルであるまいかという疑念に彼は長く悩まされた。スコットはゼルダの言うことを信用していたし、彼にとってはゼルダは最初の女性であったから、他の女性の反応と比較するわけにもいかなかった。彼はそれについてヘミングウェイにまで相談した。ヘミングウェイはそれを聞いて大笑いした。「そいつは女房連中が大昔からやっている手だよ。そう言っておけば亭主が他の女に手を出さないだろうと奴らは踏んでいるのさ」

　ロティーもその話を聞いてあきれ、彼をそのようなかたちで無意味に傷つけたゼルダに対して腹をたてた。彼女がスコットに向かって「そんなことをあなたに言うなんて、おたくの奥さんはろくでもない馬鹿な女だと思う。それにそんなたわごとをそのまま鵜呑みにする方だってナイーブに過ぎるんじゃないかしら」と言うと、スコットは腹をたてて女の顔を叩いた。女が怒って出ていこうとすると、スコットは泣いて行かないでくれと懇願した。

　それからスコットは性病の恐怖に怯えだした。ロティーと寝たあとに背中に発疹ができたこともあって、彼は自分が梅毒にかかってしまったものと思い込んだ。秘書のローラ・ガスリーもこの梅毒騒ぎについては記憶している。彼はさんざん騒ぎ回った末に、遥か遠くのサウス・キャロライナ州スパルタンバーグまで行って偽名で検査を受けるが、検査の結果は無事陰性であった。もし陽性であったら（つまり梅毒にかかっていたら）、自分は船から身を投げて、事故死に見せかけて死んでしまうつもりだと彼は真剣に言った。事故死に見せかければ、ゼルダとスコッティーに保険金がおりるからね。そうすれば何もかもがすっきりと解決するのだ、と彼は言った。そのような種類のカタストロフはスコットを魅了した。彼はある意味では宿命的な自己破壊傾向を有していたけれど、かといって進んで自殺をするタイプではなかった。しかし一度梅毒にかかってしまえば、自殺をすることは簡単であるように見えた。だから彼は梅毒を死ぬほど恐れていたのと同時に、心の片隅で自分が梅毒にかかっていることを求めていた。失意のうちに船から身を投げるという情景は彼の好みにあっていたし、自分の犠牲によって妻と娘が経済的に救われるという発想もロマンティックで悪くなかった。「船から海に飛び込むっていうのは素敵だろうなと僕はいつも考えていたよ。もう誰もそばにいないし、誰かと話をする必要だってない。ずっとひとりだけでいられるんだ。船の船尾から海にスワン・ダイヴするだけでいい。それで終わるんだ」

検査の結果が陰性であることを知らされたあとで、スコットは暗い顔つきでブティッタにこう告白している。「これでますます事態は悪くなった。僕は何か手を打たなくてはならない。このままでいることはできない。ごたごた騒ぎにまた直面しなくちゃならないんだよ」

ビアトリスも情事が泥沼におちいっていくにつれて、少しずつ情緒の安定を欠くようになっていった。一緒にホテルに滞在していたエリノアは一部始終を知って姉の不貞をなじり、このままスコットとの関係が続くようなら、自分は彼女の夫にすべてを打ち明けてしまうつもりだと宣言した。彼女が身も心も捧げていたスコットはいざとなると相変わらず優柔不断で、彼女の役に立ってはくれそうになかった。彼女は緊張を和らげるために酒を飲むようになり、ある夜混乱の極に達したビアトリスはテキサスにいる夫に電話をかけ、彼女の主治医にここまで往診に来るように頼んでほしいと言った。夫はことの経過に驚き怪しみ、医者と一緒に自分もそちらに行くと言った。今度はスコットはビアトリスの夫と顔を合わせることになった。彼は取っ組み合いになったときのために先の尖ったビールの栓抜きを武器としてテーブルの上に置いていたのだが、幸いなことに暴力ざたにはいたらなかった。会見は緊張を含んだものではあったが、終始礼儀正しく行われ、スコットの言によれば「僕は彼の目をじっと見て主導権を握り、会話は最後まで僕の発言を中心に進んだ」ということである。ビアトリスの夫は妻の不貞にだいたい感づいていたが、その場でことを荒立てることを好まなかったようである。スコットは精神病の女性の世話にかけては権威なので、エリノアをニューヨークの精神科医にみせた方がいいですよというようなお節介な忠告まででした。そして結局ビアトリスは無理やりテキサスに連れ戻された。

彼女が去ってしまうと、感情に溺れやすいスコットは、これまでの自分の身勝手な言い分のことなどすっかり忘れ、ローラを相手にあれこれと繰り言を言っては涙を流した。「正直な女だった。とことん僕に尽くしてくれたし、自分の思ったこと、感じたことをそのまま口にした。そして僕の子供を産みたいって言ったんだ。男の子をね。そあれにはじんと来たよ。彼女は僕が悪い病気持ちだといいのにとさえ言ったんだ。そうすればそれが伝染すれば、私もあなたと何かが共有できるのにって！　彼女は完全に僕のものだったんだ。隅から隅までね」。でもそれと同時にスコットはこうも言った。「僕はもう彼女に会うことはないだろうな。二年後にもしどこかで会ったとしたら、僕らはきっと自分たちが犯したいくつもの過ちを悟って、いったい自分たちはあのとき何を考えていたんだろうと思うだろうね。恋に落ちているときには、相手のひどい面でさえ素晴らしく見えるものなんだよ。胸の吹き出物みたいなものまでね」

情事はそのようにして終わりを告げた。それは八月の半ばのことだった。スコットに捨てられ、夫にテキサスに連れ戻されたビアトリスはショックのために神経を病み、妹と同じ病院に入院することになる。そして夫の方も心臓発作で寝こんでしまった。もっともスコットとビアトリスはこのあとも文通を続け、プレゼントを送ったりもしている。ビアトリスはスコットが亡くなるまで、彼のことをずっと慕いつづけていたが、スコットの方はその夏のどたばた騒ぎにこりたようで、彼女の再度のアプローチ（「あなたの新しいロマンティックなジェスチャー」と彼は手紙に書いている）をうまく適当にかわしている。

スコットはビアトリスの去ったあと、もう一度生活を立て直すためにビールをも断とうと決心した。しかしその決心は三日しか続かなかった。「ある種の人種は生きるために酒を飲むことを必要としているんだよ」と彼は言い訳した。その人種《レース》という言葉がアイルランド人を意味しているのかあるいは作家という人種のことを意味しているのか、定かではない。しかしスコットは仕事の行き詰まりから、夏の終わりにはとうとう禁断のハード・ドリンクに手を出すようになっていた。「小説を書くためにはお酒が必要なんですか？」というローラ・ガスリーの質問に彼はこう答えている。

「飲酒は感覚を高めてくれるんだ。酒を飲むと、僕は情感が高まるのが感じられる。そして僕はそれを小説に書くんだ。でもそのうちにやがて、理性と感情とのバランスを取ることが難しくなってくる。しらふのときに書かれた僕の短篇はどれもひどい代物だ。例の手相見の話みたいにね。あれは頭で書かれた話だ。身に感じて書かれたものじゃない」

しかし飲酒は結局のところ、彼をどこにも連れていかなかった。彼の情感が高まってから、理性と感情のバランスが崩れるまでの時間はどんどん短くなっていった。まともなのは朝のうちのほんの一時間だけ、あとは朦朧とした意識の中で暮らすだけ、という暗黒の生活が彼を待ち受けていた。

「強い酒を飲むようになってから僕は変わったかな?」と彼はローラに尋ねた。「堕落したと思うかい?」

ある日二人はチムニー・ロックに見物に来ていた。そこからはパノラマのように遥か山並みが見渡せ、千フィートの眼下にはルア湖が光っていた。

「この場所は僕に死について語りかける」とフィッツジェラルドは言った。「死だよ。それ以外の何物でもない。死だ。それらの巨大な岩、これらの遠い山々はこれから百万年先にもここにあるだろう。でもその頃には僕らはもう死んでしまっている。僕らはみんな、もとのばらばらの分子に戻ってしまっているんだ」（ターンブル『スコット・フィッツジェラルド』）

チムニー・ロックはアッシュヴィルの町から三十分ばかり車を走らせたところにある。僕が空港のハーツで借りたフォード・テンポは途中でボンネットからもうもうと煙を噴き始めて、あわてて電話で修理工を呼んだのだが、結局誰かがエンジン・オイルの蓋を閉め忘れて、そのせいでオイルがエンジン・ルームにこぼれ、エンジンに熱せられて煙をあげていたのだと判明した。無茶苦茶な話だと思うけれど、そういうことにはとくに誰も驚いていないようだった。あるいはこのあたりではよくあることなのかもしれない。でもまあそのおかげで僕はフォード・テンポよりずっと程度の良いマツダ626を借りて、チムニー・ロックにまでたどり着くことができた。チムニー・ロックは高い山の上にそびえる、巨岩である。たしかに煙突のようなかたちをしている。千以上はあると思える切り立った階段を汗をかきながら登っていくと、そのてっぺんにはのっぺりとしたテラスのような恰好をした岩があって、そこから――五十年以上前にスコット・フィッツジェラルドとローラ・ガスリーが目にしたのと同じように――遥かなる山並みとルア湖を見渡すことができる。高所恐怖の傾向のある僕にはいささかきついくらいの「良い眺め」である。百万年後には、とスコットは言った。でもスコットは結局のところそれからたった五年後に死んでしまった。そして「ばらばらの分子」に戻ってしまったのだ。僕はその岩の上で初夏の風に吹かれ、山並みを眺め、きらきらと輝いているルア湖を眺めながら、スコットと同じことを考えてみようとした。百万年後にもこの山々は残っているのだ。そして僕はばらばらの分子に戻ってしまっているのだと。

まあそれはそのとおりだな、と僕も思った。たしかにそこには何かを考えさせるような雄大な風景があった。しかしかといって、なにもわざわざ百万年もの歳月を持ち出すまでもないんじゃないかなという気もした（五千年くらいで十分じゃないか？）。「とうとう自分は成熟したのだ」と述懐しているわりには、いくつになっても、彼の言動にはどことなく大人げない感じがつきまとうのだ。「フィッツジェラルドは青年期から老年期に一気に入ってしまったんだよ」とヘミングウェイは言った、「壮年期を抜かしてね」。たしかにヘミングウェイの言うことにも一理はあるかもしれない。スコット・フィッツジェラルドという人間の中では、深い内省にいたるためのひとつの重要な段階が欠落しているようにさえ思える。だからいろんなことがいささか芝居がかって見えてしまうことになる。

「人生とは不幸なものだ」、チムニー・ロックからの帰り道にスコットはローラに向かって劇的に宣言した。「僕がそこに求めるのは、それが少しでも耐えやすくなるということだけだ」

一九三五年の夏は、彼にとっては何物をも生み出さなかった不毛な季節だった。その夏に彼はまともな作品をひとつも書くことができなかった。彼は誰をも幸せにすることもできず、もちろん自分を幸せにすることもできなかった。しかし彼がそれらの日々に経験した出口のない暗闇や深い絶望は、あるいはまたチムニー・ロックの岩の上で感じた無常感は、その年の暮れに『崩壊』三部作というかたちをとって見事に結晶することになる。そしてその文章は、我々の心を強く打つ。そこにはまるで自分の肉を削り取りながら書いているような切々たる響きがある。しかもその文章はあくまで高潔であり、彼の選ぶひとつひとつの言葉が上質な悲しみに満ちている。そこにはもはや酔っぱらいの女々しい自己憐憫の響きはない。芝居がかった青くさい哲学的宣言もない。そこにあるものは、生きるという作業の本質的な切なさと哀しみを誰よりも真剣に引き受けて、じっと前を見据えながらなんとかまっとうに生きていこうとする一人の男のパセティックな、真摯な視線である。そこには何もかもを凌駕してしまう深い絶望がある。しかし何もかもを凌駕する絶望をさらに凌駕する何かが、彼の文章の中にはうかがえる。スコット・フィッツジェラルドは矛盾と欠点に満ちた人物であった。それはたしかだ。しかし彼は、文章を書かせればどんな高貴な人間になることもできた。どれほど激しく打ちのめされていても、ひとたびペンを取れば、彼は誰よりもしゃんと背筋をのばすことができた。おそらく彼が自殺という方向に向かわなかったのもそのせいだろう。フィッツジェラルドはどれほど深い絶望の中にあっても、常に文章の力というものを信じていたし、それは最後の最後まで彼の護符となりつづけた。彼は息を引き取る最後の瞬間まで、どれだけ女々しいと言われようとも、その文章の光輝にしっかりとしがみついていた。文章というものがあるかぎり、自分はいつか救済されるはずだと信じていた。勝者と見えたヘミングウェイは結局のところ文章に絶望し、自らの命を絶った。しかしフィッツジェラルドはそうではなかった。

スコット・フィッツジェラルドが分子に分解されてしまってからもう五十年以上が経つ。しかし人々はまだ彼の作品を読みつづけている。もちろん百万年先のことまでは誰にもわからないけれど。

あとがき

本書は僕にとっては、『マイ・ロスト・シティー』『ザ・スコット・フィッツジェラルド・ブック』(いずれも中央公論新社刊)に続く三冊目のスコット・フィッツジェラルド作品集である。暇をみつけて少しずつ自分の楽しみとして訳していたものが、五年ばかりのあいだにけっこうたまって、このように一冊の本になった。締め切りに追われてふうふう言いながら訳したわけではなく、仕事が一段落したようなときに「そうだ、そろそろフィッツジェラルドの小説をひとつ訳してみようかな」とふと思って、本棚から本を引っぱり出し、二週間ほどかけてゆっくりと訳すという感じで、ぼちぼちと作業を進めてきたわけだ。おそらく僕はこれからもフィッツジェラルドの作品をこういったかたちで訳していくことになるだろう。フィッツジェラルドの小説の翻訳はそんな風に手仕事的にこつこつと、小説の滋味を大事に味わいながらやっていくのがいちばんいいような気が、僕はする。レイモンド・カーヴァーの場合は同時代の作家だから、少しでも早くやらねばという思いや社会的責任感があったけれど、フィッツジェラルドはずいぶん前に亡くなってしまった人だし、既にある程度翻訳もでているわけだから、自分のペースでのんびりとやってもとくに罰は当たらないだろう。『ザ・スコット・フィッツジェラルド・ブック』の場合と同じように、本書には有名な作品と、それほど有名ではない作品が肩をならべて収められている。よく知られた〈特上クラス〉のものだけではなく、あまり一般に馴染みのない作品を翻訳して、日本の読者に「こういうものもありますよ」と紹介するのも僕に与えられた役目のひとつだと考えているからである。そうすることによってフィッツジェラルドという小説家の総合的な世界がより理解しやすくなるということもある。それと同時に、このような〈シングル盤B面〉的な作品の中にも、フィッツジェラルドならではの静かな悲しみや、いきいきとした喜びや、見事に美しい文章が濃密にちりばめられているし、また「この作品にしかない」という味わいだってちゃんとあるのだ。フィッツジェラルド・フリークにとってはそのあたりがいちばんおいしいわけだが、そこまでいかずとも、「うん、なかなか悪くないじゃないか」と楽しく読んでいただけたとしたら、訳者としてはとても嬉しい。

翻訳に関しては例によって柴田元幸氏にいろいろとお世話になった。中央公論社の編集者、横田朋音さんにも例によってお世話になった。もし本書に何かしら見どころや価値があるとすれば（たぶん少しくらいはあると思うのだが）、それは多くの人々の熱心な協力と、長年にわたる読者のみなさんの温かい励ましによるものである。

一九九六年三月

村上春樹

「スコット・フィッツジェラルド作品集のための序文」

マルカム・カウリー

村上春樹訳

訳者のノート

マルカム・カウリーがフィッツジェラルドの未発表のいくつかの短篇小説を含めた作品集を編纂し、スクリブナー社から出版したのは、彼の死後十年を経た一九五一年のことだが、当時フィッツジェラルドは過去の遺物としてほとんど忘れられたような状態になっていた。フィッツジェラルドを作家として高く評価していた文芸評論家カウリーはそのことを嘆き、この素晴らしい序文とともに、彼の作品の再評価を熱く世に問うた。それと前後してアーサー・マイズナーがフィッツジェラルドの最初の本格的な伝記『楽園の向こう側』を出版し、その両者がフィッツジェラルド・リヴァイヴァルを強く推進することになった。そういう意味においてこの序文は、いわば記念碑的な意味を持つ文章であるわけだが、それと同時に今の時点で読み返してみて、内容的にいささかも古びた部分がないことに驚かされる。その後星の数ほどフィッツジェラルド研究が発表され、次々に目新しい論が展開されてきたわけだが、半世紀以上前に書かれた、原稿用紙にして八十枚ばかりのカウリーのこの文章には、フィッツジェラルドという人間について、またその作品について、重要なポイントのほとんどすべてが、実に簡潔に、しかも要を得て語り尽くされている。熱い思いと冷静な分析という、良質な文芸評論にとって必須な二つの資質が、見事なバランスをとっている。フィッツジェラルド愛好者のみならず、文学を志すものにとって、教えられるところの多い名文である。

前世紀が終了する直前に、より具体的に言えば一八九五年から一九〇〇年にかけてのいずれかの年に、生まれるという幸運に恵まれた人々は、新しい世紀は自分の手に託されているという感覚とともに、人生の多くの歳月を送ることになった。それはちょうど、財政的苦況に立たされていた企業が、経営者の交代によってようやく救いの灯を見出した、という状況に似ている。楽観主義者として、またアメリカ人として、彼らはこう信じていた。ビジネスは基本的に順調堅実であり、自分たちは前の世代を凌駕して進んでいくであろうと。彼らは自らと新世紀とを一体化して考えることになった。新世紀の一〇年代は、そのまま彼らの十代であった。世界大戦は彼らの戦いであり、無軌道な二〇年代は彼らの二十代でもあった。実社会に出ていく歳になると、彼らは自分たちのためのスポークスマンをまわりに捜し求めた。そして最初に見いだしたのがF・スコット・フィッツジェラルドだった。

弱冠二十三歳にして最初の長篇小説を世に問うたとき、フィッツジェラルドのバックグラウンドはまさに、彼の世代が自分たちの代弁者と見なすに足りるものだった。彼は中西部の出身だった。一八九六年九月二十四日にミネソタ州セント・ポールに生まれた。アイルランド系の一家で、いちおうの社会的地位はあったが、経済的には母方のきわめてこぢんまりとした遺産を相続したというに留まっていた。父親は経済的な成功を収めることができず、財産は年を重ねるごとに目減りしていった。そしてその結果、同じような境遇に置かれた人々の例にもれず、一家はいつもいつも金銭のことを考えるようになった。東部の名門校からプリンストン大学に進みたいという、彼の少年期の夢がかなえられたのは、未婚の叔母からの援助があったからだ。

彼は自分をロマンティックなドラマの主人公として想像することを好み、級友たちのあいだで自分がひときわ目立つように、熱心に努めた。ニューマン・スクールでは、もっとも人気のない生徒としてしばらく日々を送ったあと、彼はフットボール・チームのメンバーに選ばれ、運動会の日に一等を取ることで失地を回復した。

プリンストン大学では、最も評判の高いイーティング・クラブと彼が見なしている「ザ・コテージ」に受け入れられた。彼はその前に、三つのクラブからの誘いを断っている。それから彼は、二つのミュージカル・コメディーの多くの部分を書き、それらはトライアングル・クラブによって上演されて成功を収めた。二作目にあたる戯曲『不吉な目』は歌詞がフィッツジェラルドによって、台本がエドマンド・ウィルソンによって書かれた。新聞『デイリー・プリンストニアン』によれば、この芝居がシカゴで一九一六年一月七日に上演されたとき、「三百人の女性客が劇場の前列を占拠し、ショーのあとでみんなで立ち上がってプリンストン・ロコモティブ（名物のかけ声）を発し、キャストやコーラスに向かって花束を投げた」と報じている。

彼女たちは最初のフィッツジェラルドのフラッパーたちであり、彼はおそらく彼女たちを（三百人そっくり全部を）愛したに違いない。しかしその圧倒的な勝利を収めたトライアングル・ショーの巡業公演に、フィッツジェラルド自身は加わることができなかった。十一月の終わりには、彼は大学に休学届けを出していたからだ。その大きな理由は病気だったが、もうひとつには成績不良のために、中間試験のあとに停学処分を受ける可能性が大であったということもある。彼はトライアングル・クラブの代表者になり、クラスの大物になるという夢を放棄しなくてはならなかった。「大いなる失望と、大学生としてのすべての夢の終焉」と彼は「出納帳《レッジャー》」に書き記している。そのノートには彼の勝利と敗退が事細かに記録されることになる。「この年に起こった悪しきことのすべては、僕のせいである」。それに続く一九一六年―一九一七年についは、出納帳にはこのように書かれている。「努力の続けられた年。表面的には失敗ばかり、ときとして危機的状況にも陥ったが、僕の作家人生の礎《いしずえ》となった」。彼はプリンストンに復帰し、今度は勉学にもいくぶん力を入れた。その傍ら彼は『プリンストン・タイガー』と『ナッソー文学評論』での執筆活動に心血を注いだ。この時期に彼は『ロマンティックなエゴイスト』という小説を書き始めている。まさに彼にぴったりのタイトルである。

　一九一七年の秋に、彼は特別試験を受けたあと、合衆国陸軍の少尉として任命を受けた。そして訓練キャンプに送られ、そこで週末を使って、小説の大部分を書き上げた。それからアラバマでJ・A・ライアン少将の副官として勤務した。彼が判事の娘であるゼルダ・セイヤーと恋に落ちたのは、モンゴメリーで開かれたダンス・パーティーの夜だった。フィッツジェラルドは友人への手紙の中で、彼女のことを「アラバマとジョージアを合わせて、そこで一番の美女」と形容している。彼の賞賛を表現するのに、ひとつの州では足りなかったのだ。「僕には二つの大事な要素が欠けていた。動物的な吸引力と、財産」、その何年かあとに彼はノートブックの中にそう記している。「しかしそれに続く二つの要素を手にしていた。ルックスと知性だ。だから僕は常にいちばん素敵な女性をものにした」。

　彼は判事の娘と婚約した。しかし彼女を養えるだけの経済力を身につけるまで、結婚はお預けということになった。陸軍を除隊したあと、フィッツジェラルドはニューヨークに出て、職を探した。『ロマンティックなエゴイスト』の原稿はスクリブナーズ社から出版不能として送り返されてきたが、そこには編集者マックスウェル・パーキンズの温かい手紙も添えられていた。あなたの将来の作品に心から期待しています、とあった。短篇小説も雑誌社から次々に送り返されてきた。一時期、モーニングサイド・ハイツの彼の安アパートの部屋には、百二十二に及ぶ数の断り状が、まるで室内装飾のようにピンで壁に留められていたということだ。彼がみつけた広告代理店の仕事は、初任給が月額九十ドルで、急速な昇給の見込みもなかった。賞賛を得た唯一の作品は、アイオワ州マスカティーンのクリーニング業者のために書いた広告コピーだった。「私たちはマスカティーンで、あなたをクリーンにします」。彼はせっせと貯金をしたが、アラバマの娘は先行きは暗そうだと判断し、常識に従って婚約を破棄した。フィッツジェラルドは級友から金を借りて、三週間酒浸りになった。それからセント・ポールの実家に戻り、そこにこもって長篇小説の書き直しにかかった。タイトルも新しいものに変えられた。スクリブナーズ社は書き直された作品を採用し、一九二〇年三月末にそれは刊行された。

『楽園のこちら側』はきわめて年若い青年の小説であり、メモワールである。著者はそこに、これまでに書いたもののすべてを見本帳のように詰め込んでいる。短篇小説、詩、エッセイ、自伝的な文章の断片、スケッチや会話。そのうちのいくつかは既に『ナッソー文学評論』に発表されたものだった。だから彼の友人たちはそれを長篇小説というよりは、F・スコット・フィッツジェラルドの作品集であると見なした。それはまたコンプトン・マッケンジー[*1]や、H・G・ウェルズの著作の「寄せ集め」であると見なすことも可能だった。『エール大学のストーヴァー』[*2]の与えた影響は、ヒントという以上のものだ。しかしかくのごとき欠点や、各方面からの流用にもかかわらず、そのエネルギーや、率直さや、自信によって、本はしっかりとひとつにまとまっているし、新しい世代の声によって語られていた。同世代の人々はその声を自分たちの声として認めたし、年長者たちもそれに耳を傾けた。

突然、雑誌は彼の短篇小説を掲載したがるようになり、高額の原稿料を支払った。その結果は彼の大きな「出納帳」に記されている。一九一九年に彼が執筆によって得た収入は八百七十九ドルだったが、一九二〇年には一万八千八百五十ドルを稼いだ——そして全部きれいに使った。何にも増して、若くして成功したことが彼を世代の代弁者としての地位に押し上げた。そしてフィッツジェラルド自身も、自分の中に代弁者としての資質があると確信するようになった。彼が自らの夢や災厄や発見について心を込めて書いたとき、ほかの人々もその情景の中に自分たちの姿を見いだすのだということを、彼は学んだ。

大事なのは、フィッツジェラルドが彼自身の世代やその他のどんな世代の「典型」でもなかったというところだ。彼はほかの大部分の人々とは比較にならないくらいぎりぎりのところで生きてきたし、並はずれた強い感情をもって自らの夢の具現化に努めた。夢そのものはとくに並外れたものではない。最初の夢はフットボールの花形選手になることであり、大学の人気者になることだった。戦場の英雄になることであり、経済界で成功を収めて美女を手にすることだった。それは彼の時代の、彼の階層のおおかたの若者たちにとってはありきたりの望みだった。それらを際だたせて見せるのは、彼がそこに注ぎ込んだ情熱であり、その情熱を語るときの率直さだった。その強

＊1　一八八三年生まれの英国の作家。第一次大戦の前から小説を書き始めた。大戦中は秘密諜報員として活動、その体験を小説に書いて物議をかもした。

＊2　オーエン・ジョンソンが一九一一年に書いた、エール大学を舞台にした青春小説。主人公のストーヴァーは花形フットボール選手として活躍しながら、人間として成長していく。

烈な感覚によって、フィッツジェラルドは人々に、彼らが生きている世界のユニークな価値を信じ込ませることができたのだ。後年になって彼は、三人称の文体で語っている。彼はジャズ・エイジに対して今でも感謝の念を持っていると。「それは彼を支え、彼を祭り上げ、夢にも見なかった大金を彼に与えてくれた。みんなが感じていることを、彼がただそのまま声に出して語ったというだけの理由で」

一九二〇年四月にゼルダはニューヨークにやってきて、セント・パトリック大聖堂の司祭館で二人は結婚式を挙げた。ゼルダの家族は監督教会員であり、スコットは善良なカトリック信徒であることをやめてしまっていたのだが。二人はビルトモア・ホテルで生活を始めた。二人が驚いたことには、彼らはそれぞれ中西部や南部出身者としてではなく、また距離を置いたオブザーバーとしてでもなく、スコットが後日書いた言葉を借りるなら「ニューヨークが求めた典型的人物像」として受け入れられた。アーサー・マイズナーはフィッツジェラルドの伝記の中で、その幸福な突風のごとき年のことを、ありありと描写している。新しい時代が始まろうとしており、スコットとゼルダは手に手を取って、ややこしいことは何も考えず、その冒険の中に足を踏み入れようとしていた。ゼルダは語っている。「時刻はいつもティータイムか、あるいは夜更けだった」。スコットは語っている。「我々は長いあいだ手つかずのまま放置されていた大きな明るい納屋に足を踏み入れた、小さな子供たちのような気持ちだった」

スコットはまたこう述べている。「アメリカは史上稀にみる大がかりで、派手な馬鹿騒ぎに突入しようとしていたし、それについて語るべきことは山ほどあった」。今でもまだ、それについて語るべきことは山ほどある。新しい時代は一九二〇年代について好奇の目を向けているのだが、その認識は避けがたく誤解に満ちているからだ。派手な馬鹿騒ぎはまたモラルの反乱であったし、そのモラルの反乱の下では、大掛かりな社会の転換が進行していた。一九二〇年代はピューリタニズムが攻撃に晒された時代であった。プロテスタント教会はその主導的立場を失いつつあった。それはアメリカが英国系・スコットランド系の国であることをやめ、あとから移民してきた民族の子供たちが前面に進み出て、正式な国民としての地歩を固め始めた時代であった。それはアメリカの文化が田舎型から都会型へと転換を行った時代であり、ニューヨークが国にとっての社会的、知的なスタンダードを設定していった時代でもあった。そしてニューヨーク自身のスタンダードを設定することになったのは、このフィッツジェラルド夫妻のような、南部や中西部から移ってきた人々であったのだ。

より重要なことは、一九二〇年代という時代において、「貯蓄と克己によって、新たな事業に向けて資本を着実に蓄積するべし」という生産の倫理が、「生産ラインから休みなく流入してくる新しい商品のために、マーケットを広げるべし」という消費の倫理に取って代わられたという事実である。貯蓄を奨励されるかわりに、人々はとにかくものを買え、愉しめ、一度使ったら、あとから出てくるもっと高価なものを購入するために、すぐにそれを捨ててしまえと吹き込まれた。人々はそのような指示に従い、その結果ますます数多くの製品が生産され、消費され、金を稼ぐことが以前に比べて容易になった。「ジャズ・エイジは今やそれ自体のパワーによって、全速力で走っていた」とフィッツジェラルドは言った。「立派なガソリン・スタンドで金をたっぷりと補給されながら……。もし仮にあなたが破産したとしても、金のことは心配しなくていい。まわりの世界はなにしろたっぷり潤っているのだから」

それによって一九二〇年代の背景や、無謀なまでの自由な感覚は説明されるだろうが、それだけでは正面の展開を説明することはできない。フィッツジェラルドの世代の人々は、その当時には、足元で進行している社会の転換には興味を持たなかったし、ましてや内政問題や外交問題にはほとんど無関心だった。彼らが胸のうちに強く感じていたのは、自分たちは古い世代の価値観とはきっぱりと訣別したということだった。その当時は、あとになってアメリカ社会を二分することになる、知的階層と大衆層のはっきりとした区別はまだできていなかった（あるいはリベラルと保守派の区別もなかった）。その時代に存在した真の溝といえば、それは若い世代と、中年以上の世代とのあいだの溝だった。若い人々が両親の家を訪れることはきわめて稀だったし、四十歳以上の男女とは挨拶すらほとんど交わさないという若い連中も少なからずいた。戦争やら、禁酒法やら、一九一九年から二〇年にかけて蔓延した反共ヒステリーやら、大がかりな汚職事件やらで、若者たちは年上の世代に対して深い不信感を抱くようになっていた。それでますます、若い人々は誰に気兼ねすることもなく、自分たちの安楽な生活のスタンダードを推進していくことができたわけだ。

それらのスタンダードはシンプルであり、ほとんど粗野でさえあった。新しい世代のスポークスマンたちは、食事や旅行や愛や酩酊の中に価値を見いだした。あるいは（もしそれに目をやるだけの時間があればだが）実直な職人芸や、真実なるものに価値を見いだした。たとえどのようなことであれ、もし人がただ単にそれについて真実を語りさえすれば、どんなことだって大目に見てもらえそうだった。昂揚を約束してくれそうに見えるあらゆる提案に対して、人々はイエスということを好んだ。新しい仕事をやらないか、仕事を辞めないか、パリに行ってひもじい暮らしをしないか、貨物船で世界一周しないか？　結婚しないか、夫を捨ててしまわないか、ビアリッツ[*3]で二人で週末を過ごさないか？　タクシーの屋根に乗ってニューヨークの街をまわらないか、それからプラザの噴水で水浴びをしないか？　“WYBMADIITY?”ディジー・クラブのバーの後ろのミラーにそんな文句が書かれていた。夜遅く、あなたはバーテンダーにあれはどういう意味なのかと尋ねる。彼は答える。「それをあなたに教えてあげたら、一杯おごってくれますか？（Will you buy me a drink if I tell you?）」。答えはイエス。常にイエスだった。そして一九二〇年代の小説のヒロインはセリーナ・ブランディッシュだった。ノーと言うことのできない娘だ。あるいはヒロインは、ジェームズ・ジョイスの描くモリー・ブルームだった。彼女は最初の恋人についてこのように夢想する。「……そしてあたしはもうひとりと同じほど彼のことも好きだと思ったそしてあたしは目でうながしたもういちどおっしゃって yes すると彼はあたしにねえどうなのと聞いた yes 山にさくぼくの花 yes と言っておくれとそしてあたしはまず彼をだきしめ yes そして彼を引きよせ彼があたしの乳ぶさにすっかりふれることができるように匂やかに yes そして彼の心ぞうはたか鳴っていてそして yes とあたしは言った yes いいことよ Yes」（丸谷才一・永川玲二・高松雄一訳『ユリシーズ　3』集英社刊より）

一九二〇年代の男性の理想は、フィッツジェラルドに言わせれば、「ゲーテ＝バイロン＝ショーの伝統にのっとって、全体的な人間となるという古い夢に、ぜいたくなアメリカ的タッチを賦与したもの。J・P・モーガンとトパム・ボークラーク[*4]とアッシジの聖フランチェスコを一緒にしたようなもの」ということになる。全体的な人間というのは、「すべてを行った」人間のことだ。それが善きことであれ、悪しきことであれ。彼は自らの人間性の潜在的可能性を隅々まで知悉し、それ故に叡智を獲得したのだ。一九二〇年代における全体的人間とは、パンタグリュエルに向かって提示される、いわゆる「テレームの僧院の法」に沿って生きる人間のことだった。その法とは「欲するところを成せ（Fais ce que vouldras, "Do what you will."）」というものである。しかしその法は、まるでこだまのように、もう一つの命令形を包含している。「欲せよ！（Will!）」というものだ。一九二〇年代に称揚されるためには、若い人々はどんなことでもどんどん実行に移していく意志の力を持たなくてはならなかった。たとえその場でふと思いついたことであっても、ややこしいことは考えずに、求めた

＊3　フランス南西部の有名な保養地。
＊4　一八世紀の英国貴族。画家、文人としても知られる。サミュエル・ジョンソンと交流があった。

ことをそのまま実行していくだけのエネルギーと勇気を持たなくてはならなかった。彼らはその瞬間その瞬間に生きており、「後先のことはまったく考えずに」というのが、彼らの好んだ台詞だった。その精神において、彼らはみんなテレームの僧院に参詣をしていたわけだ。彼らは「聖なる酒精」の託宣を求め、パンタグリュエルと同じように、ひと言で答えを受け取ることになった。「飲め」という答えだ。彼らは託宣に従って、それを飲んだ。ヴォルステッド法（禁酒法）の時代にあっては、飲むことはすなわち連帯の儀式であり、反逆の行動だった。フィッツジェラルドが述べているように、彼らは「アメリカ人のごとく食事の前にカクテルを飲み、フランス人のごとくワインとブランディーを飲み、ドイツ人のごとくビールを飲み、イギリス人のごとくウィスキー・ソーダを飲む。……この途方もない混合物はまるで悪夢に登場する巨大なカクテルのようだった」ということになった。彼らは酒を飲み、そしてまた働いた――同じほどの捨て鉢さをもって。彼らは社会的地位を得るために、売るために、広告するために、組織化するために、発明するために、そしてまた永続的な芸術を作り上げるために働いた。十年のあいだに彼らはアメリカ社会に新しいテンポを与えることになった。

一九二〇年代は芸術にとっては良き時代だったが、芸術家一人ひとりにとっては、ある意味では好ましくない時代だった。芸術作品はしっかりとあとに残っていて、我々は今、それらがしばしば断片的な様式をとりつつも、率直であり強い印象を与えることに、改めて気づかされる。芸術家も、何人かは今でも生き残っているが、あとはみんな消えてしまった。概して言うならば、その時代は芸術家たちに「弛むことなく努力せよ」とか「一道に徹するべし」とかいった激励の言葉を送らなかった。今日フィッツジェラルドや、彼に類するタイプの人々が味わうことになったある意味での「挫折」に対して、時代が責められている節がある。しかしこのような物言いは、大方の場合センチメンタルだ。彼らはべつに芸術的に失敗したわけではないのだ。もしそうであったなら、我々は彼らの作品を読み返したりしていないはずだ。もし彼らが個人的な生活部分において失敗したとしても、それは彼らが時代的環境に破れたからではない。つまるところ、彼らが危険な原則の上に生きていたからである。それはたまたま時代の原則でもあったのだが、いずれにせよ彼らはその原則を進んで取り入れ、受け入れ、自分たちの原則となしたのである。そういう意味合いにおいて彼らは、外的な力の圧迫にというよりは、むしろ内的な必然性に屈服したのである。時代そのものと同じように。

フィッツジェラルドは自分が時代を代表しているだけではなく、それを創出するのに自らが一役買ったのではないかと考えるようになった。自分が行動様式のようなものを設定し、より若い世代がそれを追って真似するようになったのではないかと。「もし僕が現代のアメリカ娘の風俗を創り出すことに一役買ったのだとしたら、僕はずいぶんどじな仕事をしたということになりますね」と彼は、一九二五年にある手紙の中に書いている。ノートブックの中に彼は、自分の親戚の一人は、一九三〇年代になってもまだフラッパーであったと書いている。「彼女はもともとは」と彼は付け加えている、「僕が書いたある種の未熟で不幸な文章をなぞっていたに違いない。だからこそ僕は＊＊嬢のことを寛大な目で見ている。戦争で片手だか片足だかをなくし た人に対するのと同じように」。一人の酔っぱらった青年が千鳥足で彼の家の戸口にやってきて、こう言った。「僕はあなたにお会いしなくちゃと思ったんです。あなたには ひとかたならぬお世話になっているような気がするんです。まるであなたが僕の人生を形づくったみたいに感じられるんです」。しかし小説の中の虚構の人物に生命を与えることのできる能力の主要な犠牲者になったのは、その青年（彼はのちに小説家として成功することになるのだが）ではなく、フィッツジェラルド自身であった。「ときどきわからなくなってしまうのです」と彼は夜遅い時刻に、ある別の訪問者に向かって語っている、「ゼルダと僕はほんとうに実在している人間なのか、あるいは僕の小説中の登場人物に過ぎないのか」

　それは一九三三年の春、国中で銀行が次々に破産した数週間後のことだ。フィッツジェラルド一家はボルティモアの近郊にある後期ビクトリア風の、茶色に塗られた木造のロッジに暮らしていた。「平和荘《ラ・ペ》」という名前だった。「平和荘（なんという皮肉な名前だろう！）」とスコットはある手紙の冒頭に書いている。午後になるとその家は、ささやかな生活の物音でいっぱいになった。黒人の料理人とその親戚がキッチンで言い合いをしている。ゼルダは看護婦に話をしているか、あるいは衣擦れの音をさせてスタジオの中を歩きまわりながら、一心不乱に絵を描いている。スコットは奥の部屋で秘書に向かって口述筆記をおこなっている。やがて娘が学校から帰ってきて、芝生の庭の樫の木の下で遊んでいる。ゼルダは体調がすぐれず、夕食のために下におりてこない。しかしその後、客が彼女のところに通される。話をするゼルダの顔はやつれ、ぴくぴくとひきつっている。彼女の口は不幸せそうにゆがんでいる。夕食のあと、家からは生活の音がまったく消えてしまう。小さな娘スコッティーはベッドに入り、料理人と彼女の友だちは帰ってしまう。ゼルダは休息しなくてはならない。父親のスコットはグラスを片手に部屋から部屋へと歩きまわっている。これは水だと言い訳しながら。しかしやがてそのグラスにおかわりを注ぐために台所に戻るときに、これは実はジンなんだと彼は打ち明ける。家の中には家具はろくすっぽない。絨毯も敷かれていないので、夜中の耳障りな音を吸い込むものもない。何もかもがぎしぎしと軋み、あたりに響く。訪問者はほとんど空っぽの居間の、大きな椅子に一人で腰を下ろし、これは怪談にはうってつけの場所だなと考える。幽霊はスコットとゼルダだ。一九二〇年代の寵児と、二州を合わせていちばんの美女。彼らの世代は人生に敗れたのだ——その時点ではそのように見えた。それでもなお、彼らはその敗北した姿によって、今でもまだ世代を代表する存在であった。

2

勝利にあっても敗北にあってもフィッツジェラルドはきわめて少数の作家しか手にすることのできないひとつの資質を持ちつづけた。歴史の中に生きるという感覚である。風俗やモラルは彼の生きているあいだにどんどん変わっていった。そして彼はその変化を記録するべく自らの位置を設定した。変化は彼の眼前で繰り広げられていった。統計や新聞記事としてではなく、血肉を持つ人格として。そしてそれらの人格は、具体的な身振りや顔つきによって——ひとつの身振りや顔つきが、ひとつの年に特有のものだった——明確に提示されていった。彼はこんな風に書いている、「一九二六年のある日、我々は」――我々というのは彼と同世代の何人かの人々のことだ――「ふと見下ろして、自分たちが今ではたるんだ腕と、つきだした腹を持っていて、シチリア人に向かって『やーい、やーい、ここまでおいで』とは言えなくなってしまっていることに気がついた。……一九二七年には神経症が広く世間に蔓延していることが明らかになった。その信号は、貧乏揺すりの音のように微かにではあるけれど、クロスワード・パズルの流行というかたちをとって送られていた。……この頃には」――やはり一九二七年のことだ――「僕の同世代人たちは、暴力の暗い奈落の口に姿を消し始めていた。……一九二八年にはパリは息苦しくなっていた。船が到着してアメリカ人たちがどっと吐き出されるごとに、質は低下していった。そして終わり頃には、その常軌を逸した船客たちには何かしら不吉なものさえ感じられるようになった」

時代のある瞬間にとって固有の倫理的特質を明示する、具体的所作を見いだそうと彼は努めた。彼の頭は時間によって支配されていた。まるで時計とカレンダーでいっぱいの部屋の中で文章を書いているみたいに。彼は何百という数のリストを作り上げた。ポピュラー・ソング、フットボール選手、社交界デビューした娘たちの最高の何人か（彼女たちが作り上げていった美女のいくつかのタイプ）、ある年にはやった趣味とスラング的表現。彼はこのような名前やフレーズのひとつひとつが、あくまでその年に固有のものであり、その時々の瞬間的な色合いをつかむ手伝いをしてくれると感じていた。「結局のところ」と彼は雑誌のために書かれたある短篇小説（他の点ではあまり意味を持たない作品なのだが）の中で述べている、「どのような瞬間もその価値を有している。あとになってみれば、あれこれと疑義を呈されることもあるだろう。しかしその瞬間は残っている。ビロードの服を身にまとい、豪華な掛け布に囲まれ、暖かい団欒の中で女王のそばにまつわりついている若い王子は、今では残酷王ペドロとか、狂王シャルルと化しているかもしれない。しかしそれでもやはり、美しき瞬間はちゃんと存在したのだ」

フィッツジェラルドは彼の偉大なる瞬間を生きた。そこにあったドラマを思い出すとき、彼はそのような瞬間をもう一度生き直した。しかし同時に彼は、そのような瞬間から一歩離れて立ち、冷ややかな目でその原因と結果を検証した。それは彼の二重性であり、あるいはまたアイロニーでもあった。そしてそれこそが彼の作家としての傑出した点のひとつだった。彼はどんちゃん騒ぎの祭典に加わりながらも、同時にそこから離れたところに自分のポジションをこっそりと用意し、自らを富豪たちの中の貧民、イングランド人の中のケルト人、貴族たちの中のむっつりした農民として捉えていた。自分の視点のポイントは「二つの世代を分ける線である」と彼は語っている。戦前と戦後である。彼は一貫して二重のヴィジョンを追求した。長篇小説や短篇小説の中で、彼はプリンストン大学のイーティング・クラブや、ロング・アイランドのノースショアや、ハリウッドやフレンチ・リビエラの華やかさを表現しようと試みていた。登場人物たちをあでやかな霞で包み込んだ。しかし一方では、その霞をせっせと吹き払い続けた。彼は知りたかったのだ、「どこでミルクが水で割られ、砂糖に砂が混ぜられ、ラインストーンがダイアモンドとして通用し、化粧しっくいが石壁として通用するようになるのか」を。彼のすべての物語はまるで――かつて本人がそう書いたように――彼がいちばん美しい娘を連れて行った盛大なダンス・パーティーを描写しているように見える。

さあ、オーケストラが盛大に
僕らのためにタンゴを演奏する。
僕らが立ち上がるとみんなが拍手する。
彼女の美貌と、僕の新しい服に。

そしてそれと同時に彼は、そのボールルームの外で、ひとりの中西部の小さな少年として、窓ガラスに鼻をくっつけるようにして立っている。そのチケットはいったいいくらするのだろう、誰が楽団の費用を払っているのだろうといぶかりながら。しかし彼がじっと見ているのはダンスというよりは、むしろドラマなのだ。相反する行動様式と熱望のドラマ。そのドラマの中では彼は観衆であると同時に、主役俳優でもある。観衆としての彼は、役者の演技に終始醒めた目を注いでいる。二十歳の時に彼は自分についてこのように語っている。「いちばん底のところで、必要なものが自分に欠けているということはよくわかっている。瀬戸際まで追い詰められて、私は悟ったのだ。本当の勇気と忍耐と自尊心を、自分は持ち合わせていないということを」。十六年後にも彼は同じくらい自己に厳しい。ただ少しばかり分析的になっているかもしれないが。彼は「平和荘」を訪れた人に対してこのように語った。「私が持っているのはきわめて限定された才能だ。私は文章を書く職人だ。プロフェッショナルなんだ。私にわかっているのは、いつ書き始め、いつ書き終えるべきかということだ」。徹底した批評的脱離とでも言うべきものだ。しかしそれは徹底した自己ドラマ化とも結びついていた。彼はノートブックの中に、いささかの誇張もまじえることなく、このように記している。「ジネヴラとのことから、ジョー・マンキー[*5]＊＊＊＊のことまで、ものごとを真剣に受け止めすぎること」――ジネヴラはうまくいかなかった初恋の相手、後者はハリウッドのプロデューサーで、スコットは自分の書いた素晴らしい脚本が彼のせいで台無しにされたと考えていた――「それが僕の書く本に押された刻印だ。人は点字みたいにくっきりとそれを見て取ることができる」

彼が見物し、同時に主役を演じていた――ときとして演じすぎた――ドラマは、倫理的なドラマだった。その最後には報償があり、懲罰があった。「ときどき、僕もあいう連中と一緒になってやっていけたらよかったのにな、と思うことがある」と彼は手紙の中に書いている。その手紙の中で、彼はミュージカル・コメディーについて語り、コール・ポーターや、ロジャーズ＆ハートに言及していた。「でも僕はもともとがモラリストなんだと思う。僕はなるべく押し付けがましくないかたちで人々に説教したくなるんだ。ただ楽しませるというだけじゃなくて」。彼が説教したかったモラリティーとは、混乱の度を増していく世界にあっては、ずいぶんシンプルなものだった。その四つの主要な美徳とは、「勤勉」と「規律」と「責任」（他人に対して親

＊5　映画監督のジョセフ・L・マンキウィッツ。フィッツジェラルドが書いた『三人の戦友』の脚本の処理をめぐって二人は敵対した。

切であり、責務をきちんと果たすというようなこと）と「成熟」（失敗が避けがたいと知りつつも、常に変わらず全力を尽くすというようなこと）だ。彼の小説の中の良き人物はみんなこの美徳を持ち、悪しき人物はそれに相反する悪徳を身につけていた。「私は信じています」と彼は娘にあてた手紙の中で書いている。「この人生においては、美徳（能力によって違ってくるけれど）に対する報償があり、責務をじゅうぶん果たさなかったことに対する懲罰があるということを。この懲罰は、二倍に高くつきます」

　彼が登場人物をがっちりとつかむとっかかりは、彼らの抱いている夢だった。前にも述べたように、それらの夢は平凡であり、陳腐でさえあったかもしれない。しかしほとんど常にフィッツジェラルドは、それらの夢を、茫洋としたミステリアスな、あるいはいたましいまでに切ないガス体ですっぽり包み込むことができた。彼の素晴らしいシーンは言うなれば、音楽に合わせて演じられた。ときには遠くのダンス会場から聞こえてくる音楽に合わせて、ときにはレコードのドイツ・タンゴに合わせて、ときには木の葉を抜ける風に合わせて、ときには心臓が奏でるむきだしの音楽に合わせて。音楽がないときでも、そこには少なくとも勢いを持つリズムがあった。「この街のメトロポリタン的な速いリズム——想像力を持たぬものにも夢を供給する、愛と誕生と死のリズム」「週末のリズム。その誕生、その計画された浮かれ騒ぎ、その予告された終わり」「ニューヨークのあでやかにしてダイナミックな美貌、そのいかにも長身の男らしいクイックステップ」。成熟して、大学の人気者になろうというような夢を卒業したあとで、フィッツジェラルドはその夢をある種の音楽に託した。おそらくは「未完成交響曲」の調べに。それは偉大な作家になる夢だった。具体的に言うなら、たとえばツルゲーネフがロシアの旧体制に対して行ったことを、現代においてアメリカ社会に対して行えるような小説家になることだった。

彼は詩人になりたいという夢は持たなかった。しかし彼は詩人として出発したわけだし、ある意味においてはずっとまず詩人でありつづけた。彼は自分自身についてこう語っている。「若くして成熟した才能というのはだいたいの場合詩的なタイプだし、私自身もおおむねそうだ」。彼の好きな作家は、ツルゲーネフでもフロベールでもなく、キーツだった。「百回くらいは読んだと思う」と彼は『ギリシャの壺に捧げる頌歌』について語っている。「十回目くらいにようやく書かれている意味がわかってきた。そこにある響きや、精緻な内的構造をつかめるようになった。『ナイチンゲール』も同じだ。私は涙なしにその詩を読むことはできない。『ベイジルの鍋』もそうだ。二人の兄弟についてのあの素晴らしいスタンザ。……若いうちにそれらに巡り会い、確たる鑑賞眼を身につければ、その後の読書生活において、黄金と金くずを見間違えるようなことはまず起こらない」。娘が作家になる勉強を始めたとき、キーツとブラウニングを読みなさいというアドバイスを、彼は与えている。そして強弱五歩格でソネットを書く練習をしなさいと。彼はこのように付け加えている、「君を助けてくれるのは何より詩であるはずだ。それはもっとも凝縮された文章のかたちなのだから」と。

フィッツジェラルドは、散文を書くためのいくつかの基礎的なルールを学びそこねた詩人であった。彼の文法はいささかあやふやで、その綴りは明らかにお粗末だった。たとえば「エトセトラ」を多くの場合 ect. と綴った〔訳注・正しくは etc.〕。友人のモンシニョール・フェイに『楽園のこちら側』を献呈したのだが、そのときに名前の綴りを間違えた。手紙の中で常に、初恋の相手と、最後の伴侶のクリスチャン・ネームを綴り間違えた。本はたくさん読んだが、良き生徒とはいえなかった。理論家ではなかったし、思索家ではなかったと断言してしまってかまわないだろう。思索作業については、彼はだいたいにおいて友人たちに頼っていた。プリンストン時代にはジョン・ピール・ビショップがいた。「二ヶ月のあいだに彼は、詩であるものと詩でないものとの違いを私に教えてくれた」とフィッツジェラルドは述べている。二十年後、崩壊《クラック・アップ》の時期に、彼は価値体系の再検証を迫られ、思索することがおそろしく困難であることを悟っている。彼はそれを「大きな秘密のトランクを動かす作業」にたとえている。そしてこのような結論にたどり着くことを余儀なくされた。「技巧的な問題を別にすれば、私はこれまでほとんどものを考えてこなかった。二十年にわたって、ある一人の人間が私の知的良心の役目を果たしてきた。それはエドマンド・ウィルソンである」。もう一人の同時代人であるアーネスト・ヘミングウェイは「私にとっての芸術的良心だった。彼の伝染性のある文体に私が影響を受けることはなかった。というのは、今あるような私の文体は、彼が作品を発表し始める以前に、既にできあがっていたからだ。もっとも弱気になったときに、彼の方向にぐいぐい引き寄せられるということはあったけれど」

フィッツジェラルドは自らに正直であるためにその告白を行ったのであって、批評家たちにあれこれ指摘されるかもしれないから、その前に自分から打ち明けてしまおうと思ったわけではない。批評家たちはフィッツジェラルドはほとんどヘミングウェイから影響を受けていないと言っただろうし、エドマンド・ウィルソンの影響なんて考えもしなかっただろう。もっとも彼はヘミングウェイの手法を取り入れて『犬たちの朝（Shaggy's Morning）』という二匹の犬についての短篇小説を書いている。デリケートに、また意図的に書かれたユーモラスな短篇だ。それ以外の作品においても(とくに後期の短篇において)、じっくりと注意深く耳を澄ませば、きわめてわずかではあるけれど、会話部分においていくつかヘミングウェイの形跡を聴き取ることができる。しかしフィッツジェラルドは自分自身の世界のヴィジョンや、それを表現する自分自身の方法をしっかりと守った。彼がヘミングウェイやウィルソンに負ったところはたしかにあっただろうが、「ここがそうだ」と具体的に指摘することはかなりむずかしい。フィッツジェラルド自身の発言にもかかわらず、彼らは芸術的にも知的にも、フィッツジェラルドに良心を賦与したりはしていないのだ。というのは、フィッツジェラルドは自前の生き生きとした良心を、いつだって持ち合わせていたから。技巧的な問題に向けられた彼の倫理的態度をテストするための、文学的所為のモデルとしての役割を、その二人は果たしていたということである。

　自らの良心を納得させるために彼は、実直な文学的職人《クラフトマン》として、ただ全力を尽くして書くというだけではなく、自分にできる以上のことをなそうと努力した。彼が実際に自分の実力を凌駕したことも一度ならずあった。そのとき彼は、ひとつの主題に圧倒的なまでに没頭していたので、過去にかたちになった彼の通常の、ナチュラルな能力を超えた地点にまで到達することができた。『グレート・ギャツビー』を書いたときがその最初のケースだった。素晴らしいいくつかのシーンがある。ニックが初めてデイジーと会話をするところ、ギャッツビーの屋敷のパーティー、ニックがギャッツビーに別れを告げるところ、そして最後にニックがそのいきさつに思いをめぐらせるところ。これらの部分は、それ以前にフィッツジェラルドが書いたすべてのものより優れていたというだけではなく、初期の作品からはほとんど予見すらできないものだった。「ものを書いていたときのことは全然思い出せない」と彼はノートブックに書いている。「たとえば『楽園のこちら側』とか『美しく呪われしもの』とか『ギャッツビー』とか、そういうものを書いているときのことは何も覚えていない。その物語の中に生きていたから」。物語の中に生きているときの彼は、現実の人生の中に生きているときより聡明になっているように見える。抱えている問題に対するアドバイスを求めて、ときどき自分の書いた本を読み返すことがある、と彼は語っている。「ある時には私は実に多くのことを知っている。それ以外の時には、ほとんど何も知らない」と彼は付け加えている。

自ら選んで、あるいはまた運命に導かれて、彼は「求心性のある物語」とでも呼ばれるべきものを書いた。状況のひとつの中心に置かれた、典型的な若い男や女たちについての物語である。彼らは偏見の鎖につながれ、社会的な力や経済的な力に振り回されているような哀れな人々——自然主義作家たちが好んで「環境の産物」と呼ぶところの人々——ではないだろう。むしろ逆に、彼らは才能やチャンスを手にしている、少なくとも明らかに行動の自由を保持している。その結果、彼らの下す判断は彼ら自身の足取りのみならず、まわりの人々の人生をも——つまり回避されたり真似されたりするサンプルを彼らに提供することによって——左右する。フィッツジェラルド自身と同じように、彼の小説の主人公たちはみんな具体例としての役割を果たしている。彼の書く物語は、その長短にかかわらず、彼らがこの世界でいかに富んでいるか、いかに恋に落ちたか、いかに人生に適応し、またいかに適応できなかったかについての物語である。それはスタンダールが『赤と黒』の中で語り、ディケンズが『大いなる遺産』の中で語ったのと同じ物語である。数多くの間違った基準を含んだ社会の中で、一人の若者がいかにして、どのような才覚を用いて、どのような戦略をもって、頭角を現していくか。フィッツジェラルドはその物語を彼自身の時代に据えた。そして彼の社会観察眼は、過去の巨匠たちに決して引けをとるものではない。

主人公たちがフィッツジェラルドの実人生に似た結末を迎えることを、また彼らの大半がアイルランド系の名前を与えられていることを、あるいは少なくともその出自を強調するために、ヴォイスの中に微かなアイルランドのメロディーを与えられていることを（『夜はやさし』のディック・ダイヴァーの場合のように）、彼の作品にとっての深刻な瑕疵であるとは私は考えていない。ときとして主人公たちはまったく違った人間として登場するが、話が進行するうちに、いつの間にやら変貌を遂げ、結局は著者と似通ったイメージになってしまう。友人のビショップが『グレート・ギャツビー』について批判的な手紙を書き送ったとき、彼はこのような返事を書いている。「ギャツビーという人間が曖昧で、つぎはぎだらけだという君の意見は、これもまた正しい。僕自身、彼という人間がはっきりと見えたことは一度としてない。というのは彼は僕の知っているある人間としてスタートしたのだが、いつのまにか僕自身になってしまったからだ。その混合物《アマルガム》が僕の頭の中ですっきり腑分けされたことは一度もなかった」。実際のところをいえば、ギャツビーという人間の曖昧さによって、本は失う以上のものを得ている。それは、明確な定義の中で損われるものを、ミステリーの中で得ている。ディック・ダイヴァーもまた彼の知っているある人物のかたちを借りて出発したのだが、「いつのまにか僕自身になって」しまっている。その変化はあまりにも完璧なので、ディックの運命は著者自身の身に起こることを予言するような格好になってしまっている。しかしここでもまた、その変化は本に新しい特質を付け加えている。フィッツジェラルドという人間の送った人生は、彼の他人に共感し、他人の身の上に自分を置くことのできる才能によって、実際以上に誇張されてはいるものの、彼が案出したり、あるいはどこかから引っ張ってくることになったかもしれないほかの人生よりは、遥かに興味深いものである。彼には「偽装された自伝」を書くための確たる理由があったし、それは他の作家も昔からやり続けてきたことだった。「優れた作家が優れた自伝を書いたためしはない」と彼はノートブックに書いている。「書けるはずがないのだ。優れた作家とは、あまりに多くの人々なのだから」。彼が言いたいのはこういうことだ――彼の物語の主人公たちは、実人生における彼の姿ではなく、別の状況に投影された彼の姿なのだ。それは彼の精神的な家族が遭遇したかもしれないような状況だ。「本は兄弟のようなものだ」と彼は言っている。「私は一人っ子だ。ギャツビーは私の想像上の長兄だ。エイモリーは」――『楽園のこちら側』の主人公――「弟だ。アンソニーは」――『美しく呪われしもの』――「心配の種だ。ディックは比較的良くできた兄だ。しかし彼らはみんな家を遠く離れている」

実人生においても、芸術面においても、フィッツジェラルドは不断の努力に高い価値を置いた。「マックス、結局のところ僕はこつこつ屋なんだ」と彼はマックスウェル・パーキンズにあてた手紙の中に書いている。「以前アーネスト・ヘミングウェイと話をしていたとき、僕は彼に向かって言った。その当時世間のみんなが思っていたのとは逆に、僕が亀で、彼がウサギなのだと。実にそのとおりなのだよ。これまでに僕が得たものはすべて、血のにじむような長い努力によるものであり、その一方でアーネストは、天分ひとつで、実にやすやすと並はずれたものを生み出してしまうんだ。僕にはそういう器用な真似はできない。もちろん程度の低いことなら、それくらいでいいんだと思えば、なんなくやってのけられる。……しかしまっとうな人間であろうといったん心を決めると、僕はとにかく岩にしがみついてでも、ひとつひとつ難関を乗り越えていく。そして歩みの鈍い不恰好な巨獣と化してしまう」。時間をかけて『夜はやさし』を書いているとき、彼は全部で四十万語の原稿を書き、そのうちの四分の三を捨てた。完成した作品のどのシーンにも劣らず素晴らしいシーンが、その中に数多く含まれている。その本が出版され、世間からすっかり忘れられたように見えてからも、彼は改訂版のための書き直しを続けた。その改訂版が出されるかどうか、はっきり決まってもいなかったのに。『ラスト・タイクーン』は五万語程度の短めの長篇小説になるはずだったが、彼の死によって未完のまま残された。しかし彼の残した覚え書きや、草稿や、シノプシスや、人物スケッチは、それ自体で貴重なものである。第一章には三種類の草稿が残されており、第三稿には驚くほどの力強さがうかがわれる。これはまさにフィッツジェラルドにとっての新境地とでもいうべきものだ。

しかし彼は第一章の冒頭にこのように書き記している。「気分で書き直すこと。書き直しによってぎこちなくなってしまった。（前回の原稿を）見ないように。気分で書き直すこと」。四度目の書き直しであれ、十度目の書き直しであれ、その章が彼の夢の輪郭にぴったりと合致したものでない限り、彼がその出来に満足することはなかっただろう。

彼は短篇小説に対しては、長篇小説に対するほど深くのめりこまなかった。というのは、彼は自分を長篇小説作家であると考えていたからだ。「短篇小説というのは、長さの違いによって、一回のジャンプか、あるいは三回のジャンプで書かれるべきものなのです」と彼は娘に語っている。「三回ジャンプの短篇は、三日のうちに書かれなくてはなりません。そのあと一日かそこら書き直しをして、おしまい。もちろん理想を言えばということですが――」、それは晩年のフィッツジェラルドにはできなくなってしまったことだった。何ヶ月も、あるいは何年もかけて書き直しをした短篇もいくつかあったが、彼自身はそれらをとくに優れた出来だとは考えなかった。短篇小説を書くことは、ほかのどんなものを書くより金になった。たとえば一九二九年に彼は、短篇小説によって二万七千ドルの収入を得た。それ以外の収入は全部あわせて五千四百五十ドルだった。その中の三十一ドル七十七セントが「本の印税収入」である。

しかしながら彼がいちばん関心を持っていたのは単行本であり、「一人の人間の思想と情念を、べつの誰かに伝達するもっとも強力で、もっとも適応性の高い手段」と見なしていたのは、短篇小説ではなく長篇小説であった。

出版社は、フィッツジェラルドの長篇小説が出た数ヶ月から半年後に、短篇小説集を出すことを常としていた。それは賢明なやり方だった。というのは、ある意味においては、その長篇小説が書かれたのと同じ時期に、いくつもの短篇小説が、そのまわりにくっつくようなかたちで書き上げられたからである。初期の短篇小説のほとんどは、『楽園のこちら側』の登場人物であるエイモリーとイザベルとロザリンドという、三人の向こう見ずな若い男女の、外伝的冒険を描いたものであると言えるかもしれない。最初の長い短篇小説である『メイデー』（一九二〇年）はいくつかの面において、彼の長篇第二作『美しく呪われしもの』の予行演習的スケッチである。フィッツジェラルドは『冬の夢』（一九二二年）は『グレート・ギャツビー』の最初のヴァージョンであり、『罪の赦し』（一九二四年）はそもそもは『ギャツビー』の序章となるはずのものだったと述べている。その後の七年間にわたってフィッツジェラルドは、パリやらリビエラやらスイスに暮らすアメリカ人について（その背景を彼は『夜はやさし』の中で使用することになる）、多くの短篇小説を書いた。その中のひとつ『外国への旅』(一九三〇年)は、その集団の中では非力な部類に属するが、完成された長篇小説の先触れとしての役割を果たすことになった。

短篇小説はまたべつの面においても長篇小説に寄与している。もっとも初期に書かれた短篇『微笑む人々(The Smilers)』は雑誌から切り抜かれ、そこにフィッツジェラルドは太い字でこう書いている。「意味のある文章はすべて抜き取った。それ故にこの短篇は、どのようなかたちであれ本には収録しない」。その「意味のある文章」は彼のノートブックに書き写された。そしていろんな見出しのもとに、アルファベット順に整理された。Aは「逸話《アネクドート》」、Bは「素晴らしい切り抜き《ブライト・クリッピング》」、Cは「会話《カンバセーション》」、耳にはさんだこと」という感じだ。それらはすぐに引っぱり出すことができる状態で、彼がそれらを長篇小説に組み込めそうな日がやってくるまで、死蔵されることになった。雑誌から切り抜かれた短篇小説は「放棄・解体された短篇」というタイトルのついた大きなフォルダーに押し込まれた。うまくいかなかった短篇小説だけではなく、もっとまともな扱いを受けてもいいはずの数多くの作品さえも、まるで廃車みたいに、役に立つ部分だけを根こそぎもぎとられることになった。『夜はやさし』や『ラスト・タイクーン』の中のあるシーンを補強するかもしれないい一行か二行のために、彼はひとつの短篇小説を、あるときには優れた短篇小説を、丸ごとひとつ進んで犠牲にした。

　しかしそれは、一団としてある自らの短篇小説に対して、フィッツジェラルドが下した最終的判断ではなかった。ほかの多くの、野心的なアメリカ作家たちと同じく、彼は旧来の、通常満たされることのない願望を抱いていた。それは数多くの作品をきちんとしたかたちであとに残したいという願望である。彼の計画通りにことが運んでいたら、装幀を揃えた著作集が目の前に並んでおり、そこでは短篇小説が長篇小説と同じくらいのスペースをとっていたはずだ。その「スコット・フィッツジェラルド著作選集」は全十七巻になっていただろう。そこには全部で七冊の長篇小説が含まれていただろう。そのうちの三冊はまだ書かれていないもので、『深い闇の時刻に(In the Darkest Hour)』は上下二巻になったはずだ。長篇小説のほかには七冊の短篇小説集があっただろう。一冊は詩と戯曲で、最後の巻はエッセイ集になるはずだった。それだけではない。五十五歳か六十歳になったときには、全十二巻の改訂版――おそらくはヘンリー・ジェームズのあのうっとうしいまでに豪華な製本のニューヨーク版のごときもの――を出したいとフィッツジェラルドは目論んでいた。そこでも短篇小説はたっぷりとスペースを与えられたことだろう。もし彼がここに健在であったなら、彼もまた今日我々が感じているのと同じことを感じたはずだ。すらすらと気の向くままに書かれた短篇小説群は、何度も何度も念入りに書き直された長篇小説に負けず劣らず見事な出来だ、ということを。短篇小説は才能のある画家のスケッチのようなものである。知覚されたものがそのまま、鋭くかたちになる。その結果我々は、画家の世界と正面から向き合うことになる。たとえまったく出来のよくない作品であっても、そこには一瞬の洞察がある。それはカーテンをさっとめくりあげ、一見お粗末に装飾された壁の中にひそんでいた秘密の窓を、我々に見せてくれる。ましてや優れた短篇小説であれば、そこには瑞々しい情感が満ち溢れ、いたるところに洞察がある。「私は多くの情感をかき集めてきた。百二十に及ぶ短篇小説だ」、フィッツジェラルドはハリウッドに発つ二年前に、ある散文詩の中でそのように語っている。「料金は高く、キップリングと肩を並べた。なぜならすべての短篇小説の中に、わずかな、しかし特別な一滴が垂らされていたからだ。それは血でもなく、涙でもなく、種でもない。それらよりももっと肌身に近い私というものだった。それは私が持っていた特別なものだった」。そして彼は、そのときに体調を崩し、精神的にも疲弊のきわみにあったので、こう付け加えた。「今ではそれも消え失せてしまい、私はただのそのへんの人間になってしまったけれど」

3

一九三五年から三六年にかけて、彼は身体的にも精神的にも、完全な崩壊状態にあった。それは世間から隠されていたわけではなかったし、フィッツジェラルド自身がそのとき、一九三六年の春に、雑誌「エスクァイア」にそのことについての文章を書いた。『崩壊』及びその他二篇のエッセイである。その文章は作家が抱えていた個人的な懊悩を明らかにしている。彼は自らを「ひびの入った皿」と見なしていた。保存しておく価値があるのかどうか、迷ってしまうようなたぐいの皿。「……それはもう二度とストーブの上で温められないし、洗い桶の中でほかの皿と一緒に洗うこともできない。人前に出されることもないだろう。夜遅くクラッカーを盛るのに使われたり、食べ残しの食事を載せて冷蔵庫にしまったりするのに使われるくらいだ」

彼の崩壊の原因はとくに謎に包まれてはいない。アーサー・マイズナーはそれについて、フィッツジェラルドの伝記『楽園の向こう側』の中で大いなる理解をもって述べている。その病状はフィッツジェラルド自身によっても記述されており、それはきわめて苦痛に満ちたものであるものの、決して特異なものではない。我々は精神崩壊の時代を生きてきた。だから現在では何百・何千という数の、聡明な人々が精神の苦境に追い込まれた症例の記録が、医師たちに入手可能になっているし、フィッツジェラルドがそのとき患った病疾で、ギリシャ名を賦され、医学の教科書に載せられていないものはひとつとしてない。しかしながら二つの点が、彼の経験したことをありきたりの症例とは違ったものにしている。まずひとつは、彼が類い稀な率直さをもって、それについて書いたことである。彼はたしかに自分のアルコール依存症については、まったく洗いざらい打ち明けているとは言えないが、しかし考えてみればそのこと自体が病気のひとつの症状なのであり、彼としてはそれをなんとか克服しようと必死に努めていたのだ。彼はそれ以外のすべての事実を、それが自分以外の誰かほかの人を傷つけないかぎり、白日の下に曝している。

彼が「エスクァイア」に書いた三篇のエッセイに関連して「暴露趣味」というような小賢しい言葉を用いるのは、公正なことではないだろう。人前で自分をいじめ苛むことで、彼が屈折した喜びを得ていたという痕跡はどこにもないからだ。そこに窺えるのは、責任感のようなものである。彼はまるで、「私がある種の作家になることを引き受けたとき、私は自分の世界や私自身について基本的に真実を語るという役目をも引き受けたのだ。それは過去のいくつかの瞬間においては楽しい仕事であったけれど、今ではおそろしいばかりに苦痛に満ちたものになっている。しかしそこにいたってもまだ、私はそれをなさなくてはならない。もしそれができなければ、私は自分に敬意が抱けなくなってしまうからだ」と語っているようでもある。虚勢を張るでもなく、またあってしかるべき言い訳もほとんどなく、彼は淡々と自らの物語を語っている。ほかの多くの作家たちも同様のことはしてきたが、それは通常の場合、長い歳月を経て、その話がもはや恥ずべきことではなくなり、ある場合には健康を回復する道筋を自分がなんとか見いだせたことを誇れるようになった時点において、書かれている。彼らはあらゆる種類の「情けない」告白をおこなっているものの、しかしあるポイントに至ると、決まって口をつぐむことになる。彼らはすべてを認めるが、ただひとつ、自分が才能を失ったかもしれないという可能性だけは認めようとはしない。フィッツジェラルドはその話を「崩壊」のまっただ中に書いた。回復する見込みはどこにも見えなかった。そして自分の才能が、感情のバイタリティーとともに枯渇してしまったんじゃないかと述べることで、文学仲間たちに大きなショックを与えたのである。

フィッツジェラルドに寄せた追悼の詩の中で、ジョン・ピール・ビショップは、この苦悶の時期について思い出を語っている。

君の屈辱の時間を、僕は君とともに生き、
君がその夜、人々を攻撃するのを、僕は目にした。
君が自らを呪う言葉を口にし、
包み隠さずに思いを語るのを。
君はこう叫んだ。「僕は失われた。しかし君よりは上だ！」
そして君はまさに正しかった。
救いのない人間は、救いのなさを認めたりはしない。

心を苛まれたフィッツジェラルドは未だ煉獄の中にいて、心も凍りつくような地獄の極寒の中にはいなかった。なぜなら彼は、とことん駄目になったのではなく、手ひどい損害を被りつつも、自分の正直さと、価値の感覚に、まだしっかりとしがみついていたからだ。「絶望、絶望、絶望、絶望——朝から晩まで絶望」と、一九三六年に彼の世話をしたある看護婦が語っている。彼は自分が達成することのできなかったものごとについて頭をめぐらせつつ、眠れない夜を過ごしたと述べている。夜中の三時ごろになると、まぎれもない恐怖が「そこらじゅうの屋根の上に、深夜タクシーの耳障りな警笛や、酔客が道をやってくる声高な哀歌の中に広がっていくのだ。恐怖と荒廃——」

「――荒廃と恐怖――私がそうなっていたかもしれないもの、そうしていたかもしれないこと。なのに失われ、浪費され、消え去り、散財され、二度と取り戻せなくなってしまったもの」。「真の魂の暗闇の中では、来る日も来る日も、時刻は常に午前三時だ」。そのような時期には人は、意志の力によって正気を保つか、あるいは意図的な決断というべきものによって正気を失うか、どちらかである。フィッツジェラルドは夢や幻想や、そのほか様々な子宮の代用品に逃げ込んだりはしなかった。彼の人格の中には固い芯のようなものがあった。それを中西部出身者特有のピューリタニズムと呼んでいいかもしれない。中流階級のアイルランド系のカトリシズムとも、あるいはただの頑固さとも呼んでいいかもしれない。いずれにせよそれによってフィッツジェラルドは、家族や、債権者たちや、芸術家としての自分の才能に対する責務の遂行を放棄することを、思いとどまることができたわけだ。彼は責務に見合った行動をとった。そしてそれが彼の病例の二つ目の、そして見事に傑出した点である。見るべきは、彼の症例とか苦しみではなく、彼の義務に対する姿勢と、生きていこうとする意志なのだ。

彼はどこまでも続く敗退に苦しんでいたし、そのような成り行きを自分自身や、あるいは世間の目から隠そうとはしなかった。「人はそのような衝撃から回復することはない」とフィッツジェラルドは「エスクァイア」に掲載したエッセイのひとつの中で述べている。「彼はべつの人間になってしまうし、そしてその結果、その新しい人間は新しいものごとに気を配るようになる」。一九三七年の夏にその「新しい人間」は、ハリウッドに旅立てるまでに回復していた。フィッツジェラルドはMGMから、六ヶ月間の契約を与えられた。そして一九三八年一月に契約が完了したとき、更に新たな一年契約が、昇給を含めて結ばれた。彼は飲酒量を激減させ、脚本家として職人的技能を発揮できることを証明した。もっとも彼の書いた最良の脚本は、そのままのかたちでは使用されなかった。ハリウッドでの最初の一年半のあいだに、彼は八万八千三百九十一ドルを稼いだ。それでなんとか莫大な借金を返済し、生命保険契約を回復することができた。

モラルの回復と、新天地での成功、という単純な話だけにはとどまらない。一九三九年二月の初め、MGMとの契約が切れた一週間後に、彼はウォルター・ワンガーによって東部に送られた。バッド・シュールバーグの助けを借りて、彼はダートマス大学のウィンター・カーニヴァルを舞台にした映画の脚本を書くことになっていた。ところが東部に向かう飛行機の中で酒を飲み出し、ワンガーと激しい口論になり、ダートマスでもニューヨークでも飲み続けた。それはもっとも激しい、もっとももの悲しい、もっとも救いのない泥酔だった。しかしそれが彼の最後ではなかった。バッド・シュールバーグがこの旅行のエピソードを使って書いた小説『夢やぶられて』の中では、主人公はそこで破滅してしまうのだが、フィッツジェラルドの物語はそのあとも続く。

彼は新しいスタジオでの仕事をみつけ、またすぐに失った。ゼルダは小康状態を迎え、療養所から遠出をすることができるようになったので、フィッツジェラルドは彼女を伴ってハバナに行った。そこで彼はまた飲酒を始めた。ハリウッドではもう仕事をみつけることはできなかった。プロデューサーたちが自分の名前を秘密のブラックリストに載せてしまったのだろうと彼は推測した。彼は床に就き、三ヶ月のあいだ夜間も昼間も看護婦に付き添われることになった。友人たちに告げたところによれば、それは肺結核の再発であり（友人たちはアルコール依存症の再発ではあるまいかと疑った）、おまけに神経衰弱を併発し、「それは両腕が麻痺してしまうのではないかとしばらくは思えたほどひどいもの」だった。あるいは医師の言葉を借りるなら「主があなたの肩をとんとんと叩いたのです」ということだ。夏に部分的回復を見たあと、彼はもうひとつの危機に直面することになった。彼は手紙の中でそのことについて遠まわしに触れている。「この九月は私にとって世間的にも個人的にも、まったくおぞましい月でした。ほとんど何もかもが一挙に壊滅状態に陥ってしまったのです」。しかしそれでもまだ、彼の物語は終わってはいなかった。

過去において彼はしばしば、ドラマチックな効果を求めて、自分の身体の不具合を誇張して述べていた。しかし一九三九年から四〇年にかけての冬のあいだに、彼がくぐり抜けてきた状況について書かれた文章は、どうやら割引なしで受け取ってよさそうだ。「おそろしいまでの衰退、突然の悪化、見せかけの回復、肺の疾患がもたらすすさまじい中毒作用。最高体温九九・八（セ氏三七・七）度の月が続き、九九・六（同三七・六）度の月が続き、それから上がったり下がったり、そして九九・二（同三七・三）度で落ち着いてきて、それでやっと毎日午後にはベッドの中で書き物ができるようになった、と言えばそれでだいたいの見当はつくでしょう」。ハリウッドの友人たちは、彼が青白い顔をして、やせ衰え、部屋の外にはほとんど出なかったと報告している。それでも彼は執筆を再開していた。書くのはせいぜい一日に数時間というところだったが、それは大きな意味を持つニュースだった。彼の七冊の本はまだ書店に並んではいたが、それを買い求める人はいなかったし、その名前はほとんど忘れ去られてしまっていた。しかし彼は今、捲土重来を目指し、文学の世界に再び地歩を得るべく作業に取りかかったのだ。

彼の最後の年の仕事量は、健康にまったく問題のない人でもなかなかそこまでできないだろう、というくらい充実したものである。彼はその年の初めに小説を書く計画を立て、それと同時に「エスクァイア」のために二十篇の短篇小説を書いた。その中には十七篇のパット・ホビーものが含まれている。ホビーものの出来は、フィッツジェラルドの基準からすればとくに優れているとはいえないけれど、それはハリウッドの雰囲気をよくとらえているし、また著者自身の弱点をとりあげてからかっている。それによって我々は、フィッツジェラルドが自らをアイロニカルに眺める姿勢や、二つの視点からものを捉える才能を、まだ失っていなかったと知ることができる。彼はまた、しばらく中断していた友人たちとの文通を再開した。その年を通じて娘に対し、尋常ではない数の手紙を書き送った。いかにも古くさい教えに満ちたそれらの手紙は、大学生の娘にとってはかなり押しつけがましく感じられたはずだ。しかし結局のところフィッツジェラルドは個人的な、文学的な遺言としてそれらの手紙を書いていたのである。春には彼は自作短篇『バビロンに帰る』を映画用に脚色したシナリオを書いていた。それを最初から丸ごと、二度にわたって書き直しをおこなった。それは彼の書いた中では最良のシナリオだったし、執筆依頼したプロデューサーによれば、彼がそれまで読んだ中でも最良の脚本だった。シャーリー・テンプルがオノリア役で出演できなくなって、その映画は製作されないままに終わったのだけれど。フィッツジェラルドは再び飲酒を始めた。それからまた酒を断ち、九月にはスタジオでの仕事を開始した。そしてこれで『ラスト・タイクーン』を書きあげるまでの生活費を得られたと思ったところで、その職を辞した。十一月に深刻な心臓発作に襲われて、おかげで執筆作業は遅延を見ることになった。しかしそれでも彼はその月のおおかたの日々、こつこつと書き続けた。娘にあてた手紙の中でこう語っている。「私はこれまで、のんびりと気を緩めたり、過去を振り返ったりしたことを今では悔やんでいます。『グレート・ギャッツビー』を終えたところでこう言うべきでした。『私は自分の道を見いだした。これから先、それこそが私の第一義になる。何があっても為さなくてはならない責務——これをなくしてしまったら、私という人間の意味がなくなってしまう』」。一九四〇年には彼は再び自分の道を見いだした。というか、それ以上のものを見いだした。なぜなら彼は『ギャッツビー』を書いたときよりは、人生の複雑さについてより深い洞察を身につけていたからだ。彼は十二月には、その一年間でもっとも良い仕事を行った。それは彼がこれまでの人生で書いた中でも、もっとも優れたもののひとつだった。もう長いあいだ酒を断っていたし、病気についてくよくよ思い悩むことも減っていた。しかし突然、クリスマスの四日前に、二度目の心臓発作が彼を襲い、その命を奪った。彼は道を見失った酔漢のようにではなく、J・P・モーガン老の僚友のごとく、心臓がついに両手を上げて降参するまで、たゆまず仕事に励んだのである。

亡くなったとき、フィッツジェラルドはおおよそ百六十篇の短篇小説を書き残していた。その正確な数を示すのはむずかしい。というのは彼の作品のいくつかのものは、フィクションであるのか、形式の曖昧なエッセイであるのか、あるいは「雑誌記事」であるのか、そのへんの境界線が不明確だからだ。彼の四冊の短篇小説集に収録されている四十六篇の中には、彼の最良の作品の大部分が含まれているが、最良の作品すべてが含まれているわけではない。というのはフィッツジェラルドは自分の作品に対して洞察に富んではいるが、あまり一貫性のない判断を下す傾向があったからだ。彼の最後の短篇集『起床時刻の消灯ラッパ（Taps at Reveille）』は一九三五年に出版されたが、それから死ぬまでの間に書かれたものはまだ本のかたちにはなっていない。

中略——ここでは編集作業に協力してくれた人々に対する謝辞と、収録された作品の出自（初出単行本書名）が記されている——訳者ひとつにまとめられたこれらの二十八篇の短篇小説は、二十年間――あるいは深刻な長い後日談を伴った十年間というべきか――にわたるアメリカ人の生活の非公式的な歴史を形成している。その歴史は教科書に載っているどんなものより血肉にあふれており、また我々がフィッツジェラルドの長篇小説（そこではマテリアルは綿密に何度も書き直されている）の中に見いだす時代図よりも、いくつかの意味合いにおいてより生命力にあふれている。短篇小説は情景により接近して書かれ、その瞬間の情感をありありととらえている。しかしそれらはただ単に書かれた時代を物語っているのではない。それらはまた、著者その人を物語っているのである。そしてその二つが合わさることによって、彼の作家としての足取りを追う時代誌のごときものがそこに形成されている。そしてその足取りは、我々が彼の初期の作品をいくつか読み、彼がその後零落していったという話を聞いて、頭に思い浮かべるものとは趣を異にしている。そこにあるものの中で、今もっとも重い意味を持つのはおそらく、若き日の華やかな成功でもなく、晩年の没落と傷心でもなく、あるいはまた他人の小説の手軽な題材にもなったその両者のコントラストでもないだろう。何にも増して重要なのは、敗北に屈すまいとした彼の闘いぶりであり、その闘いから彼が勝ち得た「静かなる勝利」とでもいうべきものであるだろう。フィッツジェラルドは今では、ひとつの象徴や典型のような存在になっているわけだが、ただ単に一九二〇年代という時代の象徴や典型としてのみならず、最終的には人間の魂を、ひとつの永続的な形態において例証するような存在となり得たのである。

マルカム・カウリー編『スコット・フィッツジェラルド作品集』一九五一年刊収載

『バビロンに帰る　ザ・スコット・フィッツジェラルド・ブック2』
一九九六年四月　中央公論社刊
一九九九年九月　中公文庫

「スコット・フィッツジェラルド作品集のための序文」はライブラリー版のための訳し下ろしです。

装幀・カバー写真　和田　誠

村上春樹《むらかみはるき》 翻訳《ほんやく》ライブラリー

バビロンに帰《かえ》る

ザ・スコット・フィッツジェラルド・ブック2

2008年11月10日　初版発行
2015年9月30日　再版発行

編訳者　村上《むらかみ》 春樹《はるき》
著　者　スコット・フィッツジェラルド
発行者　大橋　善光
発行所　中央公論新社
〒100-8152 東京都千代田区大手町1-7-1
電話　販売部 03(5299)1730
　　　編集部 03(5299)1920
URL http://www.chuko.co.jp/

印　刷　三晃印刷　　　製　本　小泉製本

Published by CHUOKORON-SHINSHA, INC.
Printed in Japan　ISBN978-4-12-403517-9 C0097
定価はカバーに表示してあります。
落丁本・乱丁本はお手数ですが小社販売部宛お送り下さい。
送料小社負担にてお取り替えいたします。